www.tredition.de

AF204544

Schreiben ist eine köstliche Sache; nicht mehr länger man selbst zu sein, sich aber in einem Universum zu bewegen, das man selbst erschaffen hat.

Gustave Flaubert

Meta Augustiny

„Fällt herab ein Träumelein..."

Miniaturen aus der Schreibwerkstatt

www.tredition.de

© 2018 Meta Augustiny
Umschlaggestaltung: OOOGRAFIK Corina Witte-Pflanz
Bildquelle:www.fotolia.com, #192943134, Flowers composition.
Urheber: Flaffy

Verlag und Druck: tredition GmbH, Hamburg

ISBN
Paperback: 978-3-7469-4505-7

Bibliografische Information der Deutschen Nationalbibliothek: Die Deutsche Nationalbibliothek verzeichnet diese Publikation in der Deutschen Nationalbibliografie; detaillierte bibliografische Daten sind im Internet über http:// dnb.d-nb.de abrufbar.

Inhalt

Vorbemerkung

Die hier zusammengestellten Texte lassen sich nicht einer bestimmten literarischen Kategorie zuordnen. Sie bieten einen Streifzug durch verschiedene Genres. Gemeinsam ist allen, dass sie in einer Schreibwerkstatt und damit unter bestimmten Bedingungen und Vorgaben entstanden.

Um mich in meiner neuen Heimat in der Schweiz ein bisschen heimischer zu fühlen, belegte ich verschiedene Schreibkurse. „Schreiben kann Welten öffnen" heißt der Kurs, der von der VHS Bremgarten angeboten und von Dr. Fridolin Kurmann geleitet wird. – „Einladung zum Geschichtenschreiben" lockt der Kurs der ‚Pro Senectute' in Baden, begleitet von Elisabeth Jucker (2014-2017), fortgeführt von Verena Angelica Lang. – Ab Mai 2017 kam ein dritter Kurs dazu, angeboten von der Migros Klubschule in Wohlen, von und mit Dipl.-Betriebsökonomin und Erwachsenenbildnerin Vera Kaspar.

Das vorliegende Buch versammelt Liebesgeschichten, melancholische Erinnerungen, Heiteres und Surreales, Kurzkrimis, Märchen und Sagen, Träume und Alpträume sowie einige Gedichte und zeigt somit das vielfältige Spektrum kreativen Schreibens in einer Schreibwerkstatt auf. Einige Texte wurden durch Musik angestoßen, andere durch die Betrachtung eines Bildes. Oder es wurden vorgegebene Textanfänge, meist von bekannten Autoren, weitergeschrieben. Ein Geschichten-Zyklus thematisiert die Inspiration durch die fünf Sinne des Menschen: das Hören, Sehen, Riechen, Schmecken und Tasten steht hier jeweils im Mittelpunkt.

Wie auch schon im Vorgängerband „Ines – Facetten einer Fantasie-Figur" stöberte ich in der ‚Schatztruhe des eigenen Lebens' und bediente mich spielerisch und lustvoll mit Versatzstücken meiner Biografie. Die in einigen Texten wieder auftauchende Ines ist kein Alter Ego, sie ist und bleibt ein Geschöpf der Fantasie, gleichgültig, ob es sich um ein kleines Mädchen handelt, um eine Frau in den besten Jahren oder eine betagte Frau.

Die Aufgabenstellungen, unter denen die Texte entstanden, sind jeweils im Kursivdruck und mit Datum vorangestellt.

Den Autorennamen Meta Augustiny lieh ich mir wieder von meiner früh verstorbenen Großmutter, die mit sechsunddreißig Jahren – hochschwanger mit dem achten Kind – ein Opfer der Spanischen Grippe wurde. Ihr habe ich im Text „Spurensuche" ein Denkmal gesetzt.

Mein besonderer Dank gilt Vera Kaspar. ‚Bei Vera' entstanden ab 2017 längere Texte, weil die Kursteilnehmer zu Hause und ohne Zeitdruck schreiben durften.

Und wie stets gebührt der größte Dank meinem Liebsten, der wieder sehr geduldig meine häufigen ‚Abwesenheiten' ertrug, wenn ich mit dem Manuskript für das vorliegende Buch beschäftigt war.

Widen im Juli 2018 – Meta Augustiny

Die beiden „Sanften"

Die Teilnehmer des Kurses sollten ein Familienfoto mitbringen, das Erinnerungen an die Kindheit, vielleicht an eine bestimmte Episode weckt. Die Aufgabe: einen kurzen biografischen Text dazu zu schreiben – nach Möglichkeit im Präsens und nicht in der Ich-Perspektive. (2010).

N ach anfänglichem Widerstreben entscheidet sich Ines für ein Schulfoto, das ihre um ein Jahr ältere Schwester Lisa und sie selbst zeigt. Ines gefällt sich auf dem Foto gar nicht, weil sie so unvorteilhaft auf ihrer Unterlippe herumkaut. Zudem findet sie die Frisur bescheuert. Auf der Rückseite des Fotos steht in Ines' krakeliger Kinderschrift: ,Die beiden „Sanften" 1951'.

Die „Sanften", so wurden die Schwestern wegen ihres schüchternen Auftretens und der leisen Stimmen von ihren Mitschülern genannt, und das war durchaus abfällig gemeint. Die Klassenkameraden hatten ein bekanntes Frühlingsgedicht zu einem Spottlied auf die Schwestern umgewandelt:

„Die Fenstern auf, die Herzen auf!
Geschwinde, geschwinde.
Die Sanften komm'n im Dauerlauf…"

Obwohl längst nicht mehr die ,Neuen', fühlten sich Ines und Lisa nicht wirklich akzeptiert, weder von ihren Mitschülern, noch von der Dorfbevölkerung. Sie waren zwar einerseits die Nichten des Pfarrers, der zu den Honoratioren des Dorfes zählte. Andererseits waren sie Flüchtlinge und die rangierten ganz zuunterst in der Dorfhierarchie. Zudem konnten sie nicht platt sprechen. Der dörfliche Dialekt blieb ihnen oft unverständlich. Immerhin zeugt Ines' damaliger Fotokommentar von einer gewissen Selbstironie. Auf dem Foto zählt sie zwölf Jahre.

Eines Tages im Sommer des Jahres 1951 kreuzt ein Schulfotograf im nordhessischen Dorf auf, in dem die beiden Schwestern leben. An das Scheunentor des Bauerhofes, der dem Schulhaus gegenüber liegt, wird ein weißes Leintuch gespannt und mit Lebensbaumzweigen eher verschandelt, denn dekoriert. Davor stellt man einen Stuhl, und dann werden alle Kinder der Reihe nach abgelichtet, alle in der gleichen steifen Pose: Die Gesichter starr zur Kamera gerichtet, in den Händen eine Fibel mit dem Titel „Froher Anfang". *Als ob wir noch Abc-Schützen wären*, denkt Ines. Dabei war sie im fünften, Lisa im sechsten Schuljahr.

„Eins, zwei, drei, und Augen auf in die Kamera!" ruft der Fotograf jedes Mal, bevor er auf den Auslöser drückt.

Aus Sparsamkeitsgründen müssen sich die Schwestern zusammen auf den Stuhl drängen. Dem Fotografen gelingt es nicht, ihre offensichtliche Befangenheit zu lösen. Allerdings gibt er sich auch kaum Mühe. Während der Prozedur hampelt der Klassenkamerad, den die Schwestern am meisten fürchten, hinter dem Rücken des Fotografen herum, streckt die Zunge heraus und macht eine lange Nase, offenkundig in der Absicht, die Schwestern aus dem Konzept zu bringen. Er wird von Lehrer Hager ermahnt.

„Eins, zwei, drei und Augen auf in die Kamera!" Das Foto der „Sanften" ist im Kasten.

Lisa trägt die damals übliche ‚Hahnenkämmchenfrisur': die Haare auf dem Oberkopf sind mit einem Kämmchen zu einer Rolle gesteckt, der Rest der Haare zu Zöpfen geflochten. Sie schaut auf diesem Foto ernst und sehr melancholisch drein. Sie geniert sich wegen ihrer Brille. Als einziges der Schulkinder trug sie eine Brille und wurde oft als ‚Brillenschlange' verspottet. Ines' spärliche braunen Haare sind mit einer Klemme bieder aus dem Gesicht gesteckt. Damals hatte sie noch keine Meinung über ihr Aussehen.

Sie flüchtete sich oft in Tagträume, in denen sie reiten konnte. In einem Sagenbuch hatte sie Geschichten über den nordischen Gott Odin gelesen, der zwei sprechende Raben besaß. In ihrer Vorstellung sah sie sich selbst als Odins Gefährtin, wie sie sich auf das gesattelte Pferd schwingt und die beiden Raben sich auf ihre Schultern setzen und wie sie hoheitsvoll davonreitet, wobei ihre blonden Haare im Wind wehen und die Klassenkameraden ihr mit offenen Mündern nachglotzen. Bei der Erinnerung an dieses Bild muss Ines lächeln. Wie naiv und töricht sie doch war! Dicke, weizenblonde Zöpfe, das fällt ihr beim Anblick des alten Fotos wieder ein, das war damals ein sehnlicher Wunsch, der nie in Erfüllung ging.

An die Bluse aus weißem Batist und das karierte Trägerröckchen, das sie auf dem Foto trägt, erinnert sich Ines noch genau. Beides stammte aus einem Care-Paket aus Amerika. Die Bluse musste später der kleine Bruder auftragen. Erst kürzlich äußerte er, wie peinlich es ihm damals war, in Mädchenkleidern herumzulaufen.

Auf dem Foto kaut Ines nervös auf ihrer Unterlippe herum und strahlt nichts als Verlegenheit und Unbehagen aus. Wie sie diese Prozedur gehasst hatte! Vor den Augen aller Mitschüler zu posieren!

Als der Vater erfährt, dass das Foto ein paar Mark kosten soll, – man war zur Abnahme der Fotos verpflichtet – reagiert er ungehalten. Es sei kein Geld für solch „unnötigen Kram" da. Immerhin verdanken die Schwestern diesem Umstand, dass überhaupt ein Foto von ihnen aus der Nachkriegszeit existiert. Wie immer, wenn zu Hause von der Geldknappheit die Rede ist, ziehen düstere Wolken am Himmel von Ines' Kindheit auf und legen ihren Schatten auf ihr und der Geschwister Dasein.

Wenn Ines sich das Foto heute im Abstand von mehreren Jahrzehnten betrachtet, kann sie kaum nachvollziehen, warum sie und Lisa sich dermaßen von ihren Mitschülern drangsalieren ließen. *Warum haben wir uns nicht gewehrt? Wir waren doch zu zweit!* Hans H. übrigens, ihr ärgster Peiniger, wurde keine dreißig Jahre alt. Er starb mit drei anderen Burschen bei einem Autounfall.

Spurensuche

Wir sollten zu Hause den biographischen Abriss einer Person schreiben, die uns nicht sonderlich nahe steht. Ich schrieb ein Lebensbild meines Urgroßvaters und seiner Frau, der ,Eller' sowie ein Kurzporträt meiner frühverstorbenen Großmutter, die mir sehr wohl am Herzen liegt, obwohl ich sie nie kennengelernt habe. Im Kurs werden die Kurzporträts ausgetauscht und von jeweils einem anderen Teilnehmer ergänzt und umgeschrieben. Hier nur meine (später erweiterten) Originalversionen. (2010).

Meta Augustiny

In meinem Wohnzimmer hängen – gruppiert um eine antike Pendeluhr – viele Porträts meiner Vorfahren in alten Zierrahmen an der Wand. Nun, da ich selbst alt bin und die restliche Zeit meines Lebens bemessen ist, drängt es mich, nach meiner Herkunft zu forschen, die Lebenslinien meiner Ahnen zu verfolgen und nach den Wurzeln für mein eigenes Leben zu suchen. Wieder und wieder lasse ich meine Blicke über die verblassten Sepia-Fotos wandern und rufe mir die wenigen kargen Äußerungen meiner Eltern ins Gedächtnis, kaum greifbare Spuren einer längst vergangenen Zeit. Ich bedaure zutiefst, dass meine Eltern nicht mehr leben und ich sie nichts mehr fragen kann. Der Tod der Eltern bedeutet den Verlust der wichtigsten Zeugen für die eigene Kindheit.

Eine undatierte Atelieraufnahme (wohl aus den Anfangsjahren des vorigen Jahrhunderts) nimmt mich besonders gefangen. Sie zeigt meine Großmutter Meta Augustiny mit ihrer Zwillingsschwester Emma und zwei älteren Schwestern, alle vier in hochgeschlossenen, mit Spitzen und Biesen verzierten weißen Blusen, alle mit der gleichen kleidsamen Hochsteckfrisur. Auf den ersten Blick scheinen sich die Schwestern sehr ähnlich zu

sehen, gutaussehende junge Frauen, die den Fotografen selbstbe-
wusst und ernst anblicken. Nicht die Andeutung eines Lächelns
spielt um ihre Lippen, in ihren Augen Skepsis, Abwehr und Melancholie. Bei näherer Betrachtung täuscht die Ähnlichkeit. Die
Schwestern gleichen einander kaum, nicht einmal die Zwillinge
sind als solche auszumachen. Meine Großmutter Meta erkenne
ich sofort. Sie ist zweifellos die Hübscheste der Schwestern. In
ihrem ovalen Gesicht mit dem volllippigen Mund und den trauer-
umflorten Augen entdecke ich die Züge meines Vaters wieder. In
einem vergilbten Album besitze ich einige weitere Fotos meiner
Großmutter. Erst heute, da ich diese Zeilen schreibe, fällt mir auf,
dass sie auf keinem einzigen Bild lächelt.

Meta wurde 1884 als zehntes oder elftes Kind des Ober-
postassistenten Felix Arfast Augustiny und seiner Ehefrau Maria
geboren. Da es sich bei Kind Nummer zehn und elf um Zwillinge
handelte, waren sich die Eheleute später nie ganz einig, wer von
den beiden Mädchen zuerst das Licht der Welt erblickte, Meta
oder ihre Schwester Emma, die als leicht geistig behindert galt.
Die beiden Mädchen waren nicht die einzigen Zwillinge in der
großen Geschwisterschar. Die Brüder Paul und Theodor, ebenfalls Zwillinge, wurden knapp zwei Jahre früher geboren. 1891,
als die jüngsten Mädchen gerade sieben Jahre zählten, starb der
Vater. Er wurde nur einundfünfzig Jahre alt und hinterließ seine
nunmehrige Witwe mit zehn Kindern. Ein Sohn war bereits mit
sechzehn Jahren an der Ostküste Afrikas ums Leben gekommen.
Was hatte den jungen Mann an die Küste des fernen Kontinents
getrieben? Abenteuerlust? Söldnerdienste? Hatte er sich als Mat-
rose verdingt? Ich konnte die Ursache seines frühen Todes nicht
herausfinden. Sie wird für immer ein Geheimnis bleiben. Meta
und Emma erinnerten sich später nicht mehr an diesen älteren
Bruder. An den Vater und sein leutseliges Wesen dagegen wohl.
Nach seinem Tod zogen bedrängte Zeiten in der Familie ein. Die

kärgliche Witwenrente reichte kaum aus, um die große Familie durchzubringen. Die Mädchen mussten sich frühzeitig als Dienstboten in fremden Haushalten verdingen.

Als Meta siebzehn Jahre alt war, lernte sie den Seminaristen Hermann F. kennen, einen Freund ihres Bruders Julius. Beide besuchten das Missionsseminar in Leipzig, beide mit dem Wunsch und Ziel, als Missionar in Ostafrika tätig zu werden. Meta war zu dieser Zeit Hausmädchen bei Verwandten in Schleswig. Hermann F., der während der Sommerferien bei den Augustinys weilte, war sehr angetan von Metas *,sanftem und gottergebenen Wesen'* und natürlich von ihrer Schönheit. *,Als ich sie zum 1.x sah, kam sie mir vor als mein Ebenbild. Ich verhielt mich ritterlich gegen sie, ließ sie aber von meiner wahren Zuneigung zu ihr nichts merken, es war mir keineswegs gewiss, ob Gott dieses Mädchen für mich bestimmt hätte'*, heißt es etwas ungelenk und hölzern in den späteren Lebenserinnerungen meines Großvaters. Ob Meta sich auch umgekehrt in den Studienfreund ihres Bruders verliebt hatte, ist nicht bekannt. Sicherlich war sie beeindruckt von dem ernsthaften und geradlinigen Auftreten des jungen Mannes mit dem strengen Blick hinter der Nickelbrille.

Hermanns Zurückhaltung legte sich, als feststand, dass er mit Julius Augustiny nach Ostafrika entsandt werden sollte. Meta und Hermann verlobten sich, bevor er seine große Reise antrat. Die Verlobungszeit verbrachte Meta mit ihrer Zwillingsschwester Emma in den USA bei einem Onkel, der wohl auch die Reise finanziert hatte. Meta und Hermann wechselten während ihrer Verlobungszeit zurückhaltende keusche Botschaften. Hermann gründete in Arusha in der Nähe des Kilimandscharo eine Missionsstation.

,Schon in der Zeit meiner Einsamkeit', schreibt mein Großvater, *,stellte ich fest, dass man des Klimas wegen wohl einer Frau zumuten könnte, da draußen an der Seite ihres Mannes zu leben und zu wirken, und so wagte ich es, schon damals einen*

Brief an Fräulein Meta Augustiny zu schreiben, mit der Bitte, um ihre Hand zum Lebensbund, am Tage vor Heiligabend bekam ich von ihr das Ja-Wort'.

Im Jahre 1905 teilte der Missionar seiner Verlobten mit, dass er ein solides Steinhaus in seiner Station in Ostafrika errichtet habe und dass einer Vermählung nunmehr nichts mehr im Wege stehe. Meta schickte ihm umgehend eine Absage mit der Begründung, dass sie erkrankt sei, und legte dem Brief auch gleich ein ärztliches Attest bei. Mein Großvater ritt nach dieser *'niederdrückenden Nachricht'* zur nächsten Militärstation in Ostafrika und zeigte dem dort stationierten Militärarzt das Attest seiner Braut. Der beruhigte den jungen Mann, er könne seine Verlobte ruhig nach Afrika kommen lassen, trotz dieser Krankheit sei sie tropentauglich. Leider schreibt mein Großvater nicht, an welcher ominösen Krankheit Meta litt.

Am 6. November 1905 lief früh morgens der Passagierdampfer ‚Gouverneur' mit der einundzwanzigjährigen Meta an Bord in Mombasa ein. Noch am gleichen Tag fanden sowohl die Ziviltrauung wie auch die kirchliche Trauung statt.

Meta lebte fortan als Missionarsgattin in Ostafrika quasi mitten im Busch. Die sanitären Anlagen in ihrem neuen Heim waren dürftig. Es gab weder Strom noch fließendes Wasser. Unter solch' erschwerten Bedingungen gebar sie in rascher Folge fünf Kinder. Bei der weiteren Lektüre der Erinnerungen meines Großvaters hatte ich gespannt auf die Nachricht von der Geburt des ersten Kindes, meines Vaters, gewartet. Das muss doch ein bewegendes Ereignis gewesen sein! Keine Zeile! In Bezug auf seine persönlichen Lebensumstände legt mein Großvater eine merkwürdige Kargheit an den Tag. Irgendwann heißt es lapidar ‚*Gott schenkte uns ein viertes Söhnchen.*' Detailliert und ausführlich schildert er dagegen, wie viele Heiden er bekehrt hat, wie viele ‚Kostschüler' er getauft hat und nennt die Predigttexte zu den Taufen. Es gibt ein Foto, auf dem Meta voller mütterlicher

Zuneigung auf ihren Erstgeborenen, meinen Vater, im Arm blickt, ohne dass der Hauch eines Lächelns ihren Mund umspielt.

Eine kleine Szene in den Aufzeichnungen meines Großvaters berührte mich dennoch. Er erzählt, wie er seine draußen spielenden Kinder während eines Unwetters ins Haus holen will und diese sich weigern, barfuß – wie sie nun einmal waren – über taubeneigroße Hagelkörner zu laufen, weil sie sich vor dem unbekannten Weiß fürchten. Da zieht er Stiefel und Strümpfe aus, um den weinenden Kindern zu zeigen, dass der Schnee ihnen nichts tut.

Meta sehnte sich nach ihrer norddeutschen Heimat, nach ihren Geschwistern. Insbesondere vermisste sie ihre Zwillingsschwester Emma, der sie sich zeitlebens verbunden fühlte. Ihren Bruder Julius sah sie nicht sehr häufig, da dieser mit seiner Familie auf einer anderen Missionsstation lebte, die eine Tagesreise entfernt war. Ihren Kindern war sie eine gütige und hingebungsvolle Mutter und versuchte, sie vor dem harten Erziehungsregiment des Vaters zu schützen. Zudem hatte sie für nicht wenige ‚Kostschüler' zu sorgen, künftige Täuflinge, die ebenfalls auf der Missionsstation lebten.

1913 trat die siebenköpfige Familie den ersten Heimaturlaub an. Der Ausbruch des Ersten Weltkrieges verhinderte die geplante Rückkehr nach Ostafrika. Hermann F. holte sein zweites Staatsexamen nach und ließ sich als Pfarrer in Marburg/Lahn nieder. Dort wurden zwei weitere Kinder geboren.

Im Juni 1918 kam Metas Mutter bei einem Straßenbahnunfall ums Leben. Wenn man bedenkt, wie wenige Straßenbahnen damals fuhren, war ein Verkehrsunfall als Todesursache vergleichsweise selten. Meta überlebte ihre Mutter nur um ein halbes Jahr. In seinem Familienbüchlein notiert der Pfarrer unter der Rubrik ‚Sterbefälle': *,Am 4. Nov. 1918 morgens ¼ vor 5 Uhr* *starb unsere liebe Mutter Meta an Grippe & Lungenentzündung in Marburg. Sie hinterlässt mich mit 7 Kinderchen'.*

Erst vor wenigen Jahren erfuhr ich, dass Meta mit dem achten Kind hochschwanger war, als sie mit vierunddreißig Jahren ein Opfer der Spanischen Grippe wurde. Ihre Zwillingsschwester Emma, die ledig geblieben war, überlebte sie um ein halbes Jahrhundert. Ich habe eine vage Erinnerung an sie als alte Dame mit Hut. Die älteste Schwester Caroline wurde hundert Jahre alt. Sie hatte früh geheiratet, ihre Ehe blieb kinderlos. Helena, die mittlere Schwester, beging am 2. Mai 1945 zusammen mit ihren beiden Töchtern, den Schwiegersöhnen und einem dreijährigen Enkel kollektiven Selbstmord. Als fanatische NSDAP-Anhänger konnten sie die Tatsache, dass Hitler tot und der Krieg verloren war, nicht akzeptieren.

Mein Vater trauerte sein ganzes Leben lang um seine frühverstorbene Mutter und um die Kindheitsheimat in Ostafrika, die er ein zweites Mal verlor, als auch der Zweite Weltkrieg seine Spuren auf dem Schwarzen Kontinent hinterließ. Mein Vater sollte nie mehr die Gelegenheit haben, die Stätte aufzusuchen, wo er die ersten zehn Jahre seines Lebens und die frühen Ehejahre mit meiner Mutter verbracht hatte.

War meine Großmutter glücklich? Ihre stets ernste Miene auf den Fotos lässt diesen Rückschluss nicht zu. Immer wieder betrachte ich das Porträt der vier Schwestern. Welche Träume hatten sie, welche Lebensentwürfe? Träumten sie davon, einen Beruf zu ergreifen, Karriere zu machen, berühmt zu werden, den Märchenprinzen zu finden? Ihre Wege waren vorgezeichnet, als Ehefrau oder unverheiratete Jungfer. Dass Meta ihrem Verlobten ein Gesundheitsattest nach Ostafrika schickte, betrachte ich als einen unbewussten Akt der Rebellion, dem Schicksal als Missionarsgattin im wilden Busch zu entgehen. Es gelang ihr nicht.

Die Eller und der Usgerass

Meine Urgroßmutter mütterlicherseits Katharina Freiling wurde im Jahre 1853 in dem kleinen hessischen Dorf M. als Tochter des dortigen Schulmeisters Heinrich Freiling geboren. Der bis auf den heutigen Tag gebräuchliche Haus- und Hofname ‚Schulhenrich' geht auf diesen Schulmeister zurück.

Die Natur hatte Katharina recht stiefmütterlich bedacht und ihr ein unscheinbares Aussehen verliehen. Ihre Mutter verstarb früh. Mit dreiundzwanzig Jahren ehelichte Katharina den gleichaltrigen Sattler Johannes Althaus. Dieser war wohl zeitlebens ein unglücklicher, innerlich zerrissener Mensch, unbeliebt bei seinen Zeitgenossen. Im Dorf munkelte man, der Sattler habe Katharina nur wegen ihres vom Vater vererbten ‚Werkelsches' (‚kleines Werk', gemeint ist ein kleiner Hof) zur Frau genommen. Das Gerede focht Katharina nicht an. Ihre anfängliche Verliebtheit legte sich jedoch alsbald. Ihr gutaussehender Gemahl behandelte sie sehr herablassend und schaute zudem jeder fremden Schürze nach.

Knapp ein Jahr nach der Eheschließung wurde die Tochter Elisabeth geboren. Katharinas Alltag änderte sich wenig. Der Sattler überließ ihr nach wie vor die mühselige Bewirtschaftung des Hofes, dessen Erträge kaum zum Leben reichten. Er bot seine Dienste als Sattler in den Nachbarhöfen und umliegenden Dörfern an. Katharina ahnte, dass seine häufigen auswärtigen Übernachtungen auch andere Gründe hatten. Ihr Vater, der Schulmeister, hielt seiner Tochter das geballte Elend ihres Daseins in folgendem überlieferten, wenig einfühlsamen Ausspruch vor:

„Du hast nur ein kleines Haus, einen bösen Mann, ein freches Kind und eine Kuh, die dich stößt!"

Als die Tochter Elisabeth – das ‚freche Kind' – drei Jahre alt war, verschwand der Sattler aus Katharinas Leben. Im Dorf hieß es, er sei nach Amerika ausgewandert, wo er zu Reichtum und einer neuen Frau gekommen sei. ‚Usgerass' wurde er fortan genannt, hessisch für ‚ausgereist'. Der Name mutierte alsbald zum Schimpfwort und wird in meiner Familie bis zum heutigen Tag als Bezeichnung für einen wilden, ungehobelten Kerl gebraucht. Katharina indes atmete innerlich auf und führte ihr kärgliches Leben weiter. Sie achtete nicht auf das Gerede der Leute, das ständig neue Nahrung erhielt. Denn der ‚Usgerass' tauchte wieder in Deutschland auf, zusammen mit seiner neuen Frau, die ‚Maidier' hieß. Katharina nahm an, das sei ein amerikanischer Mädchenname. Dass es sich um die englische Koseform ‚My Dear' handelte, und dass ihr Mann nicht eine Amerikanerin geheiratet hatte, sondern ein Mädchen aus dem Nachbardorf, – ohne von ihr, Katharina, geschieden zu sein – erfuhr sie erst später, und ihre Verbitterung wuchs. Ihr Ehegespons war also ein Bigamist, der sich in Amerika John Neuhaus genannt hatte. Mit einer gewissen Befriedigung registrierte sie, dass das ‚amerikan'sche Weismensch' (hessisches Schimpfwort) auch keine Schönheit war.

Eines Tages tauchte der ‚Usgerass', der sich mit ‚My Dear' in Bielefeld niedergelassen hatte, auf dem Hof in M. auf und versuchte, die Gunst seiner Tochter Elisabeth mit einer kostbaren Porzellankopfpuppe zu gewinnen und sie nach Bielefeld zu entführen. Katharina ertappte ihn dabei, stellte ihn zur Rede und warf die Puppe zornentbrannt aus dem Fenster in den Hof, wo sie in tausend Scherben zerschellte. Es kam zu einem unerfreulichen Streit zwischen den Eheleuten, der mit einer Vergewaltigung geendet haben muss, denn Katharina wurde erneut schwanger und schenkte einer zweiten Tochter das Leben. Längst wurde sie in der Familie und im Dorf ‚Eller' genannt. (Ob das eine Verballhornung von „Alte" war, vermag ich nicht zu sagen).

1920 starb ‚My Dear' und der Sattler kehrte reumütig nach M. zur ‚Eller' zurück, die ihn nur widerwillig aufnahm. Sie hatte keine andere Wahl. Beide Töchter waren inzwischen verheiratet. Das ‚freche Kind' hatte einen Schreiner geehelicht, der im Erdgeschoss des Hofes eine alsbald florierende Tischlerei eingerichtet hatte. Er fertigte Brautausstattungen und Särge an. Geheiratet wurde immer und gestorben auch. Das Dasein der ‚Eller' wurde ein bisschen leichter, sie musste sich nicht mehr auf den Feldern abrackern. Im Alter sah sie noch verhutzelter und verhärmter aus als in jungen Jahren. Der Sattler aber machte ihr weiterhin das Leben schwer. Er war zum Griesgram und Trinker geworden und verbrachte Abend für Abend in der Dorfschenke, wo er mit jedem Trinkkumpan einen Streit anzettelte.

Es hieß, der ‚Usgerass' habe nur Leute gemocht, die so aussahen wie er selbst. Unter den Papieren, die erst ganz kürzlich beim Umbau der ehemaligen Stallungen des ‚Werkelsches' gefunden wurden, ist auch ein Passagierschein auf den Namen ‚John Neuhaus' für die Rückreise nach Deutschland, ausgestellt vom Schweizerischen Konsulat, das damals die Interessen Deutschlands in den USA vertrat. Auf dem dort eingeklebten Foto schaut der Sattler distinguiert und leicht arrogant aus. Das ebenfalls dort eingeklebte Konterfei von ‚My Dear' zeigt eine Frau in Tracht, die verblüffender Weise genau so unscheinbar aussieht wie die ‚Eller'.

Zwei Jahre nach ‚My Dears' Tod segnete auch die ‚Eller' das Zeitliche. Das Wissen, dass ihr Mann, der Bigamist, zum Selbstmörder wurde, und die damit verbundene ‚Schande', blieben ihr erspart. Der Sattler, der Katharina zeitlebens gedemütigt hatte, erschoss sich nämlich zwei Jahre nach ihrem Tod. An einem kalten Märztag nahm er seinen in den USA erworbenen Revolver und wanderte zum Christenberg hinauf (Waldfriedhof von M.). Er kehrte im Küsterhaus ein, hob so manchen Becher Wein und sang dazu vaterländische Lieder. Dann verschwand er und erschoss sich im Wald. Der Förster fand ihn tot hinter einem Holzstapel kauernd und äußerte, der Sattler habe ihm durch seine Tat diesen Teil des Reviers verdorben. Der alte Kulwe-Bauer aus M. wurde beauftragt, den toten Sattler aus dem Wald zu holen. Er spannte sein Pferd vor den Wagen und fuhr zum Ort der ‚Freveltat‘. Dort habe er gesagt: „Gott sei Dank, der alte Schweinehund, der Usgerass ist tot! Da muss man erst mal ein Salut schießen!“. Er habe dem toten Sattler den Revolver aus der Hand genommen und dreimal gen Himmel gefeuert. Kriminaltechnische Untersuchungen wurden wohl damals in so einem kleinen Dorf wie M. eher vernachlässigt. (Diese Episode schilderte mir mein um etliche Jahre älterer Vetter erst ganz kürzlich. Ob sie stimmt, sei dahingestellt. Auch er weilt nicht mehr unter den Lebenden).

Mein Großvater väterlicherseits, der Missionar aus dem vorigen Text, amtierte damals als Pfarrer in M. Er wollte dem Sattler zunächst ein christliches Begräbnis verweigern. Damit kam er nicht durch. Immerhin erreichte er, dass der Sattler zuäußerst an der Friedhofmauer begraben wurde.

„Richtet nicht, auf dass ihr nicht gerichtet werdet“, ließen die Töchter auf den Grabstein ihres Vaters gravieren und pflanzten einen kleinen Thujabaum. Dieser war in meiner Kindheit zu einem riesigen Baum gewachsen. Das Sattlergrab lag nun prominent in der Mitte des Friedhofs, weil das Gelände für die Gräber erweitert wurde. Und mein selbstgerechter Großvater, der Menschen, die den Freitod gewählt haben, eine solch‘ unerbittliche Haltung entgegenbrachte, wurde nach seinem eigenen Tod mit einer ‚Selbstmörderin‘ in der Totenhalle auf dem Christenberg aufgebahrt, was ihm zu Lebzeiten wohl sehr gegen den Strich gegangen wäre.

Die Stelle im Wald, wo sich mein Urgroßvater, der Sattler, erschoss, heißt in der Dorfbevölkerung bis zum heutigen Tage „Sattlersch Ruh“. Als Kind habe ich dort mit meinen Geschwistern oft Heidelbeeren gepflückt. Der Platz war uns etwas

unheimlich. Uns war stets bewusst, dass sich hier unser Urgroßvater das Leben genommen hatte.

Mysteriöse Fracht

Allen Kursteilnehmern wird das gleiche Foto ausgeteilt, auf dem ein alter Wagens mit hölzernen Rädern und ohne Deichsel abgebildet ist. Auf der Ladefläche liegen drei Gepäckstücke unbekannten Inhalts: eine große flache Kiste mit einem unleserlichen Aufdruck, ein Fass und eine kleinere höhere Holzkiste. Die Aufgabe: drei verschiedene Personen haben – unabhängig voneinander – beobachtet, wie das Zeug auf den Wagen gekommen ist. Sie erzählen quasi drei verschiedene Geschichten, jede hat ihre eigene Version. (2012).

Meine letzte Sonntags-Wanderung führte mich durch eine mir unbekannte Gegend. Ich hatte meine Wanderkarte vergessen und entschied mich bei jeder Weggabelung nach Lust und Laune. Ich hatte Zeit. Niemand wartete auf mich zu Hause. Der Wettergott meinte es freundlich mit den Berufstätigen: er bescherte uns einen milden sonnigen Herbsttag.

Ich war schon ziemlich lange unterwegs und die Beine begannen müde zu werden. Bei der nächsten Kreuzung entschied ich mich, den Wald rechter Hand zu verlassen, denn von links lockte die Postkartenidylle eines abgelegenen Weilers. Vielleicht gab es ja dort eine Schenke oder Gartenwirtschaft, wo ich mir ein kühles Bier bestellen könnte. Das hingebungsvolle Krähen eines Hahns, das just in diesem Moment aus dem Dorf klang, war ausschlaggebend. Wann hatte ich zuletzt einen Hahn krähen hören? Ich wandte mich nach links.

Das Dorf war schnell erreicht. Es machte einen äußerst verschlafenen Eindruck, wirkte auf mich wie aus der Zeit gefallen, so als ob die letzten Jahrzehnte mit ihren Errungenschaften spurlos an ihm vorübergegangen seien. Gleich eingangs sah ich den umzäunten Auslauf eines Hühnergeheges. Der Hahn stolzierte zwischen den friedlich im Gras pickenden Hennen und ließ zwischendurch immer wieder sein Krähen hören. Im Garten nebenan hatten ein paar vorwitzige Dahlien ihre Blüten zwischen die Zaunlatten gedrängt und setzten zyklamfarbene Akzente. Ein vor einer Scheunenwand abgestellter Wagen, der wohl noch aus dem letzten, wenn nicht gar vorletzten Jahrhundert stammte, erregte mein besonderes Interesse. Er war beladen mit einer großen flachen Kiste, die grün gestrichen und mit einem nicht entzifferbaren Aufdruck versehen war, einem Holzfässchen sowie einer kleineren Kiste aus unbehandeltem Holz. Ich konnte mir keinen Reim auf diese seltsame Fracht machen.

Vor dem gegenüberliegenden Bauernhaus, getrennt durch holpriges Kopfsteinpflaster, saß ein alter Mann mit weißem Bart auf einem Bänkchen und genoss die letzten Strahlen der sanften Herbstsonne. Er nuckelte friedlich an seiner Pfeife. Zu seinen Füssen rekelte sich eine schwarzweiß gescheckte Katze. Außer den Hühnern und ihrem Galan waren die beiden die ersten Lebewesen, die mir in dem ausgestorbenen Dorf begegneten. Ich grüßte und der Alte grüßte freundlich zurück, wobei er einen imaginären Hut lüftete und wieder auf das kahle Haupt setzte. Mit dem Pfeifenstiel klopfte er einladend auf den freien Platz neben sich. Ich folgte der Aufforderung und ließ mich neben ihm auf der Bank nieder.

Nachdem die obligaten Wetterfloskeln abgehakt waren, deutete ich auf den Wagen und wollte wissen, welche Bewandtnis es mit diesem altmodischen Gefährt und seiner unbekannten Ladung auf sich habe.

Der Karren stehe schon eine geraume Zeit da, meinte der Alte und stieß kleine Rauchwölkchen in die dunstige Herbstluft. Der Besitzer sei halt noch nicht zum Abladen gekommen. Der Inhalt? Wein natürlich in dem Fass mit den Kufen. Wozu sei ein Fass sonst da! Er schmunzelte und seine Augen verschwanden dabei fast gänzlich im runzeligen Gesicht. Es könne aber auch etwas Hochprozentiges sein, fügte er verschmitzt hinzu. Und in dem flachen Kasten, das wisse er nicht. Vermutlich Bleilettern. Jedenfalls sehe der Kasten schwer aus. Der Nachbar habe ihm etwas von einem Drucksatz erzählt. Die Holzkiste enthalte Papier, eine Menge Papier. Was der Nachbar damit vorhabe, könne er nicht sagen. Vielleicht ein Fahndungsblatt drucken, wer weiß. Er lachte so laut über seinen Witz, dass die Katze aus ihrem Schlummer schreckte. Sie würden nicht so viel reden miteinander, er und der Nachbar. Er verlor sich in ausufernde Begründungen für die spärliche Kommunikation mit seinem Nachbarn, murmelte aber so undeutlich in seinen Bart, dass ich nur die Hälfte verstand, denn er nahm beim Sprechen nicht die Pfeife aus dem Mund.

Ich stand auf und verabschiedete mich, näherte mich dem Wagen wieder, um ihn besser in Augenschein nehmen zu können. Die Ladefläche bog sich unter ihrer Last, die Deichsel schien ausgehängt oder abgebrochen zu sein, als Städter vermochte ich das nicht zu beurteilen. Die Räder mit den hölzernen Speichen sahen aus, als hätten sie schon so manchen unwegsamen Kilometer bewältigt.

In diesem Augenblick schoss ein kleiner Junge fröhlich pfeifend um die Ecke, sah mich, stellte das Pfeifen ein, wollte zurückweichen und näherte sich dann doch zögernd.

„Hey", sagte ich „Keine Schule heut?" Das war eine dämliche Frage an einem Sonntag, deshalb fuhr ich schnell fort „Weißt du, was in diesen Kisten hier ist und in dem Fass? Hast du gesehen, wie und wann der Wagen dahin gekommen ist?" Auch das war eher eine Verlegenheitsfrage.

„Das ist von Schmugglern!" antwortete der Bengel wie aus der Pistole geschossen. Er sah aus, als sei er einer Dorfgeschichte von Gotthelf entsprungen. Die Haare waren zerzaust, das karierte Hemd hing halb aus der Hose. Mich wunderte, dass er überhaupt Schuhe trug und nicht barfuß war. Meine Frage nach der Schule ignorierte er.

„Wie kommst du darauf? Was macht dich so sicher?" Der Junge legte den Kopf schief und raufte sich ob meiner idiotischen Fragen die Haare, die ohnehin schon in alle Richtungen strebten.

„Ei weil ich sie gesehen habe!" Und nach einer Weile: „Das war spät abends. Eigentlich sollte ich schon im Nest sein. Ich bin einfach durchs Fenster abgehauen. Das mache ich öfters", fügte er fast angeberisch hinzu. Offensichtlich machte ich auf ihn einen so arglosen Eindruck, dass ihm ein derartiges Geständnis leicht über die Lippen kam.

„Es waren fremde Männer mit großen Hüten", fuhr er fort und deutete mit beiden Händen eine immense Größe an. „Und sie hatten eine Laterne, so eine Stalllaterne wie mein Vater. Und sie redeten so komisches Zeugs. Ich habe sie nicht verstanden, obwohl sie so laut geschrien haben. Vielleicht war das überhaupt eine fremde Sprache. Und dann hörte ich meine Mutter rufen und ich musste weg. Und seitdem steht der Wagen da. Die Männer sind nicht wieder gekommen. Es waren bestimmt Schmuggler. Ich muss jetzt weiter", schloss er. „Fragen Sie doch den Alten da drüben", sagte er und verschwand pfeifend.

Ich wandte mich wieder dem Nachbarn zu. Die Nachmittagssonne war weitergewandert und der gesprenkelte Schatten eines Birnbaums fiel auf den Alten. Mir schien, als machte er nun ein Nickerchen. Der Pfeifenstiel hing gefährlich lose in seinem Bart und sein mächtiger Brustkorb hob und senkte sich beim Atmen, ja, man konnte das schon fast Schnarchen nennen. Die gescheckte Katze war verschwunden.

Ich versenkte mich wieder in die Betrachtung des alten Wagens und seiner geheimnisvollen Fracht. Konnte mir meine Neugier selbst nicht so recht erklären. Warum strahlte die alte Karre eine solche magische Anziehung auf mich aus, was faszinierte mich so? Ich versuchte, die kleinere Kiste anzuheben, vergeblich, sie war zu schwer. Auch das Fass ließ sich nicht bewegen. Ich beugte mich vor, um den Aufdruck auf der flachen Kiste zu entziffern.

„Was machen Sie denn da?" erklang plötzlich hinter mir eine barsche Stimme. Ich fuhr erschrocken zusammen und drehte mich um. Ein Mann in mittleren Jahren, der in Arbeitskluft und dreckigen Gummistiefeln steckte, obwohl doch heute ein heiliger Sonntag war, musterte mich misstrauisch von oben bis unten.

„Oh", stotterte ich „ich wollte nur wissen, ja, mich interessiert…" Ich ärgerte mich selbst über mein konfuses Gestammel. Der Mann war näher getreten und legte besitzergreifend die Hand auf die flache Kiste.

„Ja, ich bin Fotograf und dieser Wagen hier auf dem Kopfsteinpflaster mit seinen alten Holzrädern hat so etwas Malerisches. Ich dachte, das gäbe so ein wunderbares Motiv…"

„So ein Quatsch!" unterbrach mich der Bauer. „Wo haben Sie überhaupt ihre Kamera? Hier wird nix fotografiert! Das ist hier Privatbesitz!" Er stellte sich breitbeinig vor den Wagen und nahm mir damit die Sicht auf mein angeblich reizvolles Sujet. Doch dann glomm so etwas wie Profitgier in seinen Augen auf.

„Also wenn sie partout knipsen wollen, dann macht das fünfzig Stutz. Er streckte mir seine schwielige Hand mit der Fläche nach oben hin. „Fünfzig Stutz, bar auf die Hand!" bekräftigte er.

„Oh, ich habe kein Geld dabei, nicht so viel. Ich…" wieder fehlten mir die Worte. Ich verzichtete auf weitere Erklärungen und verließ den Hofeingang.

„Stadtgesindel, unnützes", hörte ich den Bauer noch brummeln. Ich beschleunigte meine Schritte und hatte bald dieses merkwürdige Dorf hinter mir gelassen.

Abends versuchte ich, auf der Wanderkarte meine heutige Tour zu rekonstruieren. Ich fand auch den Wald, erkannte die

Wegkreuzung, wo ich abgebogen war. Ein Dorf war freilich nicht eingezeichnet.

Die Aufgabe, einen verdichteten Text oder ein Gedicht zu schreiben, das thematisch auf die jetzige Zeit (Advent, Weihnachten, Neujahr) bezogen ist, auf die Heilsbotschaft von Weihnachten, das Streben aus tiefster Dunkelheit zum Licht. (2012).

Unlängst blätterte Ines im „Wald-Heide-Büchlein", einem dicken Schulheft mit Karopapier, in das sie und ihre Schwester Lisa „Erlebtes und Erdichtetes" geschrieben hatten und es Weihnachten 1953 ihrer Mutter schenkten.

„Waldweihnachtslichtlein" nannte Lisa die Geschichte, in der sie erzählte, wie die vier ‚Kleinen' Advent im Wald feierten, weil der großer Bruder Hendrik den Tisch in der Küche mit seinen Bastelarbeiten belegt hatte. *"Unaufhörlich hämmerte er an seinem Vogelkäfig herum... 'Ihr seid verrückt mit eurem blöden Advent!' fauchte er uns an..."*(O-Ton Wald-Heide-Büchlein).

Wenn Ines an die schlichte Adventsfeier vor sechzig Jahren zurückdenkt, an das zerknitterte Lametta und die armseligen Kerzenstummel, mit denen sie eine kleine Tanne schmückten, und wie die Geschwister dicht nebeneinander im Wald standen, in die Kerzenflamme schauten und Lisa zuhörten, empfindet sie noch heute etwas von der seligen Stimmung, die sie damals erfüllte.

Der Schneesturm in der nachfolgenden Ballade ist erfunden, er ist dem dramatischen Effekt geschuldet.

Adventsballade

Es waren einst vier Kinder,
die wollten feiern den Advent,
in einem bitterkalten Winter,
wie man sie von früher kennt.

Die Eltern war'n ausgegangen,
in des großen Bruders Gegenwart
fühlten die Kleinen sich gefangen,
er war grob zu ihnen und hart.
Er wollt einen Käfig bauen,
verteidigt drum mit Worten, rauen,
schroff und gebieterisch
allen Platz am Küchentisch.

Vom großen Bruder vertrieben,
zogen die Kinder in den Wald.
Wären lieber Zuhause geblieben,
es dämmerte schon und war kalt.
Sie suchten einen Tannenbaum
im tiefverschneiten Wald.
Schön sollt' er sein, wie ein Traum,
sie fanden ihn bald.

Befreiten nun Ast für Ast
von des Schnees schwerer Last,
schmückten die erwählte Tanne
mit Lametta und Kerzen,
ergaben sich so ganz dem Banne
und mit freudigen Herzen

diesem feierlichen Moment,
der Feier im Advent,
im tiefverschneiten Wald.

Sie zündeten die Lichter an,
Freude brach sich Bahn
und stahl sich in ihre Herzen.
Sie sangen Lieder, die man kennt,
Lieder zum Advent,
im tiefverschneiten Wald.

Es schneite und schneite,
Schneeflocken wirbelten im Tanz,
löschten der Flammen Glanz,
verbrannten zischend im Kerzenlicht,
und verdüsterten die Sicht.
Und ringsum der Wald, der weite,
hüllt' sich in ein weiß' Gewand.

Nun der bitterkalte Winter
um die armen Kinder schlich,
dieser eiseskalte Wüterich,
mit Schneetreiben und Frost
und Stürmen aus Nord und Ost
und klirrender Kälte dahinter.
Die armen Kinder froren,
Adventsglanz ging verloren,
der Jüngste klagte bitterlich:
„Wie so kalt nun der Wald!
Erfrieren wir wohl bald?"

Sie fassten sich an den Händen,
und suchten den Weg nach Haus.
Die Feier musst' im Schneesturm enden,
mutlos stapft' die Älteste voraus.
Doch ihre Spuren waren zugeschneit,
kein Zeichen weit und breit,
verloren der Weg nach Haus!

Da, mitten im Schneetreiben,
mitten im Tanz der Flocken:
Hell leuchtende Fensterscheiben,
die rufen und locken:
„Wo wart ihr so lange?
Vertraut nur dem lichten Schimmer.
Den Eltern ist schon bange!
Herein ins warme Zimmer!
Kommt herein ins Warme!"
Diese, inzwischen heimgekehrt,
schließen die Kinder unversehrt
in ihre schützenden Arme.

Der große Bruder belegt noch immer
allen Platz am Küchentisch,
nach wie vor gebieterisch.
Und – es war deutlich zu seh'n:
das Vogelgefängnis,
der Gefiederten Verhängnis,
war noch immer
erst im Entsteh'n.

Die Verwandlung

Aufgabe des heutigen Abends: einen Text zu schreiben, in dem jemand – analog der Erzählung von Franz Kafka „Die Verwandlung" – als Tier aufwacht. Dieser ‚Jemand' kann ICH sein oder eine neutrale Person. Das Herausfallen aus dem Alltag, die Verwandlung in ein anderes Wesen, ist ein mythisches Thema, das auch in Märchen und Sagen auftaucht. (2013).

Beharrlich drängt sich das Wachwerden in meine Träume, eigentlich wie jeden Morgen. Der Schlaf wehrt und weigert sich und wird doch wachgerüttelt. Und wie jeden Morgen versuche ich, die Träume festzuhalten. Vergeblich. Sie lösen sich auf wie Nebel in der Sonne. Ich dehne mich, strecke mich, auch wie an jedem Morgen – und doch ist etwas anders. **Ich** fühle mich anders an, irgendwie geschrumpft.

Erschrocken reiße ich die Augen auf, das heißt, ich will sie aufreißen, bekomme sie aber nur einen Spalt weit auf. Wider besseres Wissen versuche ich, den Schlaf aus den Augen zu reiben, – man bekommt damit noch mehr Fältchen in die empfindliche Haut um die Augen – , und habe graue Pfoten vor mir, Tierpfoten!

Mit einem Schlag bin ich hellwach und schaue ungläubig an mir herunter: da liege ich, eine grau getigerte Katze auf einem völlig zerwühlten Laken! Ich träume wohl immer noch! Das muss ein Traum sein, ein Albtraum! Wieder fahre ich mit meinen Händen übers Gesicht. Ach, mein Gesicht ist pelzig, ich habe Barthaare, ich habe sogar ein Gefühl in diesen Barthaaren, sie schmerzen ein bisschen, weil ich zu fest mit den Händen drangestoßen bin. Hände? Ich halte sie wieder vor die Augen und wage zu blinzeln: es sind Pfoten, Katzenpfoten. Mir entfährt ein Schreckenslaut und der klingt nach empörtem Miauen.

Fieberhaft zermartere ich mein Hirn, wie ich diesen Albtraum abschütteln kann. Ich möchte aufwachen, wie jeden Morgen, ein bisschen zerknittert im Gesicht, weil sich die Kissenfalten abgedrückt haben, und mit völlig verstrubbelten Haaren. Mich verlangt nach meinem heißen Kaffee, der die Schlafreste vertreibt und mich zu mir kommen lässt. Ich lausche auf die Geräusche im Haus, warte auf die WC-Spülung, das Zeichen, das mein Mann aufgestanden ist. Es rührt und regt sich nichts.

Wie viel Uhr mag es sein? Vielleicht sollte ich einfach unter die Decke kriechen und versuchen, wieder einzuschlafen. Und wenn ich dann erwache, ist der böse Spuk vorbei.

Vorsichtig und mit geschlossenen Augen tasten meine Pfoten nach der Decke, tasten an meinem Körper entlang. Sie stoßen auf Fell und unbekannte Formen. Also das Fell, **mein** Fell fühlt sich eigentlich sehr weich an und kuschelig. In meinem ‚richtigen‘ Leben liebe ich Katzen. streichle sie gern und rede mit ihnen. Wenn sie sich schnurrend an meine Beine drücken, bin ich immer ganz hingerissen. Was tun Katzen, wenn sie schlafen wollen? Sie ringeln sich zusammen und legen den Kopf auf die Vorderpfoten, den Schwanz sorgfältig wie eine Zierde um die Flanken drapiert.

Vielleicht sollte ich das jetzt mal versuchen. Es geht ganz leicht, ich staune, keine schmerzenden Gelenke wie sonst am Morgen. Ich liege überraschend bequem, ja ich fühle mich so wohl, dass ich ganz von selbst anfange zu schnurren. Bald schnurre ich wie ein Nähmaschinchen, seufze vor Wohlbehagen und überlasse meine Sinne wieder dem Schlaf.

Ich liege auf der Gartenmauer. Die Sonne scheint auf mein Fell, so wohlig warm. Meine Schwanzspitze zuckt träge hin und her. Hat sie es doch endlich geschafft, die Sonne! Es ist tatsächlich Frühling geworden.

Ich höre den Vögeln zu. Um diese Zeit tun sie immer wie verrückt, diese geflügelten Biester. Sie reizen mich! Manchmal schleiche ich mich an sie heran so nahe es geht, verharre und lauere. Ich bin geduldig im Lauern! Und dann mache ich plötzlich einen Satz – und meistens entwischen sie doch. Dann tue ich so, als ob nichts geschehen wäre und sie mich überhaupt nicht interessieren.

Irgendwie ist es jetzt kühler geworden. Entweder haben sich Wolken vor die Sonne geschoben oder jemand macht mir Schatten. Schläfrig blinzle ich, halte Ausschau nach der Störung. Herr im Himmel, wo bin ich überhaupt? In einem fremden Bett mit zerwühlten Laken. Jemand hat die Decke weggezogen. Jetzt ist mir kalt. Ich will weiterschlafen, weiterträumen, von der Sonne und den Vögeln und…

„Na, du Langschläferin, willst du heute gar nicht wachwerden? Ich setz schon mal den Kaffee auf." Wie aus weiter Ferne dringt eine Stimme zu mir vor, zerreißt die letzten Traumfetzen. Es war ein fürchterlicher Traum. Ich träumte, ich sei ein Mensch!

Ich gähne herzhaft und springe dann mit einem eleganten Satz auf den Bettvorleger. Ich strecke meine Vorderbeine aus, dann die Hinterbeine, fahre die Krallen genüsslich ein und aus und husche dann lautlos in die Küche, wo schon mein gefüllter Napf bereit steht.

Mandelblüte in Mallorca

Schreibe eine Miniatur, in der ein aufgelesener Satzfetzen auftaucht, sei er besonders schön oder grotesk oder banal oder sonst wie bemerkenswert. Mein Satzfetzen lautete: „Dann muss ich mir überlegen, ob ich mir einen neuen Badeanzug kaufe", aufgeschnappt an einem Samstag auf der Wilhelmstraße in Reutlingen. (2014).

M ona und Hanna schlendern über die belebte Wilhelmstraße in Reutlingen. Trotz des unfreundlichen Wetters lassen sie sich ihren Samstagseinkaufsbummel nicht nehmen. Die Arbeitswoche liegt hinter ihnen, der freie Sonntag lockt.

Mona hat bei einem Preisausschreiben mitgemacht und den ersten Preis gewonnen, einen Flug nach Mallorca und einen einwöchigen Aufenthalt in einem Hotel zweiter oder dritter Klasse für zwei Personen in Palma. Da Mona gerade mit ihrem Freund Schluss gemacht hat (oder er mit ihr, was Mona allerdings heftig leugnet), versucht sie, Hanna zu überreden, stattdessen mitzufliegen. In leuchtenden Farben schildert sie das Hotel, das sie gar nicht kennt. Es läge direkt am Strand, da ist sie sich ganz sicher.

Hanna zögert. „Um diese Zeit kann man doch noch gar nicht im Meer baden", wendet sie ein. Sie befürchtet zudem, dass das Hotel ein riesiger hässlicher Betonklotz ist, mit Massenabfertigung und ordinärem Publikum. Mona versichert, dass das Hotel nicht so überdimensioniert sei. In den nächsten Tagen bekäme sie die Reiseunterlagen zugestellt.

„Das Hotel hat auf jeden Fall einen Swimmingpool", beteuert sie. „Denk' doch mal, sich eine ganze Woche bedienen lassen, feines Essen genießen, sich am Swimmingpool zu sonnen..."

Das alles klingt für Hanna nicht sehr verlockend. Sie befürchtet, dort auf ein Ballermann-Publikum zu stoßen, das alle alleinreisenden Frauen anbaggert, wagt aber nicht, das ihrer Freundin zu sagen, weil sie deren Freude über den unerwarteten Gewinn nicht trüben möchte. Die gewonnene Reise nach Mallorca hat Mona aus dem Tief geholt, in das sie seit der Trennung von Peter abgerutscht war.

Mona schwärmt weiter, Hanna macht ein bedenkliches Gesicht.

„Stell dir vor, eine Woche Sonnenschein, eine Woche raus aus diesem trüben Grau, raus aus diesem Schmuddelwetter!"

Wie bestellt fängt es an zu nieseln. Der goldene Engel auf dem Turm der Marienkirche verschwindet in einer Wolkendecke, die sich immer tiefer senkt.

Hanna sieht sich mit winterbleichen Gliedern am unbekannten Swimmingpool in Mallorca hocken, – eine abschreckende Vorstellung.

„Vielleicht scheint dort gar nicht jeden Tag die Sonne. Kann es nicht auf Mallorca sogar schneien?"

Ihr kommt ein Buchtitel in den Sinn: ‚Winter auf Mallorca‘. Hanna arbeitet in der Stadtbibliothek. Zu allen Lebenslagen, auch zu den unpassendsten, fällt ihr ein mehr oder weniger passender Buchtitel ein.

„Es gibt ein Buch, das ‚Winter auf Mallorca‘ heißt" sagt sie. „da ist das Wetter nur garstig. Es ist ständig lausig kalt". Erstaunlicherweise kennt Mona das Buch.

„Du meinst das Buch von George Sand. Sie hat ein paar Wochen mit ihrem Geliebten Frederik Chopin auf Mallorca verbracht. Aber das war im November! November! Wenn wir fliegen, ist es Februar!"

Mona bleibt unvermittelt stehen, so dass sie von einer Touristengruppe, die gerade aus der Marienkirche strömt, angerempelt wird.

„Februar!" ruft sie enthusiastisch. „Im Februar blühen auf Mallorca die Mandelbäume. Stell' dir das vor, das muss traumhaft sein!" Sie hakt Hanna unter und strebt weiter.

„Abgemacht, du fliegst mit!"

Die blühenden Mandelbäume geben den Ausschlag. Hanna sieht rosa überhauchte Hänge vor sich, unzählige Bäume mit zarten Blütenschleiern, ein lockendes, ein verlockendes Bild.

„Also vielleicht. *Dann muss ich mir überlegen, ob ich mir einen neuen Badeanzug kaufe"*.

Mona stößt einen Freudenschrei aus und steuert auf das exklusive Wäschegeschäft neben der Löwen-Apotheke zu. „Die haben auch Badeanzüge."

Sinfonie in Gelb

Ein Frühlingsmärchen

Die Aufgabe: ein Naturphänomen des Frühlings (den Wind, die Sonne, erste Frühlingsblumen) als beseeltes Wesen darzustellen, es zu personifizieren. Die Form des Textes ist nicht vorgeschrieben. Es kann ein Gedicht sein, ein Dialog, ein Brief... Ich entscheide mich für den Frühling selbst als Protagonisten. (2014).

Über Nacht kam der Frühling ins Land, in seinen grünen Knospenschuhen, behängt mit Farben, Klängen und Düften. Er war im Auftrag der Sonne unterwegs. „Gehe durch die Natur", hatte sie gesagt und wecke alle gelben Blumen, wecke meine Ebenbilder."

Der Frühling schulterte sein Ränzel mit gelber Farbe und hüpfte verspielt an Wegrändern und Böschungen entlang.

„Wacht auf, ihr Huflattichsonnen! Lasst euch von der Sonne küssen", rief er den pelzigen Knospen des Huflattichs zu. Diese folgten seinem Ruf, krochen aus ihren braunen Gefängnissen, breiteten ihre goldenen Blütenkränze aus und strahlten mit der Sonne um die Wette.

Auf seinen leichten moosgrünen Samtschuhen schritt der Frühling weiter, vorbei an noch kahlen Hecken. Das Scharbockskraut vernahm seine lockenden Weckrufe, entfaltete zunächst die saftigen grünen Blätter und dann Blüte um Blüte, sonnengesprenkelte Tupfen im welken Laub unter den Hecken.

Der Frühling war im Wald angekommen und eilte von Buchenstamm zu Buchenstamm, silbern leuchtende Säulen im Waldesdom.

„Wer schließt den Himmel auf?" rief er. „Wo bleibt ihr? Kommt hervor, ihr Himmelsschlüsselchen. Die Sonne erwartet euch!" Und die Schlüsselblümchen in ihren gelben Kostümchen fühlten sich angesprochen und schmückten den dunklen Waldboden mit ihren hellgelben Blüten.

Der Frühling tänzelte weiter durch den lichten Buchenwald und pfiff munter vor sich hin. Das hörten die Vögel in den Baumkronen und stimmten in das Frühlingskonzert ein. Der Frühling nickte entzückt. Er spreizte seine grünen Hände und hielt sie in den lauen Wind. Und wie von Zauberhand gerufen gaukelte ein Zitronenfalter herbei, ließ sich auf dem grünen Zeigefinger des Frühlings nieder, klappte seine Flügel auf und wieder zu. Und schon kam der nächste, und noch einer, bis alle Finger des Frühlings besetzt waren. Der schüttelte die gelben Sonnenvögel sachte ab.

„Fliegt auf die Wiesen", rief er, „fliegt in die Gärten. Ihr werdet viele Blumen finden, die süßen Nektar für euch bereithalten. Fliegt!" Und die Zitronenfalter gaukelten umher, haschten einander und flogen auf der Suche nach der verheißenen Süße davon.

Die Sonne stand nun recht hoch am Himmel und freute sich über den Anblick der gelben Blumenkinder. Die Zitronenfalter hatten den Frühling an ein vergessenes Bild erinnert.

„Forsythien!", rief er und steuerte auf die Gärten und Vorgärten zu. Er setzte schwungvoll über Hecken und Zäune, balancierte auf Gartenmauern und schwenkte seinen gelben Farbeimer. Er besprühte alle Forsythienbüsche, bis deren Knospen sich öffneten und die Vorgärten in gelbe Oasen verwandelten. Es sah aus, als hätten sich Myriaden von kleinen Zitronenfaltern auf den Zweigen niedergelassen. Befriedigt registrierte der Frühling das gelbe Leuchten und Lodern.

Die Wiesen sind noch zu grün, dachte er. *Da fehlen gelbe Tupfen. Ich muss den Löwenzahn wecken.* Er sprang auf, drehte eine Pirouette und strebte den Wiesen zu.

„Aufwachen! Aufwachen!", lockte er und tänzelte auf den Wiesen herum und spielte dazu auf seiner Schalmei. Die Löwenzahnrosetten konnten dem Lockruf nicht widerstehen. Sie schoben ihre Knospen auf schlanken Stielen immer höher und öffneten ihre gelben Kronen. Blüte um Blüte erstrahlte sonnengleich und im Nu leuchteten die Wiesen in sattem Gelb.

Auf der Wiese nebenan erwachten die Knospen der Butterblumen. Wie ein leichter gelber Schaum schwebten die kleinen runden Blüten auf hauchdünnen Stängeln über dem grünen Gras. Und der Frühling tanzte und spielte weiter, geriet in eine feuchte Region und versank mit seinen grünen Samtschuhen fast im Sumpf. Das weckte die Sumpfdotterblumen. Sie öffneten ihre Blüten und bedeckten den Sumpf mit einem dottergelben Teppich.

Und weiter tanzte der Frühling, spielte Haschen mit dem Wind und näherte sich den Feldern. Dort hörte er die schlafenden Rapshalme wispern. „Das können wir auch!", flüsterten die Halme und erblühten. Und ehe der Abend kam, war die weite Flur mit rapsgelben Vierecken gemustert.

Alles ist ergelbt. Nun kann ich schlafen gehen, beschloss der Frühling und freute sich über seine Wortschöpfung. *Ich bin müde vom Wecken und Rufen und Gelbfärben.* Er suchte sich einen heimeligen Schlafplatz in der grünen Tapisserie des Waldes, bürstete den goldenen Blütenstaub von seinem Samtgewand, zog die Knospenschuhe aus und rollte sich zusammen.

"Und wir?", hörte er ein empörtes Raunen, ehe ihn der Schlaf übermannte. Schon fast eingeschlafen, öffnete er die Augen. Es waren die Sonnenblumen.

„Ihr müsst auf den Sommer warten", murmelte er und überließ sich dem wohlverdienten Schlummer.

Plötzliche Sommerhitze

*Zum Auftakt spielen die Kursteilnehmer ‚**Wörter-Billard**‘: ein beliebiges Wort stößt wie eine Billardkugel Assoziationen an ein anderes Wort an. Jede Teilnehmerin schreibt ein neues Wort auf einen Bogen, das als Assoziation des Vorgängerwortes ausgelöst wurde. Nach 15maligem Kursieren der Bögen werden die Wörter durchnummeriert und in einem vom Kursleiter vorgegebenen Algorithmus angekreuzt. Die Aufgabe: einen kurzen Text zu schreiben, in dem die so markierten Wörter auftauchen. Für mich entstehen folgende Wörter: Tropennacht – Ziegel – Brennen – Aloe Vera – Gießen – Regentropfen. Titel/Thema unseres Textes „Plötzliche Sommerhitze“. (2014).*

Über Pfingsten war der Sommer ins Land gezogen. Das Barometer kletterte jeden Tag ein bisschen höher. Nachts fiel es nicht mehr unter die 20°-Marke: mit anderen Worten: eine *Tropennacht* reihte sich an die andere und bescherte so manchem Schläfer eine unruhige Nacht.

Tag für Tag brannte die Sonne von einem wolkenlosen Himmel. Das unaufhörliche *Brennen* heizte die roten *Ziegel* auf, mit dem der betagte Gartenschopf im Park des Herrenhauses bedeckt war. ‚Krack‘ machte es hörbar, ein Ziegel sprang in der Mitte entzwei, beide Hälften rutschten über die Dachschräge und blieben in der Regenrinne hängen. ‚Krack‘, der nächste Ziegel direkt unterhalb des Firstes barst, die Bruchstücke glitten über das Dach, gerieten so in Fahrt, dass sie über die Regenrinne schossen und mit Wucht auf den Boden prallten.

Der alte Gärtner, der sich im Schatten eines Fliederbusches neben dem Schopf vom *Gießen* ausruhte, fuhr erschrocken zusammen. Er war eingenickt, die *plötzliche Sommerhitze* hatte ihn schläfrig gemacht. ‚Krack, Krack‘, die nächsten Ziegel landeten im Funkienbeet und begruben die ersten zartlila Knospen unter sich. Verwirrt und besorgt lenkte der Gärtner seinen Blick auf das rote Ziegeldach, das nun mehrere schwarze Löcher wie verfaulte Zähne aufwies. Panik erfasste den alten Mann. So etwas hatte er noch nie erlebt! Da wartete man sehnsüchtig auf den nächsten Regen mit seinen labenden *Regentropfen*. Stattdessen regnete es zerbrochene Dachziegel!

„Aloe Vera sollte man jetzt haben", seufzte der Gärtner und schlurfte langsam ins Herrenhaus, Aloe Vera, das Allzweck-heilmittel seiner längst verstorbenen Mutter.

Der Gärtner und sein Enkel, das Rotkehlchen und die Katze

Eine Geschichte in der Geschichte in der Geschichte…

Die nächste Aufgabe (am gleichen Abend) ist ein spielerisches Umgehen mit Formen: Wie eine Matrjoschka eine kleinere Puppe enthält, und diese wiederum eine noch kleinere, und darin eine weitere kleinere Puppe, so soll eine Geschichte erzählt werden, und darin eine weitere Geschichte, und in dieser eine dritte Geschichte usw. Und wenn die Zeit und die Ideen reichen, kann die Geschichte wieder in der ersten großen Geschichte enden. Ausgangspunkt ist der Text „Plötzliche Sommerhitze". (2014).

Der alte Gärtner nutzte die frühen, noch kühlen Morgenstunden, um im Garten des Herrenhauses nach dem Rechten zu sehen. Er war dabei, ein größeres Viereck umzugraben, wo Kartoffeln gesetzt werden sollten. Sie hätten schon längst in der Erde sein sollen, die unerwartete Hitze hatte das verhindert.

Im Lindenbaum, der seine Düfte verschwenderisch verströmte, saß eine Gartengrasmücke und jubilierte unaufhörlich, ‚ohne Punkt und Komma'. In der Hecke, die den Garten zum Nachbargrundstück abgrenzte, tschilpten Spatzen. Das Enkelkind des Gärtners, der sechsjährige Philipp, saß auf der Bank vor dem Geräteschopf und ließ die Beine baumeln. Der Banksitz war so hoch, dass seine Füße kaum den Erdboden berührten.

„Erzähl eine Geschichte, Großpapi", forderte der Kleine. „Mir ist sonst langweilig!"

„So, so, eine Geschichte willst du hören", murmelte der Alte und wischte sich den Schweiß von der Stirn. „Solltest du nicht in der Schule sein und lesen lernen? Dann kannst du selbst Geschichten lesen".

„Es sind doch Pfingstferien! Bitte eine Geschichte!“ Der Großvater wusste sehr wohl, dass die Pfingstferien noch bis zum Ende der Woche dauerten. Er machte sich Sorgen, weil sein Enkel mit den schulischen Pflichten sehr sorglos und unbekümmert umging.

„Also einmal vor langer Zeit habe ich im Garten gegraben so wie heute“, hub der Großvater an. „Da stieß mein Spaten auf Widerstand. Es hörte sich nicht an, als ob ein Stein das Umgraben behinderte. Es klang nach Metall.“

„Oh, eine Schatzkiste! Hast du eine Schatzkiste ausgegraben? Was war darin? Hast du einen Schatz gefunden?“ Die Stimme des kleinen Jungen überschlug sich fast.

„Gemach, gemach. Du musst schon ein wenig Geduld aufbringen.“ Wieder wischte sich der Alte die Stirn. Er hatte mit Graben aufgehört und stützte sich schwer auf den Spatengriff. „Als ich versuchte, mit dem Spaten unter den unbekannten Gegenstand zu stoßen, kam plötzlich ein kleiner Vogel mit einer orangeroten Brust angeflogen.“

„Ein Rotkehlchen“, strahlte der Kleine.

„Richtig, ein Rotkehlchen. Es setzte sich ganz zutraulich auf die obere Kante des Spatens, sah mich mit seinen schwarzglänzenden Perlaugen an und öffnete den Schnabel.“

,Schönes Wetter‘, dachte das Rotkehlchen, ließ eine kurze Strophe seines zögernden Gesangs hören und pickte dann nach einem Würmchen, das aus der umgebrochenen Scholle ans Freie gelangt war. Mit dem sich verzweifelt windenden Wurm im Schnabel flog das Rotkehlchen in die Hecke, die den herrschaftlichen Garten begrenzte. Dort hatte es sein Nest gebaut und in dem Nest saßen drei nackte Junge, die ihre Schnäbel so weit aufsperrten, dass das Ganze von oben aussah wie eine exotische Pflanze

mit drei Blüten. Der Wurm verschwand in einem der aufgerisse-
nen Schnäbel.

„Ich komme wieder!", zwitscherte das Rotkehlchen. „Ich
bringe euch noch mehr Leckerbissen. Der alte Gärtner ist am
Umgraben. Da werden all die Würmchen und Käfer ans Tages-
licht befördert. Schreit nicht so laut, damit die Katze euch nicht
hört. "

Flugs machte es kehrt, landete wieder beim Gärtner,
schnappte sich ein Käferchen, flog zum Nest, fütterte das mittlere
Junge. Gleich darauf bekam das dritte Junge ein Räupchen und
so weiter und so fort. Jedes Mal, wenn das Rotkehlchen beim
Nest angelangt war, ermahnte es seine Jungen, wegen der Katze
nicht so laut zu schreien.

Die grau getigerte Katze hatte sich auf einem Ziegelhaufen neben der Schuppenwand niedergelassen, der dort vom letzten Unwetter aufgeschichtet lag. Die Ziegel hatten die Sonnen-
wärme des vergangenen Tages gespeichert, die Katze genoss die
wohlige Wärme. Sie döste und gab sich erfreulichen Tagträumen
hin, so vollkommen, wie das nur Katzen können. Dass sie nicht
fest schlief, konnte man an ihrer zuckenden Schwanzspitze erkennen. Und auch daran, dass sie hin und wieder die Ohren auf-
stellte. Sie lauschte auf jedes Geräusch.

Dieser dumme alberne Vogel, dachte die Katze träge. *Ir-*
gendwann werde ich ihn erwischen. Und seine Brut auch! Gemeint war das Rotkehlchen, nicht die unerreichbare Grasmücke
in der Linde.

Plötzlich erklang ein ungewohntes, misstönendes Geräusch, wie wenn Metall auf Metall stößt. Die Katze hob den
Kopf. *Siesta beendet*, beschloss sie. *Es wird mir schlicht zu heiß!*

Sie dehnte sich, streckte die Vorderpfoten, fuhr die Krallen aus und wieder ein, danach waren die Hinterbeine dran.

Mit einem geschmeidigen Satz sprang sie vom Ziegelhaufen und lief mit erhobenem Schwanz zum Gärtner, miaute kurz, strich um seine Hosenbeine und postierte sich dann direkt neben dem Spaten, der wieder in den Boden gestoßen wurde.

„Bist wohl neugierig, was da zu Tage kommt", brummte der Alte. Die Katze maunzte zustimmend. Ihren geringelten Schwanz hatte sie sorgfältig um ihren Körper auf dem Boden drapiert. Betont desinteressiert wendete sie ihren Kopf in die Richtung des Rotkehlchennests in der Hecke. Von dort war nichts zu hören und nichts zu sehen.

Der alte Gärtner hatte das Stück Land für die Kartoffeln umgegraben und betrachtete befriedigt das Werk seiner Hände. *Jetzt habe ich mir eine Pause verdient*, dachte er und ließ sich auf der Bank vor dem Geräteschuppen nieder, wo eben noch Philipp mit baumelnden Beinen gesessen hatte. Die Gartengrasmücke jubilierte immer noch. Vom Gartengrundstück nebenan erklang das unvermeidliche Sommergeräusch eines Rasenmähers.

„Und dann?" fragte Philipp, der aus dem Haus zurückkam. Er tapste langsam mit unsicheren Schrittchen, in den Händen einen Becher Milch balancierend, aus dem er immer wieder trank. Die Milch hatte ihm ein Bärtchen auf die Oberlippe gemalt. Er setzte sich neben seinen Großvater.

„Und dann? Was war in der Kiste?"

„Tja, das Rotkehlchen war wieder fortgeflogen. Ich buddelte die Blechkiste aus und wischte sie sauber. Sie ließ sich ganz leicht öffnen. Da drin lag ein Umschlag, und in dem Umschlag..."

„Eine Schatzzeichnung. Ich meine eine Karte mit der Stelle drauf, wo ein Schatz vergraben war."

„Nein, Philipp. Es war eine Botschaft, ein Brief. Es war ein Liebesbrief."

„Och, wie langweilig!", maulte Philipp. Er hatte wieder mit dem Baumeln seiner Beine begonnen.

„Warte nur, mein Kleiner, bis du ein paar Jährchen älter bist. Dann wirst du auch finden, dass ein Liebesbrief ein großer Schatz sein kann."

„Chinesisches Wortgitter"

Land – zerstören – Berg – Fluss – sein
Stadt – Frühling – Gras – Baum – tief
Fühlen – Zeit – Blume – gießen – Träne
Hass – trennen – Vogel –Schrecken – Herz*⁾

*Bilde aus den Wörtern des obigen **Chinesischen Gitters** einen kurzen, kon-*
zentrierten Text, ein (Prosa-)Gedicht. Die Wörter müssen in der oben gegebe-
nen Reihenfolge wieder im Text auftauchen, Konjugation etc. darf modifiziert
werden. (2014).

*) Diese Kernworte für das „Chinesische Wortgitter" sind den An-
fangszeilen des Gedichtes „Ich sehne mich nach dem Frühling" des
chinesischen Dichters Tu Fu (712-770) entnommen.

Land meiner Sehnsucht

Land meiner Sehnsucht,
die Menschen zerstören dich,
zerstören deine Berge, deine Flüsse, deine Täler.
Doch ich will zuversichtlich sein,
will die Stadt der Kindheit auch im Frühling erleben,
wenn das Gras unter den Bäumen grünt
und des Abends tiefe Schatten fallen.
Ich will fühlen, wie die Zeit vergeht,
wenn ich die Blumen gieße
und die Tropfen wie Tränen in ihre Kelche rinnen.
Ich will den Hass unterdrücken,
der mich peinigt,
will ihm keinen Raum geben,
denn er wird mich trennen von denen,
die mir lieb sind.
Die Vögel werden ihre Nester verlassen,
dem Schrecken entfliehen,
Melancholie zieht in mein Herz.

Schneckenballett

Ein Bild soll einen Text anstoßen. Verschiedene Farbfotos von Schnecken, die in mehrfacher Hinsicht metaphorische Tiere sind, stehen zur Auswahl. Ich entscheide mich für das ästhetischste Foto, auf dem sich zwei rosa Schnecken mit purpurroten Häuschen auf einem Zweig begegnen, an dem Regentropfen wie schimmernde Perlen hängen. (2012).

Zwei rote Schnecken balancieren auf einem mit Regentropfen behangenen Zweig aufeinander zu. Balancierende Schnecken, das ist eigentlich ein schiefes Bild. Geschöpfe, die balancieren, stellt man sich feingliedrig und beweglich vor. Das sind Schnecken nun wirklich nicht. Und doch wirken diese beiden Schnecken überaus anmutig. Die wie rosa Krepp gemusterten Schnecken begegnen sich, haben ihre Fühler und Augen ausgestreckt und erkunden sich gegenseitig. Es sieht so aus, als wollten sie sich im nächsten Moment küssen. Sie imaginieren das Sinnbild einer Liebesbegegnung.

Vielleicht gibt es keine roten Schnecken oder vielmehr rosa Schnecken mit purpurfarbenen Schneckenhäuschen. Vielleicht hat der Fotograf eine Belichtung gewählt, die den Schnecken diese leuchtende Farbe verleiht. Den perfekten Hintergrund bildet das verschwommene komplementäre Grün auf dieser Fotografie. Faszinierend die schillernden Regentropfen, die gleich zerbrechlichen Glaskugeln an dem Zweig hängen.

Die Schnecken führen eine Art Ballett auf, bewegen sich nach ihrer eigenen Choreografie. Sie wiegen ihre Oberkörper hin und her, fahren die Fühler ein und aus, sie ‚küssen‘ sich wirklich, – und das alles geschieht so sanft und behutsam, dass die Tropfen am Zweig hängenbleiben.

Was passiert, wenn sich die Schnecken vereinigen wollen? Ist das überhaupt auf diesem schmalen Zweig möglich? Sind Schnecken nicht zweigeschlechtliche Tiere, die sich selbst begatten können? Die Fotografie vermittelt eine Ästhetik, die solche Überlegungen in den Hintergrund drängen. Die Augen des Betrachters spazieren auf dieser wunderschönen Aufnahme und die Ohren hören eine rot-grüne Sphären-Musik.

Auch der Aspekt, dass Schnecken für viele Menschen Ekeltiere sind, denen vor dem Schleimigen der Schnecken schaudert, kommt hier nicht zum Tragen. Man sieht und staunt, beneidet die Schnecken um ihre Häuschen, vollendet gemusterte, linksdrehende Gebilde. Diese schönen Rosaroten sind ‚behaust'. Sie können sich jederzeit ‚in ihr Schneckenhaus zurückziehen', sich verbergen vor den Gefahren der Welt, sich unsichtbar machen...

Noch immer tanzen die beiden Schnecken ihren Liebestanz. Aus der Ferne klingt noch immer die grüne Musik mit den roten Rhythmen. Sie lassen sich Zeit, die Schnecken. Sie haben alle Zeit der Welt. Sie kommen ans Ziel, im Schneckentempo. Es spielt keine Rolle, wie lange sie dazu brauchen.

Ihre Bewegungen sind so sanft und sacht, dass die Regentropfen noch immer an dem Zweig hängen und in Regenbogenfarben schimmern.

Und wenn der Zauber erlischt, die Musik verstummt und die Tropfen verschwunden sind, wird es vielleicht viele kleine Schneckenkinder mit roten Häuschen geben, die sich auf den Weg machen und die Begegnung mit ihresgleichen suchen. Sie werden unbeirrt über Blätter und Zweige kriechen und auf den Platten des Gartenweges silbrige Spuren hinterlassen, Girlanden und Schlaufen, die sie auf ihrer nächtlichen Suche ‚malten' und irgendwann werden sie ans Ziel kommen.

Mittsommernacht

Ein Märchen

Schreiben nach Musik. Die Teilnehmer sollen zuhören, den Rhythmus wahrnehmen, sich öffnen für die Assoziationen, die die Musik auslöst. Nach der Vorleserunde erfahren sie, welche Musik *sie zum Schreiben animierte: „Bauernmusik revisited" von Ferdinand Lötscher (1842-1904), gespielt vom ‚Lucerne chambre brass' (Bauernmusik um 1850, gespielt auf historischen Instrumenten). (2015).*

Mittsommer stand vor der Tür und sollte wie jedes Jahr mit einem rauschenden Fest gefeiert werden. Es wurde ein Organisationskomitee gegründet, das den Ablauf der Feier gestalten sollte, Musik, Blumenschmuck, Darbietungen, Getränke etc. Vertreter aller Naturgeister gehörten dem Komitee an: eine Elfe, eine Fee, eine Nymphe, ein Zwerg, ein Gnom, ein Faun und als Kapellmeister eine Grille. Das Komitee bestand also aus sieben Vertretern wie im Bundesrat und es wurde somit verhindert, dass es bei den Abstimmungen zu einem Patt kommen könnte.

Nacht für Nacht trat das Komitee zusammen. Die weiblichen Mitglieder verloren sich in Betrachtungen über die Kostüme, die getragen werden sollten. Die Elfe schlug Blumengewänder vor, die Nymphe durchsichtige Schleier, die Fee ein Zaubergewand, das seine Farben immer wieder ändern konnte. Diese Vorschläge fanden bei den männlichen Teilnehmern zunächst keine Gnade.

„Durchsichtig! Ich bitte euch!", prustete der Faun, aber er grinste dabei recht scheinheilig. Der Zwerg konnte sich nach einigem Zögern mit den die Farben wechselnden Gewändern der Fee anfreunden und bearbeitete den Gnom so lange, bis dieser ebenfalls zustimmte. Die Grille übte einstweilen, zirpte, übte und enthielt sich der Stimme. Nun hatte sie plötzlich alle anderen sechs Komiteemitglieder gegen sich. Vereint redeten sie auf das arme Tier ein, endlich Stellung zu beziehen. Die Grille ließ einen letzten Zirpser hören, strich sich über die Flügel und machte einen kleinen Sprung.

„Jeder kommt wie er will", meinte sie schließlich. „Die Elfen dürfen Blumenkleider anziehen, die Nymphen sich in durchsichtige Schleier hüllen, die Feen in Wundergewändern auftreten. Die Faune tragen ihr braunes Fellkleid, das genügt, die Zwerge setzen bunte Zipfelmützen auf und die Gnome kleiden sich in rote Kutten. Und wir Musikanten kommen so wie wir sind, in Natur." Sprach's und begann wieder zu üben.

Alle hatten den Ausführungen der Grille zugehört. Sie fanden, dass es eine salomonische Entscheidung war und erklärten sich einverstanden.

„Ich muss noch mit den anderen üben", sagte die Grille „Die Hummeln beherrschen den Takt noch nicht richtig und das Surren der Wespen klingt zu aggressiv." Sie verschwand mit weit ausholenden Hüpfern.

Dann war es endlich soweit, der große Festabend begann. Mit einer lauten Fanfare eröffneten die Käfermusikanten die Feier. Immer neue harmonische Melodien waren zu hören, wurden lauter, dann wieder leiser, wiederholten sich. Die Grille hatte das Konzert mit ihren Leuten hervorragend eingeübt.

Die Elfen traten auf, lieblich als Blumen verkleidet. Da reichten sich Veilchen, Stiefmütterchen und Vergissmeinnicht die Hände zum Reigen. In einem zweiten größeren Rund schwebten die Nymphen federleicht und wedelten mit ihren durchsichtigen Schleiern. Sie wichen dann an den äußersten Rand der Tanzfläche, um den Feen Platz zu machen. Die boten ein Fest für's Auge. In immer neuen schimmernden Farben leuchteten ihre Roben auf.

„Wie Nordlichter", befand ein Mistkäfer andächtig und geriet vor Staunen aus dem Takt. Die Grille warf ihm einen strengen Blick zu und gab mit ihren beiden Vorderbeinen energisch den Takt an. Die Musik wurde lauter, heftiger: der Faun und seine Kumpanen stampften auf die Bühne, ihre Pferdehufe waren deutlich zu hören.

Die Musikanten legten sich heftig ins Zeug und gaben sich alle erdenkliche Mühe. Melodie um Melodie erklang, heitere harmonische Weisen ohne Dissonanzen.

„Jetzt kommen wir!" schrien die Zwerge „Platz da!"

„Ihr braucht doch nicht so viel Platz, ihr seid doch zwergenklein!", murrten die Faune, wichen aber zurück. Den Schluss bildeten die Gnome in ihren purpurroten Kutten. Wie eine rote Perlenkette umschlossen sie die anderen Tanzenden und der Mond beleuchtete die ausgelassene Szenerie mit seinem magischen Licht. Dazu funkelten die Sterne.

Die Kapelle spielte unermüdlich. Meist waren es heitere Melodien, die in allen Festteilnehmern eine Wohlfühlstimmung erzeugten. Die Tanzenden wurden übermütig. Da sie zwischen dem Spielen fleißig dem bereitgestellten Met zugesprochen hatten, vergaßen sie hin und wieder die streng eingeübte Formation und gerieten aus dem Takt.

Eine Elfe wandte sich einem Faun zu, der sie etwas unbeholfen, aber bemüht galant über den Tanzboden führte. Die Nymphen umflatterten die Gnome, die Zwerge lachten, stampften und spielten mit den Feen ein neckisches „Hasch-mich-Spiel".

Dann zog eine schwarze Wolkenwand auf und verbarg den Mond. Es war, als werde ein Lichtschalter umgedreht. Dunkelheit legte sich über die Szene.

„Ihr seid alle müde", rief die Grille, die die Funktion des Kapellmeisters sehr ernst nahm. „Und wir sind es auch. Es war ein wunderschönes Fest. Geht nun alle schlafen."

Mit einer gewaltigen Fanfare endete das Fest. Mittsommernacht war vorbei.

„17,77 Euro!"

Eine moderne Sage

Themenschwerpunkt ist die Sage in moderner Ausprägung, die sogenannte **Wandersage:** *Der Kern einer Sage wird beim Weitererzählen unterschiedlich ausgeschmückt. Im Gegensatz zum Märchen spielt die Handlung einer Wandersage nur am Rande des Unmöglichen, die Ereignisse könnten tatsächlich passiert sein, so spektakulär, unglaubwürdig und makaber sie auch klingen. (2015).*

In einem Supermarkt herrschte an einen Nachmittag die übliche Flaute. Der Mittagsansturm war vorbei, die ‚Nach-Dienstschluss-Käufer' saßen noch in ihren Büros. Gewöhnlich mischten sich die beiden Ströme. Heute waren die Gänge zwischen den Regalreihen ungewöhnlich leer und deshalb nur eine Kasse geöffnet.

Trotz der wenigen Käufer bildete sich aber rasch eine Schlange davor.

„17,77", sagte die Kassiererin zu dem Kunden, der am nächsten zur Kasse stand.

„17,77?" fragte der recht ungläubig.

„17,77!", wiederholte die Kassiererin und wies mit ihrem Zeigefinger, von dessen Nagel der Lack ziemlich abgesplittert war, auf das Display der Kasse, die exakt diesen Betrag anzeigte. Der Kunde bezahlte und packte dann seinen recht umfangreichen Einkauf hastig in zwei mitgebrachte Papiertüten. *Schnell weg hier*, dachte er, *ehe die Madame merkt, dass sie sich vertippt hat!* Diese indes tippte bereits die nächsten Artikel in die Kasse.

„17,77", hörte er und sah auf. Der Kunde nach ihm begann einen lautstarken Protest. Er habe nur diese drei Artikel gekauft, die niemals im Leben so viel kosten konnten. Die Kassiererin zeigte wieder auf die Kasse.

„17,77!", wiederholte sie stoisch. Nach einigem Hin und Her, nun sichtlich genervt, stornierte sie den Zahlungsvorgang und scannte die Waren erneut ein. Das Ergebnis änderte sich nicht, es blieb bei 17,77.

„Ich will, dass Sie die Preise von Hand eintippen!", verlangte der aufgebrachte Kunde.

„Geht nicht!", bekam er zur Antwort, „die Preise stehen nicht mehr auf der Ware, nur am Regal. Sie können dort...". Der erboste Mann ließ sie nicht ausreden, stürmte aus dem Laden, ohne zu bezahlen, ohne die Ware mitzunehmen.

Der Scanner bearbeitete bereits den nächsten Warenberg, der sukzessive auf dem Laufband vorwärts ruckelte. Lebensmittel, Socken, ein Tranchiermesser. Routiniert strich die Kassiererin über den Strichcode, Piepton für Piepton bestätigte, dass der Preis erfasst war.

„17,77 Eu....". Der Euro wurde quasi verschluckt, er blieb der Kassiererin im Halse stecken. In ihr müdes Hirn drang die Botschaft vor, dass da irgendetwas nicht stimmen konnte.

„17,77?", wiederholte sie ungläubig. „Das glaub ich jetzt nicht!" Erregt fuhr sie von ihrem Drehstuhl, drei Fragezeichen im Gesicht.

„Chef!" rief sie gellend. „Chef, komm mal!" Sie sprang so heftig auf, dass der Stuhl eine Runde ohne ihre Last drehte, kletterte aus ihrem Verschlag, hob das Absperrband zur nächsten Kasse und verschwand in der Tür, die zu den Personalräumen führte.

Der Tumult an der Spitze der Schlange nahm ungeheure Ausmaße an und erreichte das Ende der Schlange wie ein Lauffeuer.

„Die Kasse spinnt!", meinte der vorderste Kunde. „Heute kostet alles 17,77 Euro." Dabei war allein schon das Tranchiermesser mit 19,98 Euro ausgezeichnet. In seiner Stimme klang ein bisschen Sensationsgier mit, aber auch die Enttäuschung, dass aus dem Schnäppchen wohl nichts werden würde. Denn jetzt nahte der Chef des Supermarkts mit wichtigtuerischer Miene, im Schlepptau die verstörte Kassiererin.

Der Chef begann, die Waren des letzten Kunden erneut einzuscannen, Lebensmittel, die Socken, das Tranchiermesser...

"17,77!", bellte er. Der Kunde reichte hastig eine Zwanziger Note, das Rückgeld schepperte in die Auffangschale. Er fischte es heraus, raffte seine Ware in eine Tüte und verschwand. Der Chef scannte den nächsten Einkauf ein, der Scanner piepte, die Kasse ratterte...

"17,77!"

„Chef, Chef, das sag ich doch die ganze Zeit! Die Kasse stimmt nicht! Das ist schon der fünfte Kunde mit genau diesen verdammten 17,77 Euro!" Die selbstbewusste Miene des Chefs verrutschte ein wenig.

„Mach die andere Kasse auf!" herrschte er seine Mitarbeiterin an.

„Bitte, meine Herrschaften, beruhigen Sie sich", wandte er sich an die Schlange. „Bezahlen Sie an der nächsten Kasse. Wir haben ein kleines Problem hier."

Die Kassiererin hatte sich inzwischen auf den Drehstuhl der benachbarten Kasse geschwungen. Verzagt, mit zittrigen Händen scannte sie die Artikel des nächsten Kunden ein. Ihre Routine war dahin. Der Scanner streikte, wollte partout den Strichcode einer Packung Nudeln nicht lesen. Der Chef riss ihr den Scanner aus der Hand, fuhr über den Code, es piepste.

„17,77 Euro!" verkündete er.

„Das glaubt mir kein Mensch!", murmelte die Kassiererin.

Warten am Bahnhof

Ein Schwarz-Weiß-Foto, das in der NZZ in der Serie „Ein Sonntagnachmittag in der Schweiz" erschienen ist, zeigt drei Personen, die auf einer Bank im Bahnhof sitzen und warten. Die alte Dame, die zuvorderst sitzt, hat sich recht herausgeputzt, mit Perlenkette, dazu passenden Ohrringen und einer Brosche am Revers ihres schwarzen Jacketts. Die Frisur adrett gekämmt. Auf dem Schoss hält sie einen in Zellophan eingewickelten Blumenstrauß. Sie ist wohl in den Siebzigern. Neben ihr ein Paar in mittleren Jahren, beide wohlgenährt in heller Sommerkleidung, beide mit verdrießlichen Mienen. Was geht in ihren Köpfen vor? Die Kursteilnehmer sollen sich für eine Person entscheiden und einen inneren Monolog schreiben. (2015).

Hoffentlich kommt der Zug pünktlich! Hoffentlich ist Elvira am Bahnsteig, um mich abzuholen. Allein würde ich den Weg wohl nicht wieder finden. Ich war doch erst einmal in ihrem neuen Heim.

Mein Gott, ist das ein Lärm hier! Von den Lautsprecherdurchsagen verstehe ich kein Wort. Dabei ist mein Gehör noch gut. Ich brauche noch kein Gehörgerät wie Elvira. Ihr Franz, der hat wohl auch schon eines. Ja, wir werden alle nicht jünger!

Na, die Madame da drüben ist aber mächtig aufgetakelt. So würde ich nie rumlaufen! Die hat sich wohl mit Parfüm übergossen. Mit billigem Parfüm. Sie riecht bis hierher nach Drogerie. Zum Coiffeur wäre ich aber vorher doch noch gern gegangen. Meine Frisur sitzt nicht so richtig. Irgendwie werden meine Haare auch dünner und widerspenstiger. Elvira hat immer so einen kritischen Blick. Diese Hetzerei zum Bahnhof hat meine Frisur ganz durcheinandergebracht. Alles umsonst, die Hetzerei. Ich war natürlich viel zu früh da.

Was war das eben? Hat der Lautsprecher nicht was von Dietikon gesagt? Dass die nicht ein bisschen deutlicher sprechen können! Entwarnung. Von Dietlikon war die Rede.

Diese blöde Brosche passt überhaupt nicht zu der Perlenkette, aber ich musste sie wohl oder übel anlegen. Elvira wacht wie ein Luchs darüber, dass ich ihre Geschenke auch immer würdige. Die längste Zeit verging heute mit der Suche nach der Brosche. Und dann fand ich sie zuhinterst in der Besteckschublade. Habe sie wohl selbst dort versorgt. Na, solange ich die Brille nicht in den Kühlschrank lege, klopft Alzheimer noch nicht an! Aber man macht sich doch so seine Gedanken. Die Perlenkette von Mama, Gott habe sie selig, die liebe ich! Ich sehe sie an ihr, sehe, wie sie mit hastigem Griff überprüft, ob sie noch um den Hals hängt. Immer hatte sie Angst, die Kette zu verlieren. Einmal hatte sie sie wirklich verloren, und weil ich sie damals fand, habe ich sie auch geerbt. Elvira machte einen ziemlichen Aufstand deswegen. Ich sehe ihre abgearbeiteten Hände deutlich vor mir. Ich meine, Mamas Hände natürlich. Ach, sie hatte kein leichtes Leben, unsere Mutter. Elvira hat stets perfekt manikürte Hände. Sie kann sich das auch leisten, hat sich den betuchten Franz geangelt.

Die passenden Ohrclips zu Mamas Perlenkette habe ich auf dem Flohmarkt erstanden. Ein Schnäppchen war das! Ich konnte den Preis ziemlich runterhandeln. Ach das waren noch Zeiten, als ich im Sommer Samstag für Samstag nach Zürich fuhr und über den Flohmarkt auf dem Bürkliplatz bummelte. Diese heitere sorglose Atmosphäre, die dort stets herrschte. Das Feilschen und Runterhandeln. Und wie das Herz vor Freude tanzte, wenn man einen ‚Schatz‘ entdeckte.

Hoffentlich macht sie nicht wieder so einen starken Kaffee, die Elvira. Sie weiß doch, wie empfindlich mein Magen ist. Das letzte Mal hatte sie doch tatsächlich den Kaffeerahm vergessen! Weil sie und Franz den Kaffee schwarz trinken.

Die Blumen hier sehen schon ganz schlaff aus. Was müssen die auch immer so hässliches Zellophanzeugs nehmen. Da ersticken ja die Blumen! Können nicht atmen. Seidenpapier mit dezentem Dekor, so wie früher...

Auch hier hat es so viele Tauben wie auf dem Stuttgarter Bahnhof. Tauben lieben wohl Bahnhöfe. Ich werde nie vergessen, wie mir mal eine Taube auf mein Lieblingskleid geschissen hatte, als ich auf den Zug nach Reutlingen wartete. Zuerst dachte ich, jemand hätte mir versehentlich einen Becher mit heißem Kaffee über den Schoss gekippt. Es fühlte sich richtig warm an. Im gleichen Moment sah ich eine Taube über mich wegfliegen und erkannte die Bescherung. Ungläubig starrte ich auf die riesigen dunklen Klackse auf meinem Kleid. Seitdem hasse ich Tauben, Friedenssymbol her oder hin!

Jawohl, dich meine ich, du fettes Biest. Bleib bloß wo du bist!

Das Kleid, in Lilatönen, knöchellang, habe ich geliebt! Knöchellang war damals Mode. Dazu trug ich ein selbstgestricktes fliederfarbenes Baumwolljäckchen. Ich kam mir sehr apart vor, damals. Zum Glück ging das Kleid nach der Wäsche nicht ein. Ich hatte den Taubendreck notdürftig mit Tempos abgetupft. Dann kam der Zug nach Reutlingen, das feuchte Kleid klebte an meinen nackten Beinen. Wo wohl das Jäckchen geblieben ist? Selbstgestricktes habe ich nie gern in die Kleidersammlung gegeben. Vielleicht liegt es zuunterst im Schrank unter all den Pullovern, die im Laufe der Jahre dazu gekommen sind und die ich nie wieder anziehen werde.

Habe ich den Herd ausgeschaltet? Doch, habe ich. Ich erinnere mich, wie ich ganz bewusst den Schalter auf null gedreht und mich überzeugt habe, dass das rote Kontrolllämpchen nicht leuchtet.

Mein Gott, will die Zeit überhaupt nicht vorwärts machen? Oder habe ich die Abfahrt verpasst? War ich so in die Vergangenheit versunken, dass ich gar nicht mitgekriegt habe, wie der Zug abgefahren ist? Bin ich überhaupt auf dem richtigen Bahnsteig? Ja, auf der Anzeigentafel steht eindeutig ‚Baden über Dietikon…‘. Meine Augen sind noch ganz gut, aber ohne Brille wäre ich aufgeschmissen. War auch teuer genug, die Brille! Über dem Zielort läuft ein kleines Schriftband, das kann ich beim besten Willen nicht entziffern. Da müsste ich aufstehen. Dabei würde ich meinen Platz auf der Bank riskieren. Die beiden nebenan machen auch keine Anstalten, ihren Platz zu räumen. Warum die wohl so mürrisch gucken? Ja, wenn ich so wohlgenährt wäre wie die, richtig dick, kann man sagen, dann würde ich vielleicht auch so verdrießlich vor mich hin starren. Jetzt sitze ich doch schon geschlagene fünfzehn Minuten hier und sie haben noch kein Wort miteinander gewechselt! Die haben sich wohl nichts mehr zu sagen. Dann passen sie ja ganz gut zusammen.

Mein Gott, wie die Frauen heutzutage rumlaufen! Diese hautengen Jeans sitzen wie eine Wurstpelle! Das muss doch ein ekliges Gefühl sein. Sie sehen verboten aus, selbst an der besten Figur. Eine modische Katastrophe! Schade, dass die meisten Frauen heute fast nur noch in Hosen rumlaufen. Ich habe mich in Röcken und Kleidern immer wohl gefühlt. Habe lange Röcke getragen, Midi und extrem kurze. Ich hatte ja auch so wohlgeformte Beine. Wie ein Model. Eigentlich sind sie immer noch Top in Form, meine Beine. Keine Krampfadern und Besenreiser. Bloß blass. Ich vertrag die Sonne nicht mehr. Früher, da war ich im Sommer immer ziemlich braun. Ich meine schön gebräunt. Nicht so eine Grillbräune wie die Mallorca-Damen am Nachbartisch in meinem Stift. Die sehen aus wie gebruzzelt. Dazu die Falten!

Aber dass ich mich in so einem „Alte-Damen-Outfit“ wiederfinden würde, das hätte ich auch nie gedacht. Ich glaube, das liegt an der Brosche. Hoffentlich sieht Elvira sie auch. Ich werde ja dort mein Jackett ablegen. Die Bluse ist eigentlich okay, lila wie mein Kleid damals, das die Taube verschissen hatte. Ich liebe Lila in allen Schattierungen, obwohl die Farbe in den Siebzigern der frauenbewegten Latzhosen-Fraktion zugeschrieben und lächerlich gemacht wurde. Ich war nie eine Emanze, aber emanzipiert war ich immer!

Weg da, du dummes Taubenvieh! Weg da ihr allesamt. Pickt woanders! Schön sieht ihr Gefieder ja aus, wenn die Sonne drauffällt. So ein lilablaugrünes Changieren kriegt nur die Natur hin.

Ich bin mal gespannt, wen sie noch eingeladen hat, die Elvira. Sie hat so ein Getue gemacht und wollte nichts verraten. Hoffentlich nicht wieder den ‚General‘. Wenn sie wüsste, dass ich ihn so nenne! Er war mal was Hohes beim Militär, aber General war er sicher nicht. Seine Stimme hat so einen unangenehmen Befehlston. Und er hört sich gern reden. Ich glaube, sie hat ein Auge auf ihn geworfen, trotz Franz oder gerade wegen ihm. Oder heißt es seinetwegen? Ist ja egal. Oder Elvira will mich verkuppeln. So ganz klar ist das bei meiner Schwester nicht. Auf den General bin ich allerdings nicht scharf. Oh Gott, wie das klingt! Als ob ich so ein junges unbedarftes Ding wäre.

Da, jetzt kommt der Zug oder? Wenn diese Taube mir nicht aus dem Weg geht, kriegt sie einen Fußtritt! Ich bin immer wieder versucht, nach diesem Taubenfiasko auf dem Stuttgarter Bahnhof nach den Biestern zu treten. Im letzten Moment hüpfen sie dann doch immer widerwillig zur Seite. Also eigentlich bin ich eine Tierfreundin. Davon können die Spatzen ein Lied singen. Oder vielmehr tschilpen. Spatzen singen ja nicht.

Hoffentlich holt Elvira mich ab. Die wichtigste Etappe ist geschafft. Der Zug nach Dietikon ist soeben eingefahren. Auf in den Kampf!

Die heutige Aufgabe: Schreibe ein Gedicht, in dem die fünf folgenden Wörter Bach – Äste – Blätter – Schritte – Seele *)in der oben angegebenen Reihenfolge auftauchen. (2015).*

) entnommen dem Gedicht „Verzweigung" von Ingrid Fichtner

Am Bach entlang

Wo der Bach sich
durch Wiesen und Weiden schlängelt,
im lieblichen Tal,
die Ufer gesäumt von alten Bäumen,
deren winterkahle Äste,
noch gänzlich ohne den Schmuck der Blätter,
sich im Wasser spiegeln
wie Hieroglyphen,
unleserliche Botschaften
einer fernen Macht,
dorthin lenke ich meine Schritte,
folge dem Lauf des Baches
im lieblichen Tal
und lasse meine Seele
auf seinen munter hüpfenden Wellen
tanzen und schaukeln.

Die Geschichte mit der gelben Tasche

Der Titel des zu schreibenden Textes lautet „Die Geschichte mit der gelben Tasche". Eine auffällige gelbe Tasche, auf dem Velo, im Zug, in einem Raum, in der Natur... das ist die einzige Vorgabe für einen Text. (2016).

Sie war sonnenblumengelb, aus grobem Leinen und stand auf dem gegenüberliegenden Sitz, die ledernen Henkel schlaff zur Seite gekippt. Ihr leuchtendes Gelb signalisierte schon von weitem: „Dieser Platz ist besetzt!"

Ich nahm gegenüber Platz, mit dem Rücken zur Fahrtrichtung. Eigentlich schaue ich liebe nach vorne in die vorbeifliegende Landschaft, es war aber der einzige freie Platz im vollbesetzten Zug. Ich schob meinen Rollkoffer zwischen die Sitzbänke schräg gegenüber, sodass ich ihn immer im Blick hatte und kramte mein Buch aus dem Rucksack. Aus dem Augenwinkel nahm ich eine Bewegung wahr. Die gelbe Tasche mir gegenüber hatte sich bewegt. Oder bildete ich mir das nur ein? Ich setzte meine Brille wieder auf – zum Lesen brauche ich sie nicht – und starrte die gelbe, immer noch herren- oder vielmehr damenlose Tasche an. Die Henkel hingen jetzt nach der anderen Seite. Oder doch nicht? Misstrauisch beäugte ich das gelbe Monstrum. Niemals würde ich mir so eine gelbe Tasche zulegen! Dieses Gelb ist viel zu knallig, zudem sehr schmutzempfindlich. Ich liebe die Farbe Gelb, aber nur in der Natur, gelbe Blumen zum Beispiel. Ein gelbes Kleidungsstück oder ein Accessoire in Gelb würde man in meiner Garderobe vergeblich suchen.

Ich nahm meine Brille wieder ab und schlug das Buch an der Seite auf, die das Lesebändchen markierte. Wo hatte ich vergangene Nacht aufgehört zu lesen? Ich fand die Stelle nicht mehr, blätterte zurück und hörte ein leises Seufzen, eine Art Stöhnen. Nein, es klang mehr wie ein verhaltenes Miauen. Brille wieder auf: die gelbe Tasche bewegte sich, beulte sich an einer Stelle leicht aus, dann an einer anderen. Die Lederhenkel hingen jetzt zu beiden Seiten herunter. Hoffentlich kommt bald die Besitzerin, wünschte ich inständig.

Ich stierte so gebannt auf die gelbe Tasche, dass ich meine Umwelt nicht mehr richtig wahrnahm.

"Die neu zugestiegenen Fahrgäste bitte die Fahrausweise vorzeigen!" Der Schaffner wiederholte seine Aufforderung beharrlich, bis sie zu mir vordrang und ich meine Fahrkarte, Bahncard und Halbtaxausweis aus dem Rucksack hervorkramte.

„Wenn Sie Ihre Tasche ins Gepäcknetz legen, wird ein Sitzplatz frei", meinte er und stempelte meine Karte. „Vorne stehen die Leute. Ich helfe Ihnen gern". Meinen Einwand, dass die Tasche gar nicht mir gehöre, nahm er in seiner Beflissenheit gar nicht wahr. Er griff nach der gelben Tasche, aus der unmittelbar ein empörtes Fauchen ertönte. Erschrocken ließ er sie los, und da der Zug sich gerade in eine Kurve legte, rutschte die Tasche von der Bank, fiel auf meine Füße und verschwand dann unter dem Sitz.

„Herr im Himmel!", rief der Schaffner erschrocken. „Was war **das** denn?" Er steckte seinen Daumen in den Mund.

„Das Biest hat mich gestochen oder gebissen oder gekratzt!" Fassungslosigkeit und Empörung wechselten sich auf seinem Gesicht ab.

„Wem gehört diese gelbe Tasche? Ist das Ihre Tasche?"

Er saugte immer noch an seinem Daumen und wies mit dem Fuß auf die gelbe Tasche, die mittlerweile in der Gangmitte des Abteils gelandet war und sich wild hin und her bewegte. Offensichtlich war der ominöse Inhalt in Panik geraten.

Der Zug hielt nun in der nächsten Station. Der Schaffner eilte nach draußen, um seinen Pflichten dort nachzukommen. Ich wandte meinen Blick ebenfalls nach draußen und sah, wie er die Kelle hob, um die Weiterfahrt des Zuges freizugeben.

Dann nahm ich die gelbe Tasche wieder ins Visier. Sie war verschwunden!

Sommersonntag

Geschichtenlotterie: Auf orangefarbige Zettel schreiben die Kursteilnehmer einen **Ort** *(nicht nur die exakte Ortsangabe, sondern den Ort mit Adjektiven ein bisschen umschreiben und ergänzen). Das gleiche gilt für eine* **Zeit**, *die auf grünen Zetteln festgehalten wird, und* **je eine Person**, *die auf zwei gelbe Zettel gehören. Die zusammengefalteten Zettel werden eingesammelt, vermischt und jede Teilnehmerin darf sich wieder einen grünen, einen orangen und zwei gelbe Zettel ziehen. Die vier Angaben, die nun jede vor sich hat, sind der Ausgangspunkt für eine Geschichte: „Ein Mann, der fröhlich in die Welt schaut" – „Eine durch und durch gestylte Dame" – „Mauseloch im Rüeblifeld" – „An einem Sommersonntag um 17 Uhr. (2016).*

An einem Sommersonntag um 17 Uhr ist Gott und die Welt unterwegs. Alle nutzen das herrliche Wetter, streifen durch die Natur, lagern auf Wiesen, im Schatten hoher Bäume, an den Ufern von Badeseen und Flüssen. Kinder toben und schreien, spritzen sich mit Wasser an oder bolzen einen Ball durchs Gras. Es herrscht ein fröhliches, sorgloses Treiben, das auf die Hunde übergeht, die allerorten ausgeführt und meist von der Leine gelassen werden. Die Hunde apportieren unermüdlich, vor Freude bellend, weggeworfene Äste oder springen den Kindern nach ins Wasser, schwimmen ans Ufer zurück und schütteln sich grundsätzlich auf einer Picknickdecke aus, was ein empörtes Kreischen der dort Lagernden hervorruft.

Ein Mann, der fröhlich in die Welt schaut, hockt auf einem Schemel am Waldrand, vor sich eine Staffelei. Er ist Hobbymaler, betrachtet das bunte Treiben, kneift die Augen zusammen, um besser zu sehen und wendet sich dann wieder seiner Leinwand zu. Er mischt die Farben auf seiner Palette, setzt ein paar geübte Pinselstriche und Tupfer, schaut wieder auf – und stutzt:

Etwas stimmt nicht an dem Tableau, das sich seinen Augen bietet, etwas irritiert ihn. Er legt den Pinsel zurück und schirmt das noch immer flirrende Sonnenlicht mit einer Hand ab.

Da, das war es: eine durch und durch gestylte Dame stöckelt über die Landstraße, die die belagerte Wiese vom Rüeblifeld trennt. Sie stakst da unsicher entlang, stolpert, fängt sich im letzten Moment und setzt dann ihren Weg fort. Der Maler mit den fröhlichen Augen staunt und fragt sich, was diese aufgetakelte Person wohl hierher verschlagen hat, wo sie so völlig fehl am Platz wirkt. Ihm gehen wirre Ideen durch den Kopf. Die Person in dem unpassenden Outfit versetzt seiner Fantasie einen Schubs: eine Filmszene? Aber wo bleibt das Kamerateam? Ein missverstandenes Rendezvous? Ein Ehestreit? *Ich spinne wohl!* Kopfschüttelnd wendet er sich wieder seinem angefangenen Bild zu.

Plötzlich ertönt ein markerschütternder Schrei. Erschrocken rutscht der Pinsel in seiner Hand aus. *Herr im Himmel, wie kann man nur so gellend schreien!* Die Augen des Malers suchen erneut die Szenerie vor ihm ab und finden die Ursache des Lärms. Die durch und durch gestylte Dame liegt der Länge nach auf dem staubigen Feldweg, zappelt mit den seidenbestrumpften Beinen, ein Stöckelschuh baumelt am linken Fuß, der andere liegt ein Stück weit weg. Ihr Kopf ist im Rüeblifeld gelandet.

Der Maler steht auf und geht auf die Person zu. Seine Augen schauen jetzt nicht mehr so fröhlich in die Welt. Er ist etwas verärgert über die Störung des friedlichen Sonntagnachmittags, dessen Lichtverhältnisse sich bald ändern werden. Ungehalten stapft er über die Wiese.

„Eine Maus! Eine Maus!" kreischt die Dame, die nun gar nicht mehr gestylt, sondern ziemlich ramponiert aussieht. Mit zitternden Fingern, von deren Nägeln der knallrote Lack durch den Sturz in Mitleidenschaft gezogen ist, weist sie auf ein Mauseloch im Rüeblifeld zu ihren Häupten. Der Maler reicht ihr seine Hand und hilft ihr beim Aufstehen.

„Da ist keine Maus", brummt er, „Das ist ein leeres Mauseloch." Er bückt sich nach ihrem verlorenen Pumps.

„Da **war** aber eine Maus!" jammert die Person. „Ich habe sie doch gesehen. Sie ist in dem Loch verschwunden."

Sie klopft sich den Staub von ihrem schlauchengen Rock, greift nach dem Schuh, den der Maler ihr reicht. Unsicher auf einem Bein balancierend schlüpft sie hinein. Beide Seidenstrümpfe haben nun Laufmaschen.

„Tja", sagt der Maler. „So ist das halt im Leben. Mäuse verschwinden in Mauselöchern, weil sie dort wohnen."

Novemberherz

„Ein November-Tableau" ist der Arbeitstitel für einen Text, der die Atmosphäre dieses Monats einfangen soll. Er kann eine Erinnerung verarbeiten, es kann ein Brief sein, ein Dialog, ein Gedicht. Der Text kann auch ein offenes Ende haben. In der Schreibwerkstatt entstand lediglich die Rahmenhandlung. Der eigentliche Inhalt wurde zu Hause geschrieben. (2017).

Ines sucht den städtischen ‚Friedhof Unter den Linden' auf. Sie ist auf Fotosafari, fahndet nach Novembermotiven für den geplanten Foto-Wochen-Kalender, das alljährliche Weihnachtsgeschenk für Jonathan.

Es ist ein eher trüber Novembertag, der Himmel gemustert mit bleiernem Gewölk. Manchmal schafft es eine blasse Sonne, die Wolken zu durchdringen. Sie wirft schüchterne Strahlen auf die Grabmäler und Kreuze, spielt mit den letzten Nebelschwaden, die wie vergessene Feenschleier um die Büsche und Bäume wabern und deren Konturen verwischen.

Ein Schwarm Krähen lässt sich im großen Ahorn neben der Aussegnungshalle nieder. Er sitzt im kahlen Gezweig wie die Noten einer klagenden Novembermelodie. Ines drückt auf den Auslöser ihrer Kamera. Manchmal beugt sie sich über ein Grabmal, um die Inschrift zu entziffern, die Geburts- und Sterbedaten. Fast zwanghaft rechnet sie aus, wie alt die dort Ruhenden wurden. Sie befindet sich auf dem alten Teil des Friedhofs, wo schon lange keine Toten mehr bestattet werden. Die meisten Gräber stammen aus dem vorigen Jahrhundert oder sind noch älter. Viele Inschriften sind mit Moos und Flechten bedeckt oder von Efeu überwuchert.

Plötzlich entdeckt Ines einen Namen, der eine lange vergrabene Erinnerung weckt: ‚Theodor F. Veltlin' ist da in ehemals goldenen Frakturlettern auf dunkelgrauem Marmor eingemeißelt.

Mit diesem Namen drängt sich eine längst vergangene Zeit in ihr Bewusstsein, Menschen ziehen an ihr vorüber, an die sie seit Jahrzehnten nicht mehr gedacht hat. Theodor F. Veltlin, der bekannte Künstler der Stadt, in der sie ihre ersten Berufsjahre verbracht hatte, und der ihren Lebensweg für eine sehr kurze Strecke begleitet hat. Theodor F. Veltlin, der seine Werke stets nur mit den Initialen seines Namens signierte: Th. F. V., was wie die Abkürzung eines Sportvereins klang. Als sie sich schon eine Weile näher kannten, hatte sie ihn gefragt, für welchen Namen das F stehe. „Fjodor", war seine Antwort. Seitdem redete sie ihn nur mit diesem Namen an, was ihm sehr gefiel. Die meisten seiner Bekannten und Freunde – Freunde? Hatte er die überhaupt? – nannten ihn Theo, was er hasste. Das erfuhr sie aber erst viel später.

Fjodors vergessenes blasses Gesicht taucht hinter Ines' geschlossenen Lidern auf. Es ist das hagere Gesicht eines Mannes mit wirren Haaren, in die sich die ersten grauen Strähnen gemischt haben, meist bedeckt von einem schwarzen Borsalino. Er trägt einen langen dunklen Mantel, um den Hals hat er einen weißen Kaschmirschal geschlungen.

Ines beugt sich über das Grab, um die Lebensdaten zu entziffern. Der Schläfer in diesem Grab, dessen Grabmal von einem Marmorengel bewacht wird, ist nicht der Fjodor, den sie einst kannte. Er lebte ein ganzes Jahrhundert früher. Ines fotografiert die flehentliche Gebärde des Marmorengels, in Trauer erstarrte Anmut mit kaum verhüllter Erotik. Fjodor hätte eine sarkastische Bemerkung über diesen ‚Marmorkitsch' fallenlassen.

Ines setzt sich auf eine Bank, über die eine Trauerweide ihre grazilen Äste hängen lässt und schließt die Augen wieder. Sie hört, wie die Krähen krächzend von dannen fliegen. Ein Wind ist aufgekommen, raubt die letzten bunten Blätter von den alten Bäumen und treibt sie tanzend über das Gräberfeld. Mit widerstreitenden Gefühlen lässt Ines die kurze Zeit, in der Th. F. V.

eine Rolle in ihrem Leben spielte, an sich vorüberziehen, immer noch staunend, dass es ihr gelungen ist, die Erinnerung an ihn so erfolgreich zu verdrängen.

Der Abend, an dem sie ihn kennenlernte, steht mit glasklarer Schärfe vor ihrem inneren Auge. Edda hatte sie zur Vernissage eines zeitgenössischen Künstlers mitgeschleppt. Nach vielen Überredungsversuchen hatte sie Ines dazu gebracht, in ihr 'Kleines Schwarzes' zu schlüpfen – damals brezelte man sich für solche Anlässe noch richtig auf – , sich die Lippen nachzuziehen und die Wimpern zu tuschen, um die Freundin zu begleiten. Nach dem offiziellen Teil der Vernissage war Edda alsbald in einem Pulk lachender und durcheinanderredender Menschen verschwunden. Ines kam sich sehr verloren vor, hielt sich an ihrem Glas Sekt fest und schlenderte ziellos durch die Menge. Es war erst wenige Monate her, dass sie Richard vor die Tür gesetzt hatte, weil sie ihn in flagranti erwischt hatte, die Scheidung war am Laufen.

Die ausgestellten Bilder fand sie wenig ansprechend, eigentlich indiskutabel, mochte der Künstler auch noch so einen bedeutenden Namen haben. Als sie einen weiteren Ausstellungsraum ansteuerte, entdeckte sie plötzlich Richard mit seiner neuesten Eroberung, den Menschen, den sie hier am wenigsten erwartet hatte und dem sie unter gar keinen Umständen begegnen wollte! Er hatte seinen Arm besitzergreifend um die nackten Schultern eines ordinären üppigen Rotschopfs gelegt und stand wie meist bei solchen Anlässen im Mittelpunkt eines kleinen umstehenden Grüppleins. Er machte sich zum Kasper, zum Hanswurst, wie Ines empfand, aber die Umstehenden hingen an seinen Lippen und feuerten eine Lachsalve nach der andern ab. In Panik drehte Ines sich um und prallte gegen den Künstler Veltlin, der gerade den Raum betreten hatte. Das noch fast gefüllte Sektglas flog Ines aus der Hand und zerschellte mit Klirren auf den Bodenfliesen, der Inhalt hatte sich auf ihre nackten Arme und ihr Kleid ergossen, Gott sei Dank nicht auf den Mantel und Schal des Künstlers. Der Geräuschpegel verstummte für einen Moment. Ines fühlte die Blicke aller Anwesenden auf sich gerichtet. Am liebsten wäre sie im Erdboden versunken. Sie entschuldigte sich wortreich. *Weg, nur weg!* schrillte es in ihrem Kopf.

„Aber Verehrteste, Sie wollen mich doch jetzt nicht verlassen, nachdem wir gerade erst Bekanntschaft miteinander gemacht haben, wenn auch auf etwas stürmische Art", hörte sie Veltlin mit warmer Stimme sagen. „Der Abend hat doch gerade erst begonnen! Warten Sie, ich besorge Ihnen einen Ersatz."

Er winkte einem Kellner, nahm zwei gefüllte Sektgläser von dessen Tablett und drückte Ines eines mit einer leichten Verbeugung in die Hand. „A votre santé!" Ein zweiter Kellner fegte die Glasscherben zusammen. Ines nahm wahr, wie Richard sie mit offenem Mund anstarrte. Das gab den Ausschlag. Sie ergriff das Glas und setzte es an ihre Lippen. „Prost", sagte sie. Es klang trotzig. „Prost!" erwiderte Veltlin und leerte sein Glas in einem Zug.

„Und jetzt zeigen Sie mir, warum Ihnen die Bilder meines besten Freundes so wenig gefallen." Er fasste sie leicht am Oberarm und bugsierte sie von Bild zu Bild. Die plaudernde Menge wich ehrfürchtig zurück. *Ich befinde mich hier auf dem Kriegspfad, nein, auf Rachepfad!* Diese Idee setzte sich in Ines' Kopf fest. Der ungewohnte Alkohol lockerte ihre Zunge. Ohne Hemmungen und bar von jeglichem Kunstverstand erklärte sie, was sie an den mehr oder weniger abstrakten Gemälden mit den bombastischen, unverständlichen Titeln störte. Veltlin hörte aufmerksam zu, griff ihre Einwände auf, widerlegte sie, machte sie auf Details aufmerksam, die er völlig anders als sie interpretierte, kurz, es wurde ein sehr anregender Abend! Ines wagte zögernde Flirtversuche, die erwidert wurden oder bildete sie sich das nur ein? Es dauerte nicht lang, bis sie umringt waren von den Promis des Kunstbetriebs. Er stellte sie als 'meinen Schutzengel dieses Abends' vor. Ines staunte über sich selbst. Es gelang ihr mühelos, die richtigen Sätzchen in das mehr oder weniger oberflächliche Partygeplauder zu werfen. Sie registrierte, dass neugierig Blicke die neue unbekannte Begleitung des großen Sohnes der Stadt streiften.

Richard hatte sich mitsamt seiner fülligen rothaarigen Flamme an ihre Fersen geheftet. Sie übersah ihn. Edda tauchte auf, zwinkerte ihr zu und signalisierte, dass sie sich auf den Heimweg machen wollte. Ines zupfte den Künstler kurz am Ärmel.

"Ich muss gehen. Ich bin mit einer Freundin da."

„Lassen Sie Ihre Freundin ziehen. Ich werde meinen Schutzengel selbstverständlich nach Hause bringen. Wo haben Sie Ihren Mantel?" Er hatte den seinen den ganzen Abend anbehalten, ihn lediglich aufgeknöpft. Auf der Fahrt zu Ines' Wohnung war er recht schweigsam. Ines hatte den Kopf zurückgelehnt und die Augen geschlossen. Die Eindrücke des Abends, der viele Sekt, Richard mit seiner Flamme, das schwer einzuordnende Verhalten des Künstlers, das alles drehte sich wie ein Karussell in ihrem Kopf. Sie waren viel zu schnell in ihrer Straße angelangt. Veltlin stellte den Motor ab, stieg aus und öffnete ihr die Tür zum Beifahrersitz. Ganz Kavalier wartete er, bis sie ihren Hausschlüssel hervorgekramt und Gott sei Dank ohne langes Stochern ins Schlüsselloch gesteckt hatte.

„Gute Nacht", sagte Ines. „Danke fürs Heimfahren." Sie streckte ihm die Hand hin. *Wenn er mich bittet, ihn mit nach oben zu nehmen, dann tue ich es!* Er bat sie nicht darum, ergriff ganz ritterlich ihre Hand und drückte einen altmodischen Handkuss darauf.

„Gute Nacht, schlafen Sie gut", erwiderte er kurz und machte auf dem Absatz kehrt. Halb erleichtert, halb enttäuscht stieg Ines die vielen Treppen zu ihrer Wohnung hinauf.

Am Abend des nächsten Tages stand Veltlin mit einer roten Rose am Portal des Instituts, in dem Ines arbeitete. Wie er da in lässiger Pose im schwarzen Mantel und mit Borsalino an einer Säule lehnte, den weißen Kaschmirschal um den Hals drapiert, in den schlanken blassen Fingern die langstielige dunkelrote Rose, bot er den Anblick einer bewussten Inszenierung. Als er Ines entdeckte, kam er auf sie zu, übereichte ihre die Rose mit einer kleinen Verbeugung.

„Wohin darf ich Sie zum Essen entführen?" Ines verschlug es für einen kleinen Moment die Sprache, aber sie strahlte ihn an wie 'ein Honigkuchenpferd', wie er sie später neckte. „Eigentlich habe ich keinen Hunger", protestierte sie schwach. – „Aber Appetit. Und der wächst mit dem Essen. Ich verspreche es Ihnen." Er führte sie in ein vornehmes Restaurant, wo man ihr eine Damen-Speisekarte in die Hand drückte. Es waren keine Preise hinter den fantasievollen Namen der Menüs aufgeführt. Ein wenig ratlos studierte sie die exotisch klingenden Gerichte.

„Ich bestelle für Sie", sagte er und tätschelte ihre Hand. „Lassen Sie sich überraschen." Er hatte Hut und Mantel abgelegt. Darunter trug er ein schwarzes Jackett und einen schwarzen Rollkragenpullover. Ines musterte ihn verstohlen während des Essens, das aus mehreren Gängen bestand und in der Tat hervorragend schmeckte. Es waren die grauen Augen, die mit intensivem Blick sein schmales Gesicht mit den ausgeprägten Labialfalten beherrschten. Er sah nicht im landläufigen Sinn gut aus, strahlte aber eine gewisse Attraktivität aus. Sein dunkles Haar hatte er glatt zurückgekämmt, was bei jedem anderen Mann unvorteilhaft ausgesehen hätte. Ihn kleidete die Frisur gut, er hatte einen vollen dichten Haaransatz. Die ersten grauen Strähnen wirkten irgendwie künstlich.

Der Abend verging im Nu. Ihm folgten viele weitere Abende. Er nahm sie mit zu Lesungen, Vernissagen, ins Kino, Theater, – die ganze kulturelle Unterhaltungspalette, die die Stadt zu bieten hatte. Er rief sie oft an, im Dienst und auch privat, manchmal gar mitten in der Nacht. Sie führten dann lange Gespräche. Ines fühlte sich am Ende der Telefonleitung sicherer als in seiner Gegenwart. Sie wagte sogar, ihm zu widersprechen. Er stutzte dann jeweils kurz, nahm ihre Argumente auf, zerpflückte sie mit Eloquenz, was wiederum ihren Widerspruch reizte. Manchmal stimmte er auch völlig unerwartet zu. Sie hatten beide ihre Freude an diesem intellektuellen Schlagabtausch.

Eines Abends, als er sie vom Dienst abgeholt hatte, fuhr er in die Villengegend am Fuße des Hausbergs der Stadt und parkte vor einer prächtigen Villa, die versteckt hinter Bäumen lag.

„Wohnen Sie hier?" fragte Ines überrascht. „Meine Eltern. Ich bin hier aufgewachsen. Sie halten sich wie jedes Jahr um diese Zeit in Lugano auf." Veltlin führte sie eine lange, von Hortensien gesäumte Auffahrt bis zum Haus und schloss die Haustür auf, die im oberen Bereich mit Jugendstilmotiven aus Buntglas verziert war, das ihre beiden Gesichter für den Moment des Eintretens mit farbigen Lichtreflexen übermalte.

„Ich habe uns etwas gekocht. Es braucht nicht mehr lange. Sieh dich einfach um. Du kannst auch schon mal die Kerzen auf der Tafel anzünden." Es war das erste Mal, dass er sie duzte. Er sagte ‚Tafel' nicht ‚Tisch' und verschwand in der Küche. Ehrfürchtig betrat Ines den Speisesaal, in dem ein langer Holztisch stand, an dessen Ende zwei Gedecke aufgelegt waren. Sie zündete die Kerzen in den schweren Zinnleuchtern an, die die Gedecke flankierten. Mächtig beeindruckt betrachtete sie die vielen Gemälde, die ringsum an den Wänden hingen. Einige konnte sie unschwer Veltlin zuordnen. Er bevorzugte düstere Farben und düstere Themen. Das Porträt eines kleinen Mädchens mit langen blonden Locken tanzte aus der Reihe und sprach sie besonders an. Es war in duftiger impressionistischer Manier dahin getupft. Der schelmische Blick des Mädchens zog den Betrachter in seinen Bann. Veltlin war hinter sie getreten und küsste ihre Nacken. Ines erschauerte.

„Wer ist das?" fragte sie mit belegter Stimme. „Emilia, meine Tochter", antwortete er. „Sie lebt bei ihrer Mutter", fügte er nach kurzem Zögern hinzu. Ines wusste, dass er verheiratet und geschieden war.

„Wer hat das Bild gemalt?" – "Ich, vor vielen Jahren. Damals pflegte ich noch einen ganz anderen Stil." Das klang verächtlich.

„Komm, lass uns mit dem Essen anfangen, ehe es kalt wird." Er küsste sie wieder auf den Nacken und strich ihr über das Haar. Ines staunte. Sie entdeckte immer wieder neue Seiten an ihm. Das Porträt passte zu dem Mädchenbuch, das Veltlin vor Jahren geschrieben und illustriert hatte, eine Appellation zur Aufmüpfigkeit an kleine Mädchen, ein Buch voll heiter funkelnder Ironie und witzigen Einfällen.

An diesem Abend verführte er Ines. In einem prunkvollen Bett mit Baldachin. Verführung? War das, was mit ihr geschah, eine Verführung? Ines hatte sich in den Wochen, seit sie sich kannten, vor diesem Moment gefürchtet und ihn gleichzeitig herbeigesehnt. Es war bei keuschen Wangenküsschen und Händchenhalten geblieben. Ihr war sogar der Gedanke gekommen, dass er schwul sein könnte. Auf diese intensive Begegnung ihrer Körper nach dem vorzüglichen Essen war sie nicht gefasst. Er hatte sie in ein Schlafgemach im hinteren Teil der Villa geführt, in dem eine Lagerstatt mit Baldachin stand, sie langsam entkleidet und sie auf jede Stelle ihres Köpers geküsst. Er spielte mit ihrem Körper, entlockte ihm wie einem Instrument die unglaublichsten Empfindungen der Lust und bescherte ihr einen nie erlebten Orgasmus. Danach stand er auf, füllte ihre Gläser erneut mit Wein und zündete sich eine Zigarette an.

„Nach dem Sex schnurrst du wie ein Kätzchen, das Sahne geleckt hat", sagte er zärtlich. Diese Nacht verbrachten sie gemeinsam in der Villa seiner Eltern, – in wessen Ehebett wollte Ines gar nicht wissen.

Von diesem Abend an nutzten sie jede Gelegenheit für Sex. Meistens in der prunkvollen Villa seiner Eltern, die noch immer im Tessin weilten. Manchmal bei Ines in ihrer Mansardenwohnung, manchmal bei Freunden, mehrmals draußen in der freien Natur. Einmal suchten sie sogar ein schmuddeliges Stundenhotel auf, was ihn besonders reizte. Er hatte einen schier unersättlichen sexuellen Appetit und er brachte es stets fertig, Ines auf seine ausschweifenden erotischen Ausflüge mitzunehmen. Ines fand ihn physisch nicht besonders attraktiv. Er hatte einen zwar schlanken, aber eher schlaffen Körper, besonders im Vergleich zu Richards durchtrainierter athletischer Figur. Veltlin war auf eine ganz andere Weise unglaublich anziehend. Seine lasziven Bewegungen, seine unergründlichen Blicke aus den grauen Augen, seine schlanken liebkosenden Hände, die immer ein wenig nach Terpentin und Farbe rochen, verzauberten Ines immer wieder aufs Neue.

Er konnte sehr launenhaft sein. Seine Stimmung wechselte oft innerhalb von Minuten von heiteren, ausgelassenen Phasen in solche voller Melancholie und Trübnis, in denen er zu viel trank, ohne je betrunken zu werden, und eine Zigarette nach der anderen rauchte. Manchmal benahm er sich ausgelassen wie ein Lausbub, spielte Klingelmännchen in der Stadt, lauschte auf die empörten Reaktionen der aufgescheuchten Bewohner und zog Ines dann schnell in einen finsteren Hausflur, um sie so langanhaltend zu küssen, dass ihr die Luft wegblieb. Es kam vor, dass er am helllichten Tag über einen Gartenzaun kletterte, rasch ein paar

Zweige Rittersporn ausriss und ihr die geraubte himmelblaue Pracht in die Arme drückte. Er verzauberte Ines.

Wenn er seine depressiven Anwandlungen hatte, fürchtete sie ihn. Sie konnte nicht damit umgehen, fühlte sich auf unklare Weise schuldig. Er zitierte Nietzsche, Kierkegaard und Rilke in einem Atemzug. „Nur wahre, unverhüllte Liebe kann einen Menschen erlösen. Das ganze Leben ist eine Attitüde!" sagte er dann. „Wie meinst du das. Erklär es mir."– „Das musst du selbst herausfinden." Immer wieder schwärmte er vom Doppelselbstmord des unglücklichen Dichters Heinrich von Kleist mit dessen – platonischer – Freundin Henriette Vogel. „Weißt du, was er im Abschiedsbrief an seine Schwester geschrieben hat? »Die Wahrheit ist, dass mir auf Erden nicht zu helfen war«. Das kann man auf meinen Grabstein schreiben." Er saß auf dem Boden seines Ateliers und drückte seine Zigarette heftig aus, als sei sie ein ekliges Ungeziefer. Dabei wandte er Ines sein Gesicht mit einer derartig zerrissenen und zerquälten Miene zu, dass ihr Herz vor Mitgefühl überquoll. Sie kniete sich neben ihn auf den kalten Boden, nahm ihn in die Arme und wiegte ihn wie ein kleines Kind.

Es kam immer häufiger zu unkontrollierten Ausbrüchen, die sich auch gegen Ines richteten. Er hatte seine Verführungskünste wirkungsvoll eingesetzt und Ines nach einem genau choreografierten Feldzug erobert. Jetzt demonstrierte er seine Macht. Wenn ihm etwas nicht passte, setzte er den Entzug von Zärtlichkeit und Sex als Strafe ein. Anfangs kaum wahrnehmbar, dann immer auffälliger. Einmal hörte er mitten im Liebesspiel auf, unmittelbar vor Ines' Orgasmus. Er wendete sich einfach ab und zündete sich eine Zigarette an. Ines war zunächst sprachlos, schluckte ihre Enttäuschung aber runter.

„Was ist?" fragte sie. „Was ist! Was ist!" äffte er sie nach. „Nichts ist! Ich habe einfach keine Lust!" Er stieß den Rauch seiner Zigarette heftig in die Luft. Ines sprang auf, schnappte ihre auf dem Boden verstreuten Kleidungsstücke und verschwand im

Bad. Dort stieg sie hastig in ihre Jeans und schlüpfte in ihr T-Shirt. Slip und BH stopfte sie einfach in ihre Tasche und riss die Tür auf, um schnell zu verschwinden. Er stand im Türrahmen und versperrte ihr den Weg.

„Verzeih mir, mein Lämmchen," sagte er mit reuigem Blick. Er warf die Zigarettenkippe ins Waschbecken, wo sie zischend verlosch, nahm Ines in die Arme und trug sie zurück in das Baldachin-Bett, wo er ihr die Jeans wieder auszog und sie auf seine lustvolle Sexreise mitnahm. „Fjodor", flüsterte Ines überwältigt, „mach das nie wieder!" – „Nie wieder Sex mit mir, du mein süßes Pflänzchen, du naives Pomeränzchen. Das hältst du doch gar nicht aus! Und ich auch nicht." Sie blieb bei ihm.

Ines wagte nicht, ihr Verhalten, ihre Gefühle ihm gegenüber zu hinterfragen. War sie verliebt? Liebte sie ihn? Das, was sie verband, war sicher keine Liebe. Eine kaum hörbare Stimme wisperte: *Gib Acht, dass du nicht hörig wirst.* Ines brachte die Stimme zum Schweigen.

Es gab andere Stimmen. Edda, die sich anfangs so begeistert über die Liaison ihrer Freundin mit dem bekannten Künstler geäußert hatte, blieben die Auswirkungen nicht verborgen. In der ersten Zeit hatte Ines sie in die Höhen und Tiefen dieser so wechselvollen Beziehung eingeweiht, so wie beste Freundinnen das tun. Dann wurde Ines immer wortkarger, ihre Begegnungen immer seltener. Th. F. V. vereinnahmte ihre gesamte Freizeit. „Das gefällt mir nicht!", erklärte Edda missbilligend. „Mach Schluss. Lieber ein Ende mit Schrecken, als ein Schrecken ohne Ende." Am gleichen Abend läutete ein Blumenbote bei Ines und überreichte ihr einen riesigen Strauß langstieliger dunkelroter Rosen.

Frau Dr. W., die Leiterin des Instituts, in dem Ines eine Assistentenstelle innehatte, bat, nein befahl Ines zu einem Termin in ihrem Allerheiligsten. Ines hatte das Büro der Chefin selten betreten. Sie fühlte sich in deren Gegenwart immer ein bisschen wie eine unbedarfte Schülerin. Die Leiterin war eine stattliche Erscheinung, die trotz ihres grobknochigen Körperbaus stets elegant, aber unnahbar wirkte. Nicht nur Ines ließ sich von ihrem herrischen Gebaren einschüchtern.

„Setzen Sie sich", sagte Frau Dr. W. mit herablassender Gebärde und schwieg dann eine Weile. Ines fühlte sich unbehaglich, starrte auf eine aprikosenfarbige Rose, die in einer schwarzen Vase auf dem Schreibtisch stand.

„Das Privatleben meiner Angestellten hat mich nicht zu interessieren", begann Frau Dr. W. dann mit ruhiger Stimme und zündete sich eine Zigarette an. „Ihre Beziehung zu dem großen Sohn unserer Stadt Th. F. V." – klang da nicht die Spur eines Spotts mit? – „ist niemandem mehr verborgen geblieben. Sie kreuzen oft genug gemeinsam bei allen möglichen offiziellen Anlässen auf. Ich kenne Veltlin sehr gut. Ich möchte Sie warnen, so ganz einfach von Frau zu Frau." Frau Dr. W. nahm einen tiefen Zug und fuhr dann fort: „Genie und Wahnsinn liegen oft sehr nahe beieinander. Das wissen Sie. Th. F. V. ist zweifellos ein begabter Künstler." Sie schwieg wieder, inhalierte und blies den Rauch in Richtung des geöffneten Fensters. „Er ist genauso zweifellos ein großer Blender vor dem Herrn mit einer narzisstischen Störung. Haben Sie schon mal etwas vom Borderline-Syndrom gehört? Machen Sie sich kundig! Ich durchschaue Veltlins Verhaltensmuster. Er ist charismatisch, eloquent und wirkt unendlich überzeugend.

Ich vertraue Ihnen etwas an, bitte Sie aber inständig, Schweigen darüber zu bewahren." Die Leiterin hatte sich vorgebeugt und blickte Ines intensiv an und erzählte dann mit ruhigen Worten, dass der Künstler ihre Nichte vor wenigen Jahren in den Suizid getrieben hatte. Ines hörte atemlos zu, setzte zu einer Verteidigung an. Frau Dr. W. winkte ungehalten ab. „Ersparen Sie sich das mir und Ihnen selbst. Ich schätze Ihre Intelligenz. Sie sind eine gescheite Person. Und nun gehen Sie!" Benommen verließ Ines das Büro ihrer Chefin.

Diese Begegnung blieb nicht ohne Wirkung. Ines versuchte, ihren Liebhaber intensiv aber unauffällig zu beobachten. Sie registrierte, dass seine Auftritte bei Vernissagen und Lesungen exaltiert und peinlich waren. Er verstand es, mit großem Pathos sich selbst in Szene zu setzen. Glaubte sie anfangs, dass neidische Blicke ihr gemeinsames Auftreten begleiteten, erkannte sie nun zunehmend Mitleid. Beim Apero der Verabschiedungsfeier des Kulturbürgermeisters im Foyer des Rathauses zog dieser sie beiseite und flüsterte ihr ins Ohr „Spring ab, Mädchen, so lange du noch kannst!" – „Was hast du mit dem Fettsack zu tuscheln?" wollte Th. F. V. unmittelbar darauf von ihr wissen. „Er hat mir ein Kompliment gemacht", log Ines. „Der soll seine dreckigen Pfoten von dir lassen!" zischte Veltlin. Es klang ordinär. Seine Eifersucht nahm paranoide Züge an.

Richard meldete sich bei ihr und bat um ein Treffen, es sei dringend. Ines sagte eine geplante Verabredung mit Veltlin ab und machte einen Termin mit ihrem Ex-Mann in ihrer Wohnung aus. Er stieg braungebrannt und dynamisch die vielen Treppen zu ihrer Mansardenwohnung hoch. „Ich mache mir Sorgen um dich", sagte er ohne Überleitung. „Lass die Finger von diesem Kerl! Der ist doch krank! Er tut dir nicht gut." Ines ärgerte sich maßlos, dass sie schon wieder in die Rolle gedrängt wurde, ihren Liebhaber in Schutz zu nehmen. Sie redete sich in Rage. Richard reagierte erstaunlich ruhig.

„Ich weiß, dass ich dir weh getan habe", sagte er ohne Umschweife. „Das tut mir leid. Sehr leid sogar. Lass es uns doch nochmal miteinander versuchen. Ich bin lernfähig."

„Du hast deine Chance gehabt, Richard, und sie vertan. Was ist mit deiner fetten Flamme, hat sie dich verlassen, dass du jetzt angekrochen kommst!"

Richard schaute sie verletzt an.

„So hässlich hast du früher nicht geredet. Der Kerl tut dir nicht gut!" Frustriert und unglücklich zog Richard ab und ließ Ines genauso frustriert und unglücklich zurück.

„Ich habe eine Überraschung für dich, mein Lämmchen!", sagte Veltlin nicht lange nach dieser Szene. Anfangs mochte sie es, wenn er sie mit diesem Kosenamen anredete, auch in Gegenwart Fremder. Inzwischen reagierte sie allergisch, wagte aber nicht zu widersprechen.

Er verband ihr die Augen mit seinem Schal und überzeugte sich, dass sie nichts mehr sehen konnte. Dann führte er sie in sein Atelier und nahm ihr die Augenbinde ab. Auf der Staffelei stand ein noch nicht fertig ausgeführter Akt, der Akt einer jungen Frau, die zweifellos Ines' Züge hatte, wenn auch sehr verzerrt und verfremdet. Das Bild strahlte eine unverhohlene Begierde aus, es wirkte schamlos und aufreizend. Ines schwieg entsetzt. Sie fühlte sich nackt und bloßgestellt.

„Na, was sagst du dazu, mein Lämmchen?" Ines brachte kein Wort über die Lippen.

„Dein Nichts-Sagen ist vielsagend!", sagte Veltlin eisig, riss das Gemälde von der Staffelei und trampelte darauf herum. Er geriet in eine richtige Raserei, bedachte die Staffelei mit Fußtritten und versuchte, die Leinwand des Aktgemäldes zu zerreißen.

„Hör auf!", flehte Ines. „Hör auf!" Sie versuchte, ihn aufzuhalten, er stieß sie unsanft zurück. Nach ein paar Minuten war es vorbei. Veltlin sank weinend auf den Boden, robbte an die Wand, schob ein paar Bilder zur Seite und lehnte sich zurück. Tränen liefen ihm über das Gesicht. Er tastete nach seinen Zigaretten und zündete sich eine an. Wie ein Ertrinkender sog er daran, er wirkte unendlich bedürftig und verwirrt.

„Die Wahrheit ist, dass mir auf Erden nicht zu helfen ist." Seine Stimme klang rau. „Komm mit, Ines. Komm mit mir. Lass uns gemeinsam von hier verschwinden!". Sein Blick, wie ein zu Tode gehetztes Tier, traf Ines mitten ins Herz. Wieder fühlte sie, wie eine Woge von Mitleid sie erfasste und sie davon zu tragen drohte. Sie stemmte sich dagegen.

„Ich gehe, Fjodor", sagte sie mit bebender Stimme. Sie wandte sich um, verließ das Atelier, griff nach ihren Sachen im Flur und versuchte, die Haustüre nicht heftig zuzuschlagen. Sie zwang sich zu ruhigen Schritten auf dem Weg durch den parkähnlichen Vorgarten und schloss behutsam die lanzenbewehrte Gartentür. Erst als die Villa nicht mehr in Sichtweite war, begann sie zu laufen. Sie rannte den ganzen langen Weg hinunter in die Stadt, nahm Seitenstraßen, weil sie befürchtete, Veltlin könnte sie mit dem Wagen einholen.

„Wie war der Blümchensex mit deinem Ex?". Fjodor saß am Steuer seines Wagens. Er war nicht wie zu Anfang ihrer Beziehung ausgestiegen, um ihr die Tür des Beifahrersitzes zu öffnen. Schockiert sah Ines ihn an, während sie den Sicherheitsgurt befestigte.

„Das hast du nicht nötig, so zu reden", sagte sie verletzt. „Du weißt genau, dass Richard und ich schon lange vor unserer Scheidung zuletzt miteinander geschlafen haben. Warum sagst du so etwas?"

Er antwortete nicht, verzog das Gesicht zu einem hämischen Grinsen. Energisch drehte er den Zündschlüssel, startete den Motor und fuhr los.

„Fahr nicht so schnell. Halt an! Bist du wahnsinnig!" Ines versuchte, ihn am Arm zu fassen. Fjodor umklammerte das Lenkrad so fest, dass seine Fingerknöchel weiß leuchteten und trat auf das Gaspedal, der Wagen schoss los, schoss mit ungebremster Geschwindigkeit vorwärts auf einen Abgrund zu, der unglaublich schnell näher rückte. „Nein!" schrie Ines, „ich will nicht sterben!"

Mit einem Ruck saß sie kerzengerade im Bett, im Kopf noch das Horrorszenario des Alptraumes. Sie wusste nicht, was schrecklicher war, das unerklärliche Verhalten Veltlins oder die Angst vor dem Sturz in den Abgrund. Er wollte sie mitnehmen in den Tod!

Die folgenden Wochen hatte sie später als einen einzigen Alptraum in Erinnerung. Veltlin bombardierte sie mit Telefonterror zu jeder Tages- und Nachtzeit. Er läutete Sturm an ihrer Haustüre, lauerte ihr beim Institut auf. Ines stöpselte ihr Telefon aus und änderte ihre Dienstzeiten, nahm einen Hintereingang. In den ersten Nächten nach der fürchterlichen Szene in Veltlins Atelier übernachtete sie bei Edda.

Es war schließlich ihre strenge, unnahbare und doch so verständnisvolle Chefin, die Ines tatkräftig half. Frau Dr. W. vermittelte ihr eine sogar etwas höher dotierte Stelle beim gleichen Institut in einer Stadt in Süddeutschland, half ihr bei der Wohnungssuche, organisierte den Umzug und empfahl ihr eine Psychotherapie. Immer noch wie paralysiert willigte Ines in alles ein.

In R. gelang es Ines nach Monaten mit Hilfe eines Psychotherapeuten, den Alptraum der vergangenen Monate abzuschütteln. Es gäbe zwei Wege, ein derartiges Trauma zu bewältigen, erklärte der Therapeut. Entweder man gehe Schritt für Schritt der Vergangenheit zurück, um die Verhaltensmuster des Partners und auch die eigenen zu erkennen, eine schmerzhafte

Prozedur. Oder man begrub das traumatische Ereignis in einem sicheren Gefängnis. Ines entschloss sich für den letzteren Weg. Sie ersann immer neue Methoden, den Kerker zu sichern. Erfindungsreich und mit Fantasie gelang es ihr tatsächlich, die stürmischen Monate ihrer Beziehung zu Th. F. V. wegzusperren. Sie verliebte sich in ihren Therapeuten, der ihr behutsam versicherte, dass das eine ganz normale, vorübergehende Phase in jeder Psychotherapie sei.

Mit Edda, die inzwischen geheiratet hatte und Mutter geworden war, pflegte sie weiterhin Kontakt. Von ihr erfuhr sie auch, dass Th. F. V. wieder geheiratet hatte, ‚eine ganz junge, unbedarfte Person im Alter seiner Tochter‘, wie Edda bissig am Telefon anmerkte. Ines staunte, dass diese Nachricht sie so gar nicht berührte. Sie empfand weder Eifersucht noch Mitleid.

Nicht lange danach meldete sich Edda wieder. „Th. F. V. hat Suizid begangen und dieser Schuft hat seine junge Frau mit in den Tod genommen. Die Stadt ist entsetzt und kann mit dem Doppelselbstmord nicht umgehen. Warte, ich lese dir die Todesanzeige aus dem General-Anzeiger vor. ‚S. trauert um ihren großen Sohn… blablabla‘. Links oben als Motto steht ‚Die Wahrheit ist, dass mir auf Erden nicht zu helfen war‘. Mein Gott, wenn ich mir vorstelle, wie nahe du damals in dieser gefährlichen Situation warst.“

Ines ist kalt geworden. Sie schaudert zusammen, staunend, dass es ihr gelungen war, die unglückselige Affäre mit Th. F. V. all die Jahrzehnte hindurch so erfolgreich zu verdrängen.

Sie erhebt sich von der Bank und wirft einen letzten Blick auf das fremde Grab. Jonathan wird sich fragen, wo sie solange bei dem unwirtlichen Wetter bleibt.

Die heutige Aufgabe: ein Versuch mit „Bouts-Rimés". „Bouts-Rimés" (auf Deutsch etwa „aufgegebene Reime") war im Frankreich des 17. Jh. ein beliebtes Gesellschaftsspiel, in dem man zuerst die Reimwörter in Form eines Sonetts aufschrieb und erst danach die Gedichtzeilen dazu. Als Vorübung sollen die Kursteilnehmer ein Stimmungsbild des Spätherbstes schreiben, das die Farben und Emotionen dieser Jahreszeit einfängt. (2016).

Spätherbst

Zwischen den Hagebutten
hängt ein Spinnennetz aus Seide,
darin Tropfen wie Geschmeide,
verzierend die roten Kutten.

Spätherbst schickt seine Boten,
Winde vergreifen sich an welkem Laub,
wirbeln und werfen ihren Raub
zum Tanz nach eigenen Noten.

Wallende Nebelschwaden
wie Schleier der Flussnajaden
verbergen einen Krähenschwarm.

In den schwarzkahlen Zweigen
hocken sie gleich Fingerzeigen
des Winters Kummer und Harm.

Begegnung am Nachmittag

Ein Lesestück

„Lesestücke" sind Dialoge. Die handelnden Personen (das können auch Tiere, Pflanzen oder Gegenstände sein) kommen direkt zu Wort, ohne weitere Kommentare. Es gibt lediglich sparsame Regieanweisungen. Am Beispiel von Ilse Aichingers Lesestück „Zu keiner Stunde" erläutert der Kursleiter diese besondere Literaturform und gibt den Teilnehmern ein paar Vorschläge für einen Titel oder eine Situation. (2017).

Ines schlendert mit ihrem Fotoapparat durchs Quartier, auf der Suche nach Schneeglöckchen. Ihre Blicke schweifen über die noch winterlichen Vorgärten. Eine schwarzweiß gefleckte Katze zwängt sich aus einem Gebüsch, springt auf eine Gartenmauer und lässt sich dort nieder.

<u>Ines</u>: Hallo, Miezchen, wo kommst **du** denn her? Wie heißt du?

<u>Katze</u>: Es ist unhöflich, zwei Fragen auf einmal zu stellen. Welche soll ich nun beantworten? Beide? Eine? Keine?

<u>Ines</u>: Also wenn ich richtig gezählt habe, hast du gerade selbst drei Fragen auf einmal gestellt.

<u>Katze</u>: Ich würde sagen: Du bist schwach im Rechnen! Kannst du nicht zählen?

Katze räkelt sich in der Frühlingssonne, leckt sich kurz die rechte Pfote. Ines schweigt verblüfft.

<u>Katze</u>: Was ist jetzt? Bekomme ich keine Antwort?

Katze hält im Pfotenlecken inne und starrt Ines auffordernd an.

<u>Ines</u>: Worauf soll ich denn antworten? Ich weiß nicht, was du meinst.

Ines fummelt an ihrem Fotoapparat herum.

Katze: Herr im Himmel! Schwach im Rechnen und begriffsstutzig obendrein!

Katze leckt intensiv die linke Pfote.

Ines: Findest du nicht, dass das ein absurder Dialog ist? Irgendwie reden wir aneinander vorbei.

Katze: Ich finde unser Gespräch nicht absurd. Ich finde es höchst amüsant. Ja, es amüsiert mich, wie du dich so ahnungslos in deiner eigenen Begriffsstutzigkeit verstrickst. Menschen halt! Was hast du vor mit dem Ding da in deinen Händen?

Ines: *(Zögernd):* Ich suche Schneeglöckchen. Ich möchte sie fotografieren, weil…

Katze: Schneeglöckchen? Hier? Um diese Zeit? Vergiss es! Wie wäre es, wenn du stattdessen ein Konterfei von mir machst? Sieh mal, bin ich nicht fotogen?

Katze steht auf, streckt ihre Vorderpfoten, macht kurz einen Buckel, streckt die Hinterläufe, fährt die Krallen aus und wieder ein und dreht sich einmal um die Achse.

Ines: *(Schweigt…)*

Katze: Also was ist jetzt? Schneeglöckchen! Ich bin schöner als alle Schneeglöckchen der Welt. Man kann sie ja nicht mal fressen! Sieh mal, wie mein Fell in der Sonne glänzt!

Katze schließt ihre Augen genießerisch.

Ines: Katzen kann ich jederzeit fotografieren, ich meine zu jeder Jahreszeit. Ich suche Motive für einen Kalender. Ich…

Katze: *(öffnet die Augen wieder und starrt Ines auffordernd an)*: Ich warte, dass du endlich auf den Auslöser drückst! Oder erwartest du, dass ich eine besondere Pose einnehme? Kalender!

Kalender! Oh, ich habe eine wunderbare Idee: Du machst einen Katzenkalender! Was bin ich jetzt?

Katze richtet sich auf, drapiert ihren Schwanz sorgfältig um die Hinterflanken und starrt geradeaus.

Ines hantiert mit ihrem Fotoapparat herum.

Katze: Hast du das Foto endlich im Kasten? Mein Schwanz zuckt und kann nicht mehr stillhalten.

Ines drückt auf den Auslöser.

Katze: Und, wie war ich? Wen habe ich dargestellt?

Ihr Schwanz zuckt hin und her.

Ines: Ich weiß nicht, was du meinst. Ich finde, du hast dich selbst dargestellt, du...

Katze: Ich wusste es doch, dass du begriffsstutzig bist. Und schwach im Rechnen dazu. Typisch Mensch, Typisch Frau! Ich gebe dir eine kleine Hilfe: Wer schaut rätselhaft und bewegungslos in die Ferne?

Ines: Du machst ein ziemliches Theater um deine Persson. Darf ich noch ein Foto machen? Ich glaube, das erste ist ...

Katze: (*springt auf und macht einen Buckel*): Na bitte: schwach im Rechnen, begriffsstutzig und auch noch eine Versagerin im Fotografieren. Miau! Miau! Geh mir aus der Sonne! Ich gebe dir noch eine klitzekleine Chance.

Katze nimmt wieder sitzende Position mit starrem Blick ein. Ines drückt auf den Auslöser ihres Fotoapparats.

Ines: Du bist eine schwarzweiß gefleckte Katze, dein Schwanz ist kohlrabenschwarz, und du hast ein arrogantes Gebaren. Und wie du heißt, weiß ich immer noch nicht. So besonders hübsch find ich dich...

Katze: Das ist interessant. Fahre fort mit deiner Beschreibung. Vielleicht kommst du ja doch noch darauf, dass ich eine... Oh Gott, jetzt hätte ich mich beinahe verplappert! (*Katze schüttelt sich angewidert*)

Ines: (*hängt sich den Fotoapparat wieder ums Handgelenk*): Ein schwarzer Fleck zieht sich über dein rechtes Auge. Das sieht beinahe so aus, als trügest du eine Augenklappe. Oh jetzt weiß ich es: wolltest du einen Ganoven darstellen, oder vielmehr eine Ganovin?

Katze: Ich krieg mich nicht mehr ein! Eine Ganovin!!! Wer starrt rätselhaft und unbewegt in die Ferne? Die Sphinx! Ich war eine Sphinx!

Katze springt empört auf und verschwindet im Gebüsch.

Ines: (*murmelnd*): Ich wollte doch sowieso nur Schneeglöckchen fotografieren.

Der Auftrag

Der Kursleiter teilt einen Kupferstich aus, auf dem ein sitzender, blumen-bekränzter Engel mit riesigen Flügeln abgebildet ist, der den Kopf auf den linken Arm stützt und eine frustrierte, nachdenkliche, grimmige, verstörte Miene zur Schau trägt. Um ihn herum ein Durcheinander von Werkzeugen. In der rechten Hand hält der Engel einen Zirkel. Am Gürtel hängen ein Schlüsselbund sowie ein gefüllter Lederbeutel. Was denkt dieser Engel? Welcher Monolog läuft in seinem Kopf ab? Die Teilnehmer erfahren, dass es sich um den Ausschnitt eines Bildes handelt. Ich erkenne rechts unten die Signatur des Künstlers A D und die Jahreszahl 1514. (2017).

Das ging turbulent zu und her auf der Versammlung, die Petrus unlängst unter den Engeln einberufen hatte. Alle nutzten die Zusammenkunft für einen ausgiebigen Schwatz und Erfahrungsaustausch. Petrus unterbrach unser Geplauder. Er hatte einen Auftrag zu vergeben. Ich meldete mich, war Feuer und Flamme. Die Gelegenheit, mal etwas anderes zu tun, reizte mich. Ich fürchte jedoch, dass ich versagt habe.

Dabei klang die Aufgabe so einfach. Eine kleine Stadt hatte in vielen Jahren, ja, Jahrzehnten eine neue Kirche gebaut, nachdem die alte ein Raub der Flammen geworden war. Oder die Hunnen hatten sie geschleift. Vielleicht beides, jedenfalls war sie zerstört. Und nun war das neue Gotteshaus fertig. Petrus hatte alle Schutzengel in seinem Bereich um sich geschart und gefragt, wer bereit sei, die Innenausstattung der neuen Kirche zu überwachen, also tüchtige Handwerker zu suchen und anzuweisen. Ich dachte, das sollte keine Schwierigkeit sein. Gibt es nicht in jedem Weiler Handwerker jeglicher Art, Schneider, Schreiner Hufschmiede…? Also erklärte ich mich umgehend bereit. Das war wohl voreilig, wie ich jetzt einsehen muss. Ich bin sonst Schließerin in einem großen Frauenkloster. Abend für Abend das gleiche Zeremoniell: ich muss schauen, dass alle Nonnen in ihren

Zellen sind und dann des Nachts meine Runden über das Kloster fliegen, unbefugte Eindringlinge verscheuchen usw.

Diese neue Aufgabe reizte mich, weil ich endlich mal rauskommen würde in die Dörfer und Kontakt aufnehmen könnte mit Männern, also Handwerkern, sie prüfen und beurteilen und einstellen. Petrus hatte mir einen prall gefüllten Lederbeutel voller Gulden mitgegeben, damit ich die Arbeiter auch entlohnen könnte.

Voller Vorfreude flog ich los. Zuvor hatte ich mich sorgfältig angekleidet und meine Flügel geputzt. Ja, ich war sogar so töricht, mein Haar mit einem Kranz aus frischen frühlingsgrünen Zweigen und Blumen zu schmücken. Zu meiner Überraschung erklärten sich erstaunlich viele Männer bereit, bei der Innenausstattung der Kirche mitzuwirken. Mir folgte alsbald eine immer größere Schar.

Und dann lief das Unternehmen irgendwie aus dem Ruder. Was habe ich bloß falsch gemacht? Vielleicht war es ein Fehler, den Lederbeutel zu öffnen, in dem die Gulden verlockend blinkten. Mich beschlich schon bald die Ahnung, dass die Burschen keine Ahnung hatten, sie verstanden nichts von ihrem Handwerk. Sie lungerten herum, machten unziemliche Bemerkungen, die mir die Röte ins Gesicht jagte, und sie warteten auf Anweisungen, die ich ihnen natürlich nicht geben konnte. Ich habe eine Schutzengelausbildung, bin aber keine Handwerkerin.

„Ihr müsst Bänke zimmern mit Ablagen für die Gesang- und Gebetbücher. Eine Kanzel muss errichtet werden, ein Altar gebaut werden, die Wände müssen geweißelt und bemalt werden…".

Ich zählte auf, was vonnöten war und blickte nur in ratlose Gesichter. Es waren Gesellen und Lehrlinge, keine Meister. Warum habe ich das nicht bedacht und nur nach jungen kräftigen Männern Ausschau gehalten? Und da ich natürlich keine Gulden für Nichtstun rausrückte, liefen sie alsbald davon, ließen ihre Handwerkszeuge wie Kraut und Rüben zurück.

Mir schwante, dass man zunächst einen Plan hätte zeichnen müssen mit all' den technischen Details, die nötig sind für die Innenausstattung einer Kirche. Ich nahm den Zirkel in die Hand und versuchte es selbst, aber ich konnte nicht umgehen mit dem Gerät.

Da sitze ich nun, halte den Zirkel ratlos in der Hand, obwohl er mich gestochen und Blut mein frisch gewaschenes Gewand besudelt hat. Dieses Fiasko geschieht mir ganz recht.

Ach, wie einfach war es doch, Schutzengel eines Frauenklosters zu sein! Wie soll ich nur Petrus gegenübertreten? Nun muss die Einweihung der neuen Kirche verschoben werden. Und auch die Umbenennung der Stadt in Neukirchen. Sie wird vorerst weiterhin Altkirchen heißen. Und das alles, weil ich nur gutaussehende junge, aber völlig unerfahrene Männer ausgewählt habe!

Nach der Vorleserunde und der ausführlichen Bildbetrachtung des Kupferstichs „Melancholia" von Albrecht Dürer lässt der Kursleiter noch ein Rondell aus zwei bis drei Sätzen unseres Textes schreiben. Ein Rondell ist eine Gedichtform, in der sich nach einem vorgeschriebenen Schema bestimmte Verszeilen wiederholen.

Die Kirchenruine

Die alte Kirche wurde ein Raub der Flammen,
die Hunnen haben sie geschleift,
eine Ruine nun, zerstört und verbrannt.
Die alte Kirche wurde ein Raub der Flammen,
geschwärzte Mauern klagen an,
ein Sinnbild der Zerstörung,
die Hunnen haben die Kirche geschleift,
sie wurde ein Raub der Flammen.

„Dem Herrgott nah"

Vorgegeben ist ein Textbeginn von Meinrad Inglin: „Eines Tages im September stiegen drei Männer aus demselben Dorf zu einer Wanderung ins Hochgebirge hinauf." Es gibt fünf weitere Anweisungen:

1. *Wer? Wohin? Welches sind die Schauplätze?*
2. *Unterwegs*
3. *Das Unglück*
4. *Die Rettung*
5. *Die Folgen*

Die Aufgabe: einen Text zu schreiben, der sich an diesen fünf Stationen entlanghangelt und einen Titel dafür zu finden. (2017).

*E*ines Tages im September stiegen drei Männer aus demselben Dorf zu einer Wanderung ins Hochgebirge hinauf. Urs hatte die Idee gehabt, aufs Muthorn zu steigen und seinen Freund Schaggi dazu überredet, mitzumachen. Das war am Abend nach dem Alpabzug gewesen. Alles war gut gelaufen, das Wetter strahlend und spätsommerlich klar. Alle Tiere ihrer Herden waren heil im Tal angekommen. Selbst die eigenwillige Flora war nach ein paar halbherzigen Ausreißversuchen brav mitgetrottet.

Jetzt saßen Urs und Schaggi zufrieden bei einem Glas Wein am Holztisch in der Küche des väterlichen Hofes. Als es einnachtete, gesellte sich Röbi, der wortkarge Vater von Urs dazu, stopfte sich sein Pfeifchen und hörte den beiden Burschen zu, die über die günstigste Aufstiegsroute debattierten.

„Nöd über de Nordgrat", mischte sich er sich plötzlich in die Diskussion „Da hät's no z'vill Neuschnee. Da gseht mer d' Gletscherspalte nöd. Gömmer doch über d' Mutla-Furgga. Es isch es bizzli wieter, aber sicherer." Er zog an seiner Pfeife, lehnte sich zurück und stieß eine kleine Rauchwolke aus.

„Du willscht mit, Vater?" Urs starrte seinen Vater verwundert an. Der gebärdete sich seit ein paar Wochen noch mürrischer als sonst seit dem Tod der Mutter vor zwei Jahren. Diese Anteilnahme an ihren Plänen kam unerwartet. Auch Schaggis Miene drückte Skepsis aus.

„Dänk do a dis Alter", gab Urs nun zu bedenken. „Jammerescht doch allewil, dass di d' Gicht plagt."

„Grad wege mim Alter will i nomol ue. Bevor de Sänsema achlopft und mi holt, will i nomal ue, da wo me em Herrgott am nägschte isch."

Es gelang den beiden Jungen nicht, den Alten von seinem Vorhaben abzubringen. Also bezogen sie ihn in ihre Pläne ein. Urs fand sogar noch ein Paar Bergstiefel, die seinem Vater passen mussten. Und Schaggi versprach, einen wetterfesten Anorak und ein Sicherungsseil mitzubringen.

„Also denn", meinte Röbi, als die Kirchturmuhr zehn schlug und klopfte seine Pfeife aus. „I gang jetzt is Nescht. Machet nöd so lang. Am Foife gohts los". Mit schweren Schritten stapfte er zu seiner Schlafkammer. Urs und Schaggi befolgten ausnahmsweise den Rat des Alten und begaben sich ebenfalls schlafen. Schaggi hatte es nicht weit zu seinem Hof. Am Himmel funkelten die Sterne. Die Sichel des Neumondes schwebte über dem Muthorn. Es versprach, einen klaren Tag zu geben.

Am nächsten Morgen brachen die drei Männer tatsächlich gegen fünf Uhr auf. Es war noch finster draußen. Urs bestand darauf, seinen Morgenkaffee fertig zu trinken, aber Röbi drängte zum Aufbruch. Er stand abmarschbereit an der Tür. Schaggi kam von seinem Hof herüber und reichte dem Alten wie versprochen eine rote Jacke. Der mochte sie nicht anlegen. „Spätr", sagte er und stapfte los.

Urs und Schaggi folgten mit gemischten Gefühlen. Urs suchte den Horizont nach dem Gipfel des Muthorns ab, aber es war noch zu finster, um es eindeutig auszumachen. Schweigend marschierten die drei Männer durch die abgeweideten Wiesen, querten ein Arvenwäldchen und hielten dann bei einem Steg über den Arvenbach, der zu dieser Jahreszeit eher ein sparsames Rinnsal war. Später im Frühjahr nach der Schneeschmelze würde er wieder zu einem tosenden, wütenden Gebirgsfluss werden. Urs ließ eine Thermosflasche mit dampfendem Kaffee kreisen.

„Meinscht, du schaffst's, Vater?" fragte er mit zweifelnder Miene und ließ seine Blicke wieder über den Horizont gleiten, in den sich das Muthorn nun beängstigend steil und schroff geschoben hatte. „Mir chönd au ufs Rothorn gah. Das isch nöd so gäch, das isch…"

„Mir gönd ufs Muthorn! Fertig!" Der Alte wuchtete sich seinen Rucksack auf den Rücken, verhakte sich dabei und wäre fast gestürzt. Schaggi sprang im letzten Moment hinzu und half ihm, den Arm durch den Riemen zu stecken. Schaggi und Urs sahen sich wortlos an und folgten dann dem Alten. Es fiel ihnen schwer, sich dessen gemächlichem Tempo anzupassen.

Inzwischen war es heller Tag geworden. Die Sonne hatte den Grat der dem Muthorn vorgelagerten Berge überschritten und brannte nun ungehindert auf die drei Wanderer herab. Im Schatten war es noch recht angenehm gewesen. Jetzt wurde es warm, es wurde drückend, es wurde schwül. Fliegen und Bremsen hefteten sich auf ihre Spur und surrten in lästiger Manier um ihre erhitzten Gesichter. Immer öfter pausierte der kleine Trupp. Sie entledigten sich ihrer Jacken und vesperten im kärglichen Schatten eines Felsen. Sie hatten die Baumgrenze längst hinter sich gelassen. Die rotweiße Markierung war einer blauen gewichen, die besagte, dass dieser Pfad nur für geübte Berggänger geeignet war. Urs warf besorgte Blicke hinunter ins Tal und dann wieder auf den immer noch entfernten Gipfel des Muthorns. Dort hatten sich mächtige Wolkentürme zusammengeballt. Es brodelte und kochte und wurde immer finsterer. Auch Schaggi war der Wetterumschwung nicht entgangen.

„Mir chehret um", beschloss Urs. – „Vater, chumm zrugg. Mir gönnd zrugg!" rief er dem stur und mühsam davon humpelnden Alten nach. "Vater, chumm zrugg. Bisch vernünftig. Mir sind nöd usgrüschted für söttigi Abentür. Chumm zrugg!" Er schrie es fast. „Gopfverdeckel!" fluchte er los. "So en verdammte Sturegrind!"

„Du muesch din Alte ufhalte. Los, gang em na. Flueche nützt nüd. Ich gang uf kein Fall wieter."

Die Freunde sahen sich an. Eine unbehagliche Stimmung hatte sich zwischen ihnen breit gemacht. In der Ferne begann es jetzt zu grollen. Das Gewitter rückte rasch näher. Urs ließ seinen Rucksack zu Boden gleiten. „Wart da uf ois. Ich probier, ihn ufzuhalte."

Der Alte hatte sich inzwischen ein ganzes Stück von den beiden Jungen entfernt, obwohl der Pfad nun immer steiler wurde. Bisweilen musste er gar beide Hände zu Hilfe nehmen und sich auf allen Vieren fortbewegen. Schließlich warf er seinen Stock weg und kraxelte unbeirrt weiter.

„Vater, Vater, blieb stah, Gottverdammich!" schrie Urs keuchend und holte seinen Vater schließlich ein. Er griff nach dessen rechtem Schuh, schlug dabei hin, versuchte im letzten Moment sich zu halten. Vergebens. Er rutschte ab, überschlug sich halb und blieb auf einem Felsvorsprung liegen.

Das Gewitter war nun direkt über ihnen. Blitze zuckten in rascher Abfolge über den Himmel, die Pausen zwischen den gewaltigen Donnerschlägen wurden immer geringer und dann prasselte der Regen los und versperrte die Sicht.

Schaggi hatte Mühe, das, was seine Augen wahrgenommen hatten, in seinem Gehirn zu verarbeiten. Nicht der Alte war gestürzt, sondern Urs! Schaggi stürmte los, fiel hin und schlug sich das Knie an. Fluchend richtete er sich auf und hastete weiter so schnell es ging. Er kam nur mühsam voran, die Felsen auf dem Pfad waren rutschig geworden und er drohte, erneut auszugleiten. Immer wieder rief er den Namen seines Freundes und dessen Vaters. Die Donnerschläge übertönten seine Rufe.

Hier mussten sie doch sein. Hier hatte er das blaue Hemd von Urs zuletzt gesehen und ein Stück weiter oben Röbi. Schaggi wischte sich den Regen vom Gesicht und kniff die Augen zusammen. Er drehte sich um und spähte in alle Richtungen und gewahrte schließlich einen blauen Flecken abseits des schmalen Pfades. Ja das war eindeutig Urs' Hemd. Er beugte sich vor.

„Urs! Urs!", schrie er. Der Regen trommelte auf Urs, auf das blaue Hemd und die Hose, in der die Beine merkwürdig verdreht steckten. Urs hatte die Augen geschlossen und reagierte nicht auf Schaggis Rufe. Dieser robbte vorsichtig näher.

„Urs!" Angstvoll wiederholte er den Namen des Freundes. „Urs! Komm zu dr. Wie hascht's? Wart, ich helf dr."

Er war nun so nahe an dem Abgestürzten, dass er ihn berühren konnte.

„Wach uf! Dammich. Du chasch mich nöd im Stich la!" Er rüttelte seinen Freund vorsichtig an der Schulter, bis dieser Gott sei Dank seinen Kopf hob und dann das Gesicht schmerzhaft verzerrte.

„Oh min Fuess", stöhnte Urs, "der isch futsch. Er tut mr höllisch weh! Wo isch min Vater?"

Schaggi gelang es, den Freund halbwegs aufzurichten und vom gefährlich nahen Abgrund zu hieven. Sachkundig betastete er Urs' Beine. Der schrie auf.

„Ich dänk, du häsch beidi broche. Ich gang Hilf go hole."

„Wo isch dr Vater?" Schaggi zuckte die Schultern und blickte nach oben. Es hatte wenigstens aufgehört zu regnen, aber nun zogen Nebelschwaden auf und versperrten die Sicht.

„Söll ich dr Vater sueche odr söll ich Hilf go hole für di?"

„Beides", meinte Urs. „Halt nachenand. Gang z'erscht dä Vadder go suche. Wit chann er ja nöd si." Er grimassierte vor Schmerzen. „Dr alte Sturegrind!"

Schaggi kramte seine Thermosflasche aus dem Rucksack und reichte sie Urs.

„Ich gang bis zum Sattel. Vilicht chann ich det öppis erkenne. Den lass ich da." Er wies auf seinen Rucksack. „Da chasch di hebe." Und schon verschwand er im nebligen Grau.

Urs versuchte, sich ein bisschen bequemer zu lagern, dabei fuhren wahnsinnige Schmerzen durch beide Beine, so dass ihm wieder schwarz vor Augen wurde. Er wusste nicht, wie lang er bewusstlos war, als er Motorengeräusch vernahm, das auf- und abschwellende Geräusch eines Helis von der Rega, der suchend über die Gipfel kreiste. Es verstummte, kam dann wieder näher. Urs riss die Augen auf. Tatsächlich ein Rettungsheli, aus dem sich ein Sanitäter abseilte. „Gerettet", dachte Urs, ehe ihm wieder die Sinne schwanden. Er bekam nicht mehr mit, wie er vorsichtig hochgezogen wurde. Auch nicht, dass Schaggi mit kreideweißem Gesicht dort im Heli saß und auf ihn wartete.

Er erwachte erst viele Stunden später im Spital, beide Beine im Streckverband. Schaggi saß neben seinem Bett und schreckte völlig übernächtigt auf, als er ihn ansprach und nach seinem Vater fragte. Der Freund berichtete ihm, dass unmittelbar nach der Rettung Suchmannschaften aufgebrochen waren, bisher jedoch ohne Ergebnis.

Urs musste etliche Wochen im Krankenhaus verbringen, da er sich bei seinem Sturz nicht nur komplizierte Beinbrüche zugezogen hatte, sondern auch eine Fraktur des untersten Lendenwirbels. Schaggi besuchte ihn sehr oft und berichtete, dass man die Suchaktionen wegen des vorzeitigen Wintereinbruchs aufgeben musste.

Kurz vor Weihnachten – Urs war noch nicht lange aus dem Spital entlassen und versuchte, allein Zuhause zurechtzukommen, – bekam er unerwarteten Besuch vom alten Hausarzt der Familie. Dr. Hendler druckste eine Weile herum, murmelte etwas von ‚Arztgeheimnis' und rückte dann schließlich mit seinem Anliegen heraus, nämlich der Mitteilung, dass er, Dr. Hendler, im letzten Sommer dem Vater die Diagnose beibringen musste, dass Röbi an unheilbarem Krebs im Endstadium erkrankt sei und nur noch wenige Monate zu leben hatte.

„Weisch Urs, ich dänk, din Vater isch freiwillig gange. Isch au besser so, dann hätt'r nümme müese liide."

Im späten Frühling, als Urs gesundheitlich wieder vollständig hergestellt war, machten sich die beiden Freunde erneut auf die Tour zum Muthorn. Abwechselnd schulterten sie ein Holzkreuz, in das Urs die Initialen seines Vaters geschnitzt hatte, dazu das Geburtsdatum und das Sterbedatum, nämlich jenen Tag im September vergangenen Jahres, als sie mit Röbi zu dieser verhängnisvollen Tour aufgebrochen waren. Unter diesen Daten standen drei schlichte Worte: „Dem Herrgott nah". Die Freunde richteten das Kreuz an der Stelle auf, wo sie Röbi zuletzt gesehen hatten.

Der Leichnam Röbis wurde nie gefunden.

Der „Dippefrau-Stein" im Burgwald

Eine Sage

Auf Kindheitspfaden im Burgwald: Talhausen, Spiegelteich, Bonifatius-Born, Christenberg, Martinskirche, Hungertal, Dippefrau-Stein, Franzosenwiesen. (2017).

D ie Franzosenwiesen im Burgwald sind das Ziel ihrer Wanderung. Am frühen Morgen eines sonnigen Maitages sind sie aufgebrochen, Ines, die jüngere Schwester Gerdis und ihr Bruder mit Schwägerin. Ein Geschwistertreffen in ihrem Heimatdorf hatte sie zusammengeführt. Jetzt durchwandern sie auf Kindheitspfaden den ‚schönsten Wald der Welt', wie Ines einst als Kind in ihrem Tagebuch notiert hatte.

Der Weg führt durch Talhausen, wo uralte Eichenveteranen den Weg säumen, zum Spiegelteich. Hier kann man die Martinskirche auf dem Christenberg gleich zweimal sehen: am Horizont, eingerahmt von mächtigen Hainbuchen und als Spiegelbild auf der silberdunklen Oberfläche des Spiegelteiches.

Gleich hinterm Christenberg beginnt das Hungertal, das so heißt, weil dort Menschen verhungert waren, die Hugenotten nämlich, die im 18. Jahrhundert ihres Glaubens wegen aus Frankreich vertrieben wurden und im Gebiet des Burgwalds Zuflucht gesucht hatten. Das hatte man den Geschwistern früher erzählt. „Man fand nur noch die Siklette…", klingt es Ines noch im Ohr. Damals glaubte sie, Siklette sei ein hugenottischer Mädchenname und man habe nur noch ein Mädchen mit diesem Namen gefunden. Ines kannte das Wort Skelette noch nicht.

Die Maiensonne strahlt schon eine fast sommerliche Wärme aus. Der Wald ist erfüllt von Vogelsang. Am Wegrain blühen Akelei in violett, rosa und weiß. Die Gespräche der Geschwister führen oft zurück in die gemeinsame Kindheit.

An einer Wegkreuzung weist ein Wegweiser auf einen Gedenkstein hin: „Dippefrau-Stein 200 m." Eine Hinweistafel neben dem Wegweiser enthält folgenden Text:

> *„Hier soll, so wird erzählt, eine Trödlerin mit ‚Marburger Dibbercher' auf dem Weg zum Markt nach Frankenberg ermordet worden sein. Nur 18 Pfennige habe sie bei sich gehabt. Da die Kirchenbücher ebenso schweigen wie die Marburger Zeitung aus dem Jahr 1852, ist nicht mehr über diese Untat bekannt. Dennoch wurde der armen Frau dieser Gedenkstein gesetzt. "*

Die Geschwister beschließen, das Denkmal aufzusuchen. Ein schmaler Pfad führt die kleine Gruppe links eine Anhöhe hinauf und verliert sich im blühenden Heidelbeerkraut. Und dann steht er plötzlich vor ihnen, ein unauffälliger, unbehauener Findling aus Buntsandstein, eingeritzt die kaum mehr lesbare Jahreszahl ‚1852'. Ein mit Algen und Tannennadeln bedecktes ‚Dibberche' liegt zu seinen Füssen. Eine Weile stehen die Geschwister stumm vor diesem schlichten Denkmal. Es erzählt ihnen folgende Geschichte:

«Im Jahre 1852 wanderte eine Händlerin mit ihrer Kiepe voller Töpferwaren durch den Burgwald nach Frankenberg, um sie dort auf dem Markt anzubieten. Sie hatte die Krüge, Töpfe und Schüsseln recht günstig in der großen Töpferei in Marburg eingekauft. (Marburg ist berühmt für diese Töpferei. Marburger ‚Dippercher' – hessisch für Töpfchen – werden in Hessens Antiquitätenläden hoch gehandelt).

Katharina, so der Name der Händlerin, war Witwe und verdiente sich durch den Töpferhandel gerade das Notwendigste für den Lebensunterhalt. Sie hoffte auf einen tüchtigen Batzen Erlös für ihre Töpferware, den sie für die Brautausstattung der Tochter beiseitelegen wollte. Ihre beiden Kinder waren in der Töpferei angestellt, der Sohn half beim Brennen, die Tochter verzierte die Töpferware mit Schnörkeln und Girlanden, den typischen, jahrhundertalten Mustern der Marburger Töpfereien. Es befanden sich auch etliche Auftragsarbeiten in Katharinas Tragekiepe, Becher und Krüge, die mit den Namen der Besteller geschmückt waren. Das Prunkstück indes war ein großer Brotteller, auf dem ein Paar in hessischer Tracht tanzte, drum herum die Inschrift „Gib uns unser täglich Brot".

Katharina schleppte schwer an ihrer sorgfältig in Stroh verpackten Last. Die Sonne war hervorgebrochen, hatte die dunklen Wolken vertrieben und brannte nun gnadenlos vom Himmel. Das am frühen Morgen drohende Gewitter hatte sich verzogen, die Schwüle war geblieben. Immer öfter musste Katharina stehenbleiben und sich den Schweiß von der Stirne wischen. Sie umfächelte ihr erhitztes Gesicht mit dem Taschentuch, um die Fliegen und Bremsen zu vertreiben, doch die lästigen Biester umsummten alsbald wieder ihren Kopf. Die Vögel, die in der Frühe noch jubiliert hatten, waren in der Mittagshitze verstummt. Kein Lüftchen rührte und regte sich.

Und doch hörte Katharina ein merkwürdiges Knacken, das immer näher kam. Jetzt ratschte ein Eichelhäher aufgeregt. Er warnte vor etwas Fremden im Revier. Katharina drehte sich um und hielt Ausschau nach dem Eindringling. Dabei wurde sie schwindelig und schwankte und wäre fast zu Boden gefallen. Im letzten Moment konnte sie sich auffangen. Das verdächtige Knacken war nun nicht mehr zu hören, der Eichelhäher aber schimpfte unentwegt weiter. Katharina seufzte und schirmte mit der Hand die Sonnenstrahlen ab, konnte jedoch nichts erkennen. Sie sah den Schatten des Fremden erst, als es zu spät war. Instinktiv verließ sie den Weg und versuchte, so schnell es ging, nach links zu fliehen, weg von den Sümpfen rechter Hand. Die Angst verlieh ihr ungeahnte Kräfte. Wie ein junges Reh eilte sie den Hang hinauf, weglos durch blühende Heidelbeersträucher und Farnkraut, die Kiepe fest an sich geklammert. Ein gewaltiger Schlag auf den Kopf ließ sie erneut taumeln. Dieses Mal stürzte sie schwer. *Hoffentlich ist nicht allzu viel zu Bruch gegangen,* waren ihre letzten Gedanken, ehe ihr die Sinne schwanden, dann verschied sie, erschlagen von einem Fremden, der nie gefasst wurde.

Als Katharina am Abend jenes Sommertages nicht heimkehrte, machten sich Sohn und Tochter in großer Sorge auf die Suche, unterstützt von vielen Dorfbewohnern. Sie fanden die tote Mutter anderntags mit eingeschlagenem Schädel im Hungertal, nicht weit von der Stelle, wo der Weg zu den Franzosenwiesen abzweigt. Niedergetretene Heidelbeersträucher und abgerissene Ästchen wiesen den Weg. Wie durch ein Wunder waren alle Krüge, Becher, Teller und Schüsseln heilgeblieben, nicht ein einziges Stück war zerbrochen. Katharinas Geldbeutel, der lediglich 18 Pfennige enthalten haben soll, fehlte, aber die Kiepe mit der wertvollen Last hatte der Mörder aus unerfindlichen Gründen verschmäht.

Sohn und Tochter ließen von dem Erlös der Töpferwaren eine große Beerdigung ausrichten. Die Tochter verschob ihre Vermählung. Als die Dippefrau, wie sie fortan genannt wurde, auf dem Christenberg beigesetzt wurde, nahmen viele Einwohner aus den umliegenden Dörfern an der Beerdigung teil.

„Gott wird abwischen alle Tränen von ihren Augen, und der Tod wird nicht mehr sein, noch Leid, noch Geschrei noch Schmerz wird mehr sein", psalmodierte der Pfarrer, als der Sarg mit Katharinas sterblichen Überresten in die Grube herabgelassen wurde und die Glocken der Martinskirche ihr melodisches Geläut erklingen ließen.

„Aus der Erde sind wir genommen, zur Erde sollen wir wieder werden. Erde zu Erde, Asche zu Asche, Staub zu Staub."

Der Pfarrer ließ die erste Schaufel voller Erde auf den Sarg rieseln. Dann trat der Sohn an das offene Grab.

„Alle Stunden verletzen, die letzte tötet", sagte er mit fester Stimme.

„Die Menschen, sie kommen, sie gehen, sie schlendern, sie tanzen – und vom Tod hat keiner was gehört", schluchzte die Tochter.

Wir werden unserer Mutter ein Denkmal setzen, beschlossen die Geschwister. Sie beauftragten einen Steinmetz. Das Ersparte reichte aber nur für die Jahreszahl ‚1852', weil die Beerdigung so viel verschlungen hatte.

Der Mörder ihrer Mutter wurde nie gefasst.»

Nachts in der Migros Klubschule

Die einzige Vorgabe für den zu schreibenden Text war der Titel „Nachts in der Migros Klubschule". (2017).

Ines klickt die Mine ihres Kugelschreibers rein, raus, wieder rein. Mit der linken Hand wickelt sie sich eine Strähne ihrer Locken um den Zeigefinger. Sie sitzt über einem im Kurs „Kreativ schreiben" begonnenen Text, den sie zu Hause fertig schreiben will. Ihr Gehirn scheint blockiert zu sein, wie mit Brettern zugenagelt. Keine zündende Idee für die Fortsetzung des Textes will ihr in den Sinn kommen, keine schlüssige Pointe, ja, ihr fehlt überhaupt der stimmige Plot.

Mit einem leisen Bling meldet ihr PC, dass soeben eine neue eMail eingegangen ist. Dankbar für die willkommene Unterbrechung öffnet Ines ihren Outlook. Francis, der Leiter ihres Schreibkurses in der Migros Klubschule, teilt in einer Rundmail allen Teilnehmern mit, dass sich der Termin für die nächste Zusammenkunft und auch das Thema geändert habe. Man treffe sich einen Tag später als vorgesehen und ausnahmsweise erst um 21 Uhr. Es sei ja Sommer und um diese Zeit noch hell. Das ursprünglich geplante Thema werde auf einen späteren Zeitpunkt verschoben. Die eMail endet mit einem geheimnisvollen „Lasst euch überraschen!" Erleichtert klappt Ines ihre Kladde zusammen und verlässt ihren Platz vor dem PC.

Am nächsten Abend fährt sie mit der DBW-Bahn nach Wohlen.

„Du musst mich nicht abholen", sagt sie zu Jurek. „Die ‚Unzertrennlichen' nehmen mich nachher mit. Francis hat nicht gesagt, wie lang unser Kurs heute Abend dauern wird."

Die ‚Unzertrennlichen‘, so nennt Ines zwei Teilnehmerin-nen, die stets im Duo auftreten. Manchmal bezeichnet sie sie auch als ‚Pat & Patachon‘. Gertrud ist groß und kräftig gebaut, Gaby dagegen klein und rundlich.

Als Ines vom Bahnhof Wohlen zur Klubschule marschiert, ist es tatsächlich noch hell. Die Bahnhofsstraße kommt ihr er-staunlich leer und ruhig vor, während sich die Amseln beim Abendkonzert gegenseitig zu überbieten versuchen. Ines fährt mit dem Lift in den 2. Stock, wo sich die Räume der Klubschule be-finden. Am Empfang wird sie von der Sekretärin, deren Namen sich Ines einfach nicht merken kann, mit strahlendem Lächeln begrüßt.

Ines betritt den vertrauten Klubraum und bleibt überrascht in der Türe stehen. Sie ist keineswegs die erste, obwohl sie relativ früh dran ist. Fast alle Plätze um die im Karree aufgestellten Ti-sche sind besetzt. Nicht nur die Teilnehmer des derzeitigen Kur-ses „Kreativ schreiben“ sind da, sondern auch die vom Pro Senectute-Kurs “Einladung zum Geschichtenschreiben“, sowie alle Schreiberlinge der VHS Bremgarten. An der Stirnseite des Vierecks steht Francis, flankiert von Emilia, die den Kurs bei Pro-Senectute betreut, und Veronika von der VHS Bremgarten.

„Du kennst ja alle“, begrüßt Francis sie und lächelt dabei verschmitzt.

Ines‘ Platz – immer unmittelbar rechts oder links neben dem Dozenten – ist noch frei. Sie setzt sich und lässt ihre Blicke über die erwartungsvollen Gesichter der Anwesenden schweifen. Die ‚Unzertrennlichen‘ sind da und winken ihr zu, Greta, die ihre Texte zumeist im Dialekt verfasst, die forsche, redselige Eva. Und an der Ecke, da sitzt doch die Teilnehmerin von vor zwei oder drei Jahren, die ihren Hund immer mitbrachte. Ja, tatsäch-lich, hinter Dorothea liegt der schwarze Pudel Picco mit ge-schlossenen Augen auf seinem Handtuch. Jetzt springt er auf und begrüßt bellend und schwanzwedelnd einen Neuankömmling. Es ist Hanna, bei weitem die Jüngste in der Runde.

Picco trollt sich wieder in seine Ecke. Francis schaut auf seine Uhr, Emilia lächelt freundlich in die Runde und Veronika kramt in ihren Unterlagen. Jetzt entdeckt Ines auch die beiden Hannes vom vorvorigen VHS-Kurs. Merkwürdig, hatte nicht der lange ‚Locken-Hannes' diese frische Narbe auf der Stirn? Ines erinnert sich genau an jenen Abend, als der ‚Locken-Hannes' von seinem Unfall berichtete – er war gegen eine Glastür gerannt – und ihn zu einem überaus spannenden Text verwertet hatte. Jetzt prangt die Narbe wie eine riesige rote Heuschrecke auf der Stirn des anderen Hannes', des ‚Raucher-Hannes', der damals alle halbe Stunde den Kursraum verlassen hatte, um eine Zigarette zu rauchen.

Der Raum in der Migros Klubschule ist erfüllt vom leisen Geplauder der Anwesenden. Neugieriges sich gegenseitiges Mustern. Simone, Ines' Sitznachbarin, beugt sich zu Ines.

„Weißt du, was das hier soll? Warum lässt uns Francis mitten in der Nacht antanzen?

Francis sieht wieder auf die Uhr und räuspert sich. Er setzt grade zu seiner Begrüßung an, da hört man das Tok-Tok von energischen Schrittchen, die Tür öffnet sich erneut und Martha, die dreiundneunzigjährige Teilnehmerin vom Pro-Senectute-Kurs, trippelt herein, wie immer ganz in Schwarz gekleidet, die weißen Haare zu einer adretten Hochfrisur aufgesteckt, die Brille an einem Band um den Hals. Sie entschuldigt sich wortreich für ihr Zuspätkommen und strebt zum letzten freien Platz.

Francis räuspert sich wieder und nimmt einen erneuten Anlauf zur Begrüßung. Er stellt seine Begleiterinnen Emilia und Veronika vor und erläutert den Sinn und Ablauf dieses Abends, respektive der kommenden Nacht. Man habe Synergien bündeln wollen und deshalb beschlossen, für einmal alle drei Kurse zusammenzulegen, um allen Teilnehmern eine Bühne zu bieten, den ‚Text ihres Lebens' vorzutragen. Alle Darstellungsformen seien gestattet, Musik, Tanz, Theater, Malerei, und natürlich jegliche literarische Form… Er und seine Begleiterinnen seien höchst überrascht und erfreut über die Vielfalt der eingereichten Beiträge. Emilia ergänzt, sie habe alle Texte wie Perlen empfunden, große, kleine, bunte…, die nun in dieser Nacht zu einer farbigen Kette aufgefädelt werden sollten. Veronika blickt von ihren Unterlagen auf und sagt schlicht: „Ich freue mich!"

Ines schießt es siedend heiß durch den Kopf. *Was ist mit meinem Beitrag? Ich habe doch gar nichts geschrieben oder?* Sie durchforscht ihr Hirn vergeblich. Verstohlen blättert sie in ihrer Kladde. Nur durchgestrichene und somit erledigte Seiten, die bereits in den PC getippt sind.

Francis hat wie immer eine neue ausgefallene Methode herausgeknobelt, in welcher Reihenfolge vorgelesen, bzw. vorgetragen, vorgespielt oder vorgeführt werden soll, nämlich aufsteigend nach den Hausnummern. Katrin, pensionierte Lehrerein, wohnt in der Bremgarterstraße Nr. 1 und fängt an.

Katrin ist eine große Vogelliebhaberin. Ines staunt immer wieder, wie sie in jedem Text, sei er getragen feierlich, traurig oder humorvoll, Vögel unterbringt. Nun erklärt sie den Anwesenden, dass sie für ihren heutigen Beitrag ehemalige Schüler zur Unterstützung aufgeboten habe. Sie öffnet die Tür.

"Chömmet inne!" Eine Schar munterer Drittklässler strömt herein und verteilt sich im Raum. Katrin liest eine Gedichtzeile vor, in der ein Buchfink eine Rolle spielt und schon schmettert ein Bub den typischen Buchfinkenschlag. Katrin liest und Spatzen tschilpen, Amseln flöten, ein Rotkehlchen schluchzt, Goldhähnchen wispern, Elstern meckern, Lerchen tirilieren, Grasmücken jubilieren ohne Punkt und Komma… Es ist eine überaus gelungene Darbietung. Katrin und ihre Schüler heimsen viel Beifall ein. Ines hat sich zwischenzeitlich von ihrem Problem ablenken lassen. Jetzt grübelt sie wieder über ihren nicht existierenden Text.

Barbara wohnt in der Obergasse 6 und ist die Nächste. Sie will etwas im musikalischen Bereich bieten und bittet alle Anwesenden in den Musikraum. Die Prozession der Teilnehmer zum Musikzimmer setzt sich in Bewegung. Barbara hat am Flügel Platz genommen, neben ihr steht die Journalistin Bettina mit einer Geige, am Violoncello eine Ordensschwester in Zivil aus dem allerersten VHS-Kurs, an deren Namen sich Ines nicht mehr erinnern kann. Francis legt seine Finger mahnend an die Lippen und Barbara beginnt zu spielen. Ines ist überrascht, wie virtuos und hinreißend Barbara in die Tasten greift. Während die Melodien durch den Raum perlen und schweben, ist die Nacht hereingebrochen und breitet ihre Samtschwärze vor den großen Fenstern aus. In allen Räumen flammen nun Neonröhren auf. Man wechselt vom Musikraum in das Atelier, wo der ‚Raucher-Hannes‘ ein Bild nach dem anderen auf die große Staffelei wuchtet, farbenprächtige abstrakte Gemälde, und dazu genauso unverständliche Passagen Konkreter Poesie deklamiert.

Die ‚Unzertrennlichen‘ haben sich als Goethe und Marcel Reich-Ranicki verkleidet und bieten auf der Bühne einen witzigen Sketsch. Ines ist sehr beeindruckt über das unerwartet komödiantische Talent der beiden.

Die Kirchturmuhr schlägt Mitternacht. Man ist inzwischen bei Hausnummer 30 angelangt. Ines ist kaum in der Lage, die Beiträge ihrer Mitschreiber und Mitschreiberinnen gebührend zu genießen. Was um Himmels Willen soll sie bieten?

Martha, die Dreiundneunzigjährige, wohnt in der Zürcherstraße 30.

„Ich hatte früher Ballettunterricht", erklärt sie einleitend. „Ich übe jeden Tag, nun schon seit fast neunzig Jahren. Ich möchte euch etwas vortanzen." Mit ihren vertrauten energischen Schrittchen stapft sie los, erklimmt die Bühne im Theaterraum und stellt sich in Position: sie breitet die Arme aus und erhebt sich auf die Zehenspitzen – in ihren ganz gewöhnlichen Straßenschuhen – und tanzt los. Ines staunt, alle staunen, wie die kleine alte Dame so graziös ihre Pirouetten dreht. Der Applaus ist frenetisch.

Ein Vortrag reiht sich an den nächsten. Ines ist überrascht, dass die Migros Klubschule über so viele verschiedenartige Räume verfügt. Der ‚Locken-Hannes' bittet die Anwesenden in den Gymnastiksaal, wo es nach Schweiß, Gummimatten und Versagen riecht. Er produziert sich als ‚schreibender Kunstturner'. Dann wird wieder Theater gespielt und gesungen. Annas Koloraturen tun Ines fast weh.

Nun sind alle Teilnehmer wieder im Kursraum Pestalozzi. Francis blättert in seinen Unterlagen. Er sieht Ines an. Sie wohnt in der Dorngasse 43.

"Ines hat mir mitgeteilt, dass Zahlen von jeher eine Faszination auf sie ausüben, weil sie unbestechlich seien. Ines wird uns also jetzt den Zauber der Mathematik, in eine Novelle gekleidet, nahebringen." Er nickt ihr zu.

Ines steht mit zitternden Knien auf. Sie fühlt alle Gesichter mit anteilnehmender Neugier auf sich gerichtet. Wie sie zur Tafel gelangt ist, eine uralte schwarze Schultafel, wie die Kreide in ihre Hände geraten ist, kann sie sich nicht erinnern. Sie findet sich in ihrem alten Gymnasium wieder, mitten im Mathematik-Abitur. Neben der Tafel steht Dr. Stark, der Mathematiklehrer, und weist mit einem Stock auf Zahlengebilde auf der Tafel, deren Sinn sich Ines einfach nicht erschließen will. Im Hintergrund hört sie zunehmendes beunruhigtes Tuscheln des beisitzenden Lehrerkollegiums, Stuhlrücken, Gemurmel. Ines ist von einem einzigen Gedanken beseelt, fliehen, nur weg von hier, so schnell und so weit wie möglich!

Sie lässt die Kreide fallen und rast los, durch den langen Gang des Neubaus, hinüber in den Altbau, die Treppen hinunter zum Ausgang. Sie bemüht sich, so schnell wie möglich zu rennen, ihr Herz rast mit, aber eine unsichtbare Macht hindert sie. Irgendetwas hat sich um ihre Beine gewickelt wie der Rüssel des kleinen Elefanten in der ‚Antistax'-Werbung. Hinter sich hört sie die Rufe ihrer Klassenkameraden, die Befehle der Lehrer, die immer näher kommen und näher… Sie fühlt Hände, die nach ihr greifen. Ines schreit, schreit schrill und durchdringend.

„Ines, wach auf, Herzchen, du hast einen Alptraum. Pst, du schreist ja das ganze Haus wach!"

Jurek steht neben ihrem Bett, tätschelt sanft ihre Schulter und redet beruhigend auf sie ein.

Ines fährt hoch. Das Nachthemd klebt ihr am verschwitzten Körper, ihre Beine haben sich in der Bettdecke verwickelt. Ihr Herz schlägt noch immer einen Salto nach dem andern. Nur mühsam gelingt es ihr, die Reste des Alptraums abzuschütteln, die wie lästige Spinnweben an ihr kleben.

Spatzenleben auf der Terrasse

Aufgabe: Begib dich auf eine unbekannte Expedition: Wie erlebt eine Ameise deinen Balkon? – Die Perspektive einer Ameise erschien mir zu winzig, zu schwierig. Ich entschloss mich, aus der Sicht von Spatzen zu schreiben, die uns täglich auf unserer Terrasse besuchen. (2017).

Seit wann wir hier oben auf der Terrasse im sechsten Stock einkehren, weiß ich gar nicht mehr. Es ist jedenfalls schon sehr lange her, ich war gerade erst flügge geworden.

Ich erinnere mich, dass es Winter war und wir nichts mehr zum Fressen fanden. Die Erde war so steinhart gefroren, dass man keine Würmchen herauspicken konnte. Und dann lag da plötzlich eines Morgens so eine merkwürdige weiße Schicht auf der ganzen Welt, soweit meine Augen reichten. „Schnee", nannten es die Alten „Es hat geschneit!" Ich begann, die Flocken, die herunterfielen, mit dem Schnabel aufzufangen, ließ es dann aber bleiben, weil es nichts brachte.

„Wir versuchen es da oben", tschilpte mein Vater oder jemand anderes von den Alten. Er wies mit dem Schnabel nach oben, eine endlose Strecke an einer riesigen Hausfront vorbei, wo zuoberst Föhrenwipfel zu erkennen waren. Es kostete schon mächtige Überwindung, so hoch zu fliegen, an vielen Balkonen vorbei, wo sicher jede Menge Gefahren lauerten. Aber da oben gab es tatsächlich ein paar Föhren und grüne Büsche, in denen wir erst mal schnell Zuflucht suchten, ehe wir uns aus der Deckung wagten. Auf dem Boden lagen ein paar Krümel, nichts Besonderes, wir stürzten uns darauf, weil wir hungrig waren. Plötzlich ging die Terrassentür auf und eines von diesen Monstern auf zwei Beinen, von diesen großen rosa Nacktgesichtern, erschien und streute noch mehr Krümel auf den Boden. Wir waren so erschrocken, dass wir wie auf Kommando aufflogen, husch über das Geländer setzten und nach unten verschwanden.

Am nächsten Tag wagten wir einen neuen Versuch. Zwischen den Kübeln mit den Föhren und grünen runden Büschen stand nun auf einem Pfosten ein Holzkasten mit einem Dach und darunter jede Menge Futter. Ich flog umgehend darauf zu, prallte aber unerwartet gegen etwas Hartes, Durchsichtiges, eine Art aufrechtstehende gefrorene Pfütze. Schreckerstarrt blieb ich erst mal hocken, während meine Verwandtschaft aufgeregt tschilpte. Aber mir war weiter nichts passiert. Ich fühlte mich nur ein bisschen benommen, dann begann ich zu fressen. Es rutschte immer mehr Futter vom Inneren des Kastens auf die Rinnen diesseits der gefrorenen Pfützen, die den Kasten auf zwei Seiten begrenzten. Meine Sippschaft wagte sich auch wieder aus der Deckung. Wir waren eine große Gruppe, sieben oder elf an der Zahl, wir machten uns jedoch das Futter nicht streitig. Jeder durfte nach vorn. Das war ein munteres Tschilpen, hastiges Picken und Herumhüpfen.

Ja, so fing es an. Die rosa Nacktgesichter sorgten zuverlässig für Nachschub. Jeden Tag unternahmen wir Ausflüge auf die Terrasse im sechsten Stock. So lange wie der Winter dauerte, wagten sich auch ein paar Kohlmeisen zum Futterhäuschen, so nennen die Nacktgesichter, deren Sprache ich immer besser verstehe, den Kasten. Wir ließen das Meisenvolk gewähren, obwohl sie immer so vornehm tun und auf uns herabschauen. Die Amseln dagegen, die ebenfalls versuchten, uns das Futter streitig zu machen, wurden von uns mit empörtem Geschrei vertrieben. Sie sind zwar größer als unsereins, aber derart zänkisch und futterneidisch, dass wir sie nicht duldeten. Sie machten sich zeternd von dannen.

Als der Frühling kam, waren wir wieder für uns. Es gab und gibt unten nun genügend zu fressen für alle, aber wir finden den Weg immer wieder hinauf auf die Terrasse im sechsten Stock. „Die Spätzchen wohnen jetzt bei uns", sagte das kleinere Nacktgesicht zu dem größeren. Nun, das ist übertrieben, aber wir fühlen uns hier sehr zu Hause. Übernachten, das wagen wir uns immer noch nicht, das ist in den großen Baumkronen unten einfach sicherer. Aber wir kommen mehrmals täglich nach oben. Im Futterhäuschen wartet immer Futter auf uns, wenn auch nur totes, keine Käferchen, keine Würmchen... Wenn wir satt sind, fliegen wir in den größten runden Busch, der von den Nacktgesichtern ‚Buchs' genannt wird. Der ist innen sehr geräumig, wir können ungehindert durch die Zweige hüpfen. Manchmal steckt eins von uns auch den Kopf nach außen und schaut, ob sich da etwas tut.

„Der große Buchs zittert und bebt", sagt dann das größere rosa Nacktgesicht. "Die Spätzchen sind da."

Eigentlich ist das größere Nacktgesicht kein richtiges Nacktgesicht. Es hat wenige Haare oben auf dem Kopf und unten am Gesicht so merkwürdige weiße Stacheln. Vielleicht wuchsen da mal Federn. Und beide haben ein Gestell mit runden gefrorenen Pfützenscheiben vor den Augen.

Ja, die Nacktgesichter versorgen uns treulich mit Futter, das ganze Jahr hindurch. Zuverlässig, das muss man sagen. Aber was ich überhaupt nicht verstehe: Tag für Tag schaben sie unsere Hinterlassenschaften von den Anflugbrettern des Vogelhäuschens. Kaum riecht es vertraut nach uns, wird unser Geschäft weggekratzt. Glücklicherweise kommen sie nicht in das Innere ‚unseres großen Buchs'. Was glauben die Nacktgesichter eigentlich, warum der so gedeiht! Er wird täglich von uns gedüngt.

Wenn wir unbekannte Geräusche aus der Wohnung der Nacktgesichter vernehmen, fühlen wir uns selbst im Buchs nicht sicher. Wie auf Kommando, genauer gesagt **mein** Kommando fliegen wir im eleganten Bogen über das Terrassengeländer nach unten. Ich bin jetzt derjenige, der das Sagen hat, aber das ist für niemanden ein Problem. Ich werde allseits akzeptiert.

Ich erinnere mich, dass es voriges Jahr, als der Sommer so feucht war und es so viel geregnet hatte, leckeren Nachtisch zu unserem toten Futter hier oben gab. Die Pflanzen mit den Dornen und den farbigen Blüten, die Nacktgesichter bezeichnen sie als ‚Rosen', waren voller grüner Blattläuse. Mein Gespons Flügelinchen entdeckte sie als erste. Wir stürzten uns alle darauf. Es war gar nicht so einfach, an diese Delikatesse heranzukommen. Die Rosenzweige waren zu schwach und gaben unter unserem Gewicht nach. Das Jungvolk machte sich ein Vergnügen daraus, auf den Zweigen zu schaukeln.

Ansonsten gibt es hier oben keine essbaren Lebewesen für uns. Hin und wieder mal eine Ameise. Aber die hat zu wenig Fleisch auf den Knochen. Manchmal verirren sich Schmetterlinge nach oben, auch Bienen und Hummeln und anderes geflügeltes Kleinzeugs. Die Jungen versuchen sie zu jagen. Sollen sie, ist ein gutes Training.

Wir sind mal mehr, mal weniger, wie es sich so ergibt. Mehrmals im Jahr haben wir Junge. Das ist immer eine anstrengende Zeit. Die Kleinen bestehen fast nur aus aufgerissenen Schnäbeln, in die man was hineinstopfen muss. Mein Flügelinchen kennt da nichts. Unermüdlich fliegt sie umher, sammelt Würmchen und Käferchen und füttert die undankbare Brut.

„Du verwöhnst sie", zwitschere ich. „So werden sie nie flügge!"

„Das verstehst du nicht", tschilpt sie zurück.

Einmal, als sie länger wegblieb, schubste ich die gefräßigen Jungen aus dem Nest. Natürlich vergewisserte ich mich vorher, dass keine vierbeinige Fellschleicherin unterwegs war, und auch kein vierbeiniger Beller. Letztere sind allerdings nicht so gefährlich, weil sie nicht auf die Bäume klettern können. Und siehe da, unsere Kleinen konnten fliegen! Sie schrien zwar erbärmlich und flatterten zunächst noch recht ungeschickt, aber sie schafften es. Als Flügelinchen zurückkam, hockten sie alle wieder im Nest, in dem sie aber kaum mehr Platz haben. Das ging ein paar Tage so und – hast du nicht gesehen – , eines Tages schafften sie es bis auf die Terrasse im sechsten Stock. Oben angelangt, ging das Theater wieder los. Sie ließen die Flügel hängen, zitterten und jammerten zum Gotterbarmen. Flügelinchen und ihre Genossinnen nahmen umgehend die Plackerei wieder auf sich und stopften aufopferungsvoll alles Fressbare in die aufgerissenen Schnäbel. Kaum waren Flügelinchen und Co. wieder weg, hüpften die Jungen zum Futterhaus und pickten ganz allein und selbstständig Körner aus dem Trog. Das können sie nämlich, allein fressen. Sie sind ja auch mit hoch geflogen.

Ich beteilige mich nicht an diesem Fütter-Theater. Es hat alles seine Grenzen! Die Nacktgesichter tun aber ganz entzückt, wenn sie unsre Nachkommen erleben. Sie halten sich Kästchen vors Gesicht, die „Klick" machen. Ich weiß nicht so genau, was das bedeutet.

Neulich entdeckte ich die Schleimspuren einer Schnecke auf den Steinplatten. Keine Ahnung, wie es die nach oben geschafft hat. Offensichtlich suchte sie wieder einen Weg nach unten, denn sie war immer wieder in Schlaufen und Schleifen auf ihre eigene Spur gestoßen und hatte sie gekreuzt.

„Sieht aus wie silbrige Feenspuren", sagte das kleinere Nacktgesicht. Es klang begeistert. Was wohl Feen sind? Ich weiß nur, dass man uns eingezwitschert hat, als wir jung waren, ja die Schnäbel von den Schnecken zu lassen! Man erzählte uns die Horrorstory, dass ein Verwandter von uns beinahe elendiglich krepiert wäre, als er versuchte, eine Schnecke zu vertilgen. Der eklige Schleim hatte seinen Schnabel verklebt…

Als der Sommer kam, fanden wir heraus, dass es sich in den großen Kübeln, in denen die Rosen wachsen, wunderbar ,baden' ließ. Die Sonne hatte die Erde getrocknet. Sie ließ sich nun ganz einfach zerkleinern und pulverisieren. Wir buddelten uns Kuhlen, schafften mit den Krallen und Flügeln unnötiges Material über den Kübelrand und genossen das Bad in der wohligen warmen Erde. Es gab genügend Kübel für uns alle. Einer von uns streckte immer mal wieder den Kopf über den Kübelrand, um zu sehen, ob Gefahr drohte.

Leider fand dieses Vergnügen ein jähes Ende. Das größere rosa Nacktgesicht schimpfte, wir hätten eine große Ferkelei angerichtet. Ferkelei, was für ein hässliches Wort und welch immenses Missverständnis! Er fegte die herumgestreute Erde auf und legte so eine Art Stoff um die Rosenstöcke und beschwerte ihn mit Steinen. Ich pickte ein paarmal erbost an diesem Zeug und versuchte, es wegzuzerren. Es gelang mir nicht. Nun müssen wir wieder unten baden, wenn uns die Milben plagen. Wegen der vierbeinigen Fellschleicher macht das längst nicht so viel Spaß.

Ja, man kann nicht alles haben. Übrigens baden wir auch sehr gern in der steinernen Vogeltränke, die auf der Terrasse steht und von den Nacktgesichtern immer mit Wasser versorgt wird. An heißen Tagen, wenn es unten keine Pfützen mehr gibt, plantschen wir da oben gern in dieser Tränke. Leider passt immer nur einer von uns rein. Wenn ich ein ausgiebiges Bad genommen habe, ist kein Wasser mehr drin.

Wir sind sehr reinliche Tiere. Das muss an dieser Stelle auch mal gesagt werden! Wir pflegen uns, putzen unser Gefieder, wetzen unsere Schnäbel, säubern die Krallen und machen den Milben mit Sandbädern den Garaus. Umso empörender, wenn die Nacktgesichter jemanden ‚Dreckspatz' nennen und das als Schimpfwort meinen!

Das Laubbett

Im Mittelpunkt des zu schreibenden Textes soll der Mensch stehen. Die Kursleiterin hat Fotos ausgelegt, auf denen Menschen abgebildet sind, Männer, Frauen, Kinder in verschiedenen Landschaften und in unterschiedlichsten Situationen. Die Teilnehmer dürfen sich eines aussuchen, das eine Geschichte anstößt. Ich entscheide mich für das Foto eines kleinen Mädchens, das in stolzer Pose neben einem riesigen Laubhaufen steht, den sie wohl soeben zusammengerecht hat. Sie trägt eine weiße, mit roten Blumen bestickte Strickjacke, rote Strümpfe und eine viel zu große rote Baskenmütze. Den rechten Arm hat sie in die Seite gestemmt, die linke Hand umklammert den Rechen wie eine Hellebarde. (2017).

Der Sommer hatte sich verabschiedet. Vorbei die endlosen Tage mit Spielen in Feld, Wald und Flur, mit Baden am Baggersee oder im Freibad, mit Gartenpartys und Grillnachmittagen.

Unversehens war es Herbst geworden. Das Laub der Bäume hatte sich verfärbt und im Garten blühten jetzt Astern und Chrysanthemen, die so streng rochen. Ines liebte diesen Duft. Hanno, der große Bruder, hasste ihn.

„Das sind Friedhofsblumen", erklärte er großspurig. „Die legt man zu den Toten in den Sarg."

Empörtes gemeinsames „Hanno!!!" mit drei Ausrufzeichen von Mama und Papa. „Erzähl dem Kind nicht solchen Unsinn", fügte Mama hinzu. „Mach lieber deine Hausaufgaben!"

Die Schule hatte wieder begonnen. Hanno lamentierte jeden Morgen lautstark über dieses Ungemach. Ines dagegen ging gern in die Vorschule. Da traf sie sich mit ihren Freundinnen, mit denen sie Geheimnisse austauschen konnte, ohne verspottet zu werden. Das Dumme war nur, dass alle Freundinnen eine Barbie hatten, manche sogar mehrere. Ines wünschte sich sehnlichst auch eine Barbie, aber Mama fand sie ‚hässlich'. Das verstand

Ines überhaupt nicht. Abgesehen davon war Mama ok, meistens jedenfalls. Papa auch. Hanno meistens nicht.

Der Herbst hatte also Einzug gehalten. In den vergangenen Tagen und Nächten waren Herbststürme über das Land gefegt und hatten all' das bunte Laub von den Bäumen gerissen. Der große Ahorn, der in der unteren Ecke des Gartens stand, war nun fast kahl geworden. Nur ein paar verlorene Blätter bebten in den leeren Zweigen. Auch die Esche und die kleinen Birken hatten ihre ‚goldene Pracht' eingebüßt.

„Was ist eine ‚goldene Pracht'?" wollte Ines wissen, wartete die Antwort der Mutter aber gar nicht ab. Die Aussicht, ganz allein mit dem Zusammenrechen des Laubes anfangen zu dürfen, erfüllte sie mit Feuer und Flamme.

„Darf ich meine neue Strickjacke anziehen? Bitte Mama, bitte!" Die Jacke war ein Geschenk von Tante Marga. Tante Marga hatte kranke Beine und konnte kaum laufen. Sie saß die meiste Zeit in ihrem großen Sessel oder lag auf der Couch. Die kranken Beine waren immer mit einer Decke zugedeckt, auch im Sommer. Wenn sie im Sessel saß, strickte sie meistens. Dazu lief der Fernseher, mitten am Tag! Mama konnte nicht stricken. Wenn Ines groß sein würde, wollte sie auch stricken lernen. Die neue Jacke, die Tante Marga ihr gestrickt hatte, rief Ines' Entzücken hervor. Sie war weiß mit roten und rosa Streifen am Bund und an den Ärmeln. Die Passe war mit prächtigen roten Rosen bestickt.

Ines durfte die Jacke anziehen, obwohl die Sonne wieder schien und eine fast sommerliche, dunstige Wärme verbreitete. Ines stülpte sich Mamas rote Baskenmütze über den Kopf, die ihr eigentlich zu groß war und ihre blonden Haare fast vollständig verbarg. In diesem Dress fühlte sie sich großartig. Mit Eifer begann sie nun, den Laubteppich, der sich unter den Bäumen ausgebreitet hatte, zusammenzufegen.

„Na, Rotkäppchen, wem bereitest du denn da so ein riesiges Laubbett?" fragte Opa Hermann von nebenan und beugte sich über den Zaun, der das Nachbargrundstück abgrenzte.

Opa Hermann hatte keine Haare mehr oben auf dem Kopf, nur noch außen und unten herum einen weißen, verstrubbelten Lockenkranz. Seine Glatze glänzte in der milchigen Herbstsonne, als hätte er sie mit Speck eingerieben. Wenn er sprach, bewegten sich seine Augenbrauen, die wie Bürstchen aussahen, lustig auf und ab. Ines mochte Opa Hermann. Er war immer zu einem munteren Schwätzchen bereit, hörte sich ihre Erzählungen von der Vorschule an, ihren Frust über Hannos großspuriges Gehabe und er teilte ihren Kummer über die fehlende Barbie. Er hatte immer Zeit für sie. Mama und Papa hatten nicht so viel Zeit, sie mussten arbeiten. Und Tante Marga wohnte in einer anderen Stadt.

„Laubbett?", fragte Ines zurück. „Das ist doch kein Laubbett, das ist ein Laubhaufen!" Sie unterbrach das Zusammenrechen und schaute Opa Hermann fragend an.

„Wohl, wohl, das ist ein Laubbett", sagte Opa Hermann und zog an seiner Pfeife. „Ein Bett mit einer Decke aus lauter Laub."

Ines ‚machte Hörnchen', wie Mama immer sagte, wenn Ines ganz konzentriert über etwas nachdenken musste und dabei die Stirn krauste.

„Wer weiß, wer weiß, was unter dieser Decke steckt!" Aus Opa Hermanns Pfeife stiegen kleine Rauchwölkchen auf und schwebten in den schrägen Strahlen der Nachmittagssonne. Seine Augen waren kaum zu sehen, wenn er schmunzelte so wie jetzt. Er schmunzelte viel.

Opa Hermanns Worte erinnerten Ines an einen Disput am elterlichen Mittagstisch vor ein paar Tagen. „Die stecken alle unter einer Decke!", hatte Papa gesagt und es hatte ziemlich zornig geklungen. Ines hatte nicht genau zugehört. Sie war viel zu sehr damit beschäftigt, ihren Kartoffelbrei auf dem Teller in einen Kanal zu verwandeln, in dem die Soße zu den Möhren auf der anderen Tellerseite fließen konnte. Papa redete vom ‚Amt‘, wo er tätig war. Er regte sich mal wieder über seinen Chef auf, den er heimlich den ‚Big Boss‘ nannte. Der Chef war der Oberbürgermeister und er hatte einen dicken Bauch. Ines versuchte, sich den ‚Dicken OB‘ – Hannos Bezeichnung – und die Kollegen von Papas Büro alle unter einer riesigen Bettdecke vorzustellen. Sie lagen da kreuz und quer und übereinander.

„Was machen die unter einer Decke?“ hatte sie eher beiläufig gefragt und dabei die Erbsen als Boote durch den Soßenkanal bugsiert.

„Die hecken Junge aus! Das macht man unter einer Decke.“

Hannos vorlauter Kommentar wurde von den Eltern unisono gerügt. Das bedeutete, dass an Hannos Aussage etwas Wahres dran sein musste. Ines warf einen kurzen Blick auf die Mittagsrunde und widmete sich dann wieder ihrer diffizilen Aktion auf dem Teller. Alle taten immer so, als ob sie noch ein ganz kleines Kind wäre.

„Iss, Schätzchen“, hatte Mama gesagt. „Dein Essen wird ja ganz kalt“. Das war vor ein paar Tagen gewesen.

Jetzt betrachtete Ines ihren zusammengerechten Laubhaufen. Unter einer Decke stecken bedeutete offensichtlich, Junge zu kriegen. Wie wäre es, wenn sie ihren Teddy Theo und die Puppe Amalia – leider keine Barbie – unter diese Laubdecke stecken und sie über Nacht dort lassen würde. Vielleicht bekämen sie dann ja Kleine, zwei oder drei. Eine kleine Barbie, einen Teddy und ihretwegen auch noch eine Puppe, die wie Amalia aussah.

Das war eine großartige Vorstellung. Sollte sie Opa Hermann diese Idee ausbreiten? Ines setzte gerade zu einer Erklärung an, als eine laute Stimme aus dem Nachbarhaus zu ihnen herüberdrang.

„Hermann, Kaffee ist fertig!" – „Nichts für ungut, Rotkäppchen. Ich muss. Oma Berta ruft!"

Opa Hermann klopfte seine Pfeife an einem Zaunpfosten aus und stapfte ins Nachbarhaus hinüber.

Ich probiere es einfach, beschloss Ines und flitzte ins Haus, durch die Küche, die Treppen hinauf zu ihrem Zimmer. Dort schnappte sie sich Theo, der auf ihrem Bett thronte, und die Puppe Amalia aus dem Puppenwagen und stürmte damit wieder in den Garten. Mit dem Rechen buddelte sie ein Loch in das raschelnde Laub, bettete Theo und Amalia sorgfältig hinein und deckte sie mit Laub zu. Dann baute sie sich neben dem Laubhaufen auf, die rechte Hand in die Seite gestemmt, die linke umklammerte den Rechenstiel wie eine Hellebarde, und betrachtete zufrieden ihr Werk.

Hoffentlich brauchten die beiden nicht allzu lang für eine kleine Barbie!

Blaue Blumen

Ein Märchen

Die Aufgabe: ein Märchen zu schreiben. Die Kursleiterin erläutert kurz wesentliche Merkmale eines Märchens: Märchen sind eine symbolische Spiegelung der Wirklichkeit, sie bilden soziale Konflikte ab, Ängste, Wünsche und Sehnsüchte und offenbaren Geheimnisse der Natur. Märchentypisch: sie sind in der Vergangenheit geschrieben, enthalten magische Zahlen, klare Gegensätze, Wiederholungen. (2017).

Es war einmal ein König, der lebte vor vielen, vielen Jahren in einem Land, wo Milch und Honig flossen. Der König hatte drei Töchter, eine schöner als die andere, die Jüngste aber war die allerschönste. Ihre Augen leuchteten wie Bergseen so klar und blau, ihr ebenmäßiger Teint glich Elfenbein und ihre Lippen erinnerten an die Blütenblätter halb erblühter Rosen. Ihr Name lautete Hermina. Der König nannte sie, die seine Lieblingstochter war, ‚Mina‘ oder ‚Ina‘. Die Schwestern sagten ‚Ines‘ zu ihr. Die Königin dagegen, die die Stiefmutter der drei Prinzessinnen war, rief stets ‚Minna‘. Das klang dermaßen barsch und befehlend, als spräche sie mit einem Dienstmädchen.

Der König ließ es sich nicht nehmen, die jüngste Tochter des Abends höchstselbst ins Bett zu bringen. Er verscheuchte die Zofen, griff nach einer perlmuttfarbigen Bürste und kämmte das blonde Haar der kleinen Prinzessin, das ihr in goldenen Kaskaden über die Schultern fiel. Dazu sang und summte er ein Schlaflied, das nur aus einer einzigen, sich stets wiederholenden Zeile bestand: "Mina, Ina, du Süße, du Meine…"

Die Prinzessinnen wuchsen heran und die beiden Älteren freiten kurz hintereinander ausländische Prinzen und verließen das Königreich. Das war der Königin ganz recht, denn sie neidete ihren Stieftöchtern die Schönheit und witterte Rivalinnen in ihnen. Hermina führte weiterhin ein sorgloses, unbeschwertes Leben im väterlichen Schloss. Sie aß von goldenen Tellern mit goldenen Löffeln, sie schlief in einem Bett aus Ebenholz in zartestem Linnen und ihre Kleidung war aus Samt und Seide gefertigt, verziert mit edlen Spitzen. Am liebsten trug sie die Farbe Blau. Bei all dem Luxus, der sie umgab, hatte Hermina ein bescheidenes Auftreten. Sie war freundlich, ja man kann sagen leutselig zu jedermann, gleichgültig, ob es sich um hohe Herrschaften oder Gesinde handelte. Wie die meisten gutaussehenden Menschen war sie sich ihrer Schönheit nicht bewusst oder nahm sie als selbstverständlich.

Prinzessin Hermina hielt sich viel im Garten des Schlosses auf, eigentlich ein weitläufiger Park, der von vielen Gärtnern gepflegt wurde. Eines Tages, als sie mal wieder im Park lustwandelte, hier an einer Rose schnupperte, da über einen Brunnenrand tänzelte, trieb sich auch der Zufall dort herum. Immer zu einem Schabernack bereit beschloss er, der Prinzessin einen Streich zu spielen: Hermina stieß unversehens mit dem Sohn des Obergärtners zusammen. Dieser, ein schmucker Jüngling mit pechschwarzen Locken und ebensolch dunklen Augen entschuldigte sich wortreich und machte einen Diener um den anderen.

„Schon gut, schon gut", lachte Hermina und tätschelte seinen Arm. Da war es um beide geschehen. Sie sahen einander in die Augen und verliebten sich auf der Stelle ineinander, wie es nur bei völlig unerwarteten Begegnungen der Fall sein kann.

Fortan trafen sie sich täglich. Der Park bot viele Möglichkeiten für ein heimliches Stelldichein, versteckte Lauben, ein Labyrinth, eine mit Jelängerjelieber überwachsene Pergola… Raimund, so hieß der Gärtnergeselle, schwor Hermina ewige Liebe und Treue. Er nannte sie ‚Mein Blümchen'. Die Prinzessin, frei von jeglichem Standesdünkel, zweifelte nie an seinen Beteuerungen. Ihr Name für ihn lautete ‚Rosenmund'. Der Zufall, der die beiden zusammengebracht hatte, klatschte vor Freude über ihren Anblick in die Hände und lachte sich ins Fäustchen.

So vorsichtig sich die Liebenden auch benahmen, so geschah es doch, dass der König Wind bekam von der Liaison seiner jüngsten Tochter mit einem Angehörigen des Gesindestandes. Außer sich vor Empörung zitierte er Hermina vor den Thron, wütete und wetterte und beschwor, dass er alle in seiner Macht stehenden Maßnahmen ergreifen werde, um diese unselige Verbindung zu verhindern. Ihr Liebster, der unglückliche Gärtnergeselle wurde mit Schimpf und Schande des Landes verwiesen. Die Königin enthielt sich mit zusammengepressten Lippen eines Kommentars. Ihre Augen jedoch schossen Blitze, in denen es verräterisch funkelte.

„Du bist mein!", schrie der König erbost. „Du bist die Meine. Niemand wage es, dich anzurühren. Ich wünschte, du wärest wieder klein. Mina, Ina, du Süße, du Meine...".

In seiner Erregung vergaß er, dass er in vollem Ornat auf dem Thron saß, die goldene Krone auf dem Haupt und das Zepter in der Hand. War das der Fall, dann konnte es geschehen, dass das Schicksal einen unbedachten Wunsch erfüllte.

Das Schicksal war just anwesend, als der König in seinem Furor diesen Wunsch ausstieß. Es wurde weder vom König noch von der zitternden Prinzessin wahrgenommen, schon gar nicht von der Königin, denn die war mit rauschenden Gewändern aus dem Raum geschritten. Das Schicksal beschloss kurzerhand, den Wunsch des Königs zu erfüllen. Die Prinzessin begann zu schrumpfen, wurde kleiner und immer kleiner, bis sie etwa die Größe einer Puppe erreicht hatte. Hermina bekam zunächst nicht mit, was mit ihr geschah. Ihre blauen Augen schwammen in Tränen. Plötzlich ragten die bestrumpften Beine ihres Vaters wie riesige Stämme vor ihr auf. Als sie hochsah, schwebte sein zornrotes Gesicht gleich einem hässlichen Lampion in schwindelnder

Höhe. Beim Anblick der kleinen Prinzessin verschwand die Röte aus dem Gesicht des Königs. Es legte sich in Lächelfalten.

„Mina, Ina, du Süße, du Meine…", stammelte er und nahm sie vorsichtig wie etwas Kostbares, Zerbrechliches in seine Hände. In seiner selbstbezogenen Liebe zur jüngsten Tochter nahm der König gar nicht wahr, wie verstört und unglücklich diese war. Der Verlust ihres Liebsten bedeutete für sie den größeren Schock als ihre neue Winzigkeit. Die Königin nahm von beidem keine Notiz.

Der Vater hatte nun seine kleine Tochter wieder, er kam aber bald zu der Erkenntnis, dass er nichts mit ihr anfangen konnte. Sie war zu winzig, als dass er mit seinen groben Fingern ihr goldenes Haar kämmen konnte. Die Bürste war viel zu groß. Apathisch lag sie die meiste Zeit mit geschlossenen Augen in ihrem riesigen Ebenholzbett und sah darin sehr verloren aus. Sie aß nicht mehr und trank nicht mehr. Des Abends sang der König wieder sein Schlaflied, aber es ging ihm auf, dass sie gar nicht zuhörte, dass er sie verloren hatte…

Da nun die Prinzessin zuvor zu jedermann freundlich gewesen war, Achtung vor Menschen, Tieren und Pflanzen gezeigt hatte, versammelte das Schicksal die Seinen um sich, die Tugenden und Untugenden, und hielt Rat, wie man Hermina helfen könne. Alle waren gekommen, die Melancholie hockte in einer Ecke, den starren Blick in die Ferne gerichtet; die Trauer war in schwarze Gewänder gehüllt, unablässig liefen ihr Tränen über das blasse Gesicht; die Freude lachte immer wieder jubelnd vor sich hin; der kleine Übermut schlug Purzelbäume; die Hoffnung hatte ihren Arm tröstend um die Verzweiflung gelegt; der Neid machte ein scheeles Gesicht; nur der Zufall fehlte, er trieb sich sonst wo herum. Das Schicksal hob die Hand und alle schwiegen.

„Wir werden der Prinzessin drei Wünsche gewähren. Trifft sie den richtigen, soll ihr dieser Wunsch erfüllt werden.

Andernfalls wird sie in eine Blume verwandelt werden." Dieser Vorschlag fand allgemeine Zustimmung.

In der folgenden Nacht, als die Turmuhr zwölf schlug und der Mond hoch am Himmel stand, erwachte die kleine Prinzessin Hermina aus tiefem Schlummer, in den sie Abend für Abend und oftmals auch am Tage flüchtete. Sie hörte ein Raunen und Flüstern und schließlich eine klare Stimme, die da sagte:

„Du hast drei Wünsche frei. Triffst du den richtigen, soll er dir erfüllt werden." Hermina glaubte zu träumen. Sie richtete sich in ihrem großen Bett auf.

„Ich möchte meinen Liebsten zurück haben", sagte sie mit fester Stimme. Leider war das nicht der richtige Wunsch.

„Dein zweiter Wunsch?", fragte das Schicksal. „Ich möchte meinen Liebsten zurück haben", wiederholte Hermina. Als aber auch der dritte Wunsch genau wie die beiden ersten ausfiel, herrschte bestürztes Schweigen. Alle bis auf den Zweifel waren davon ausgegangen, dass die Prinzessin sich ihre Schönheit zurückwünschen würde, oder ihre frühere Größe oder die Liebe ihres Vaters.

„Diesen Wunsch können wir dir leider nicht erfüllen. Sag, welche Blume möchtest du sein?"

Ohne zu zögern, antwortete Hermina „Eine blaue Blume."

Am nächsten Morgen blühte eine kleine Glockenblume in der Moosritze zwischen den Steinplatten vor dem Fenster des Prinzessinnenzimmers. Der König wurde von Gram überwältigt, als er das leere Bett vorfand. Er verlor seine Haare, seine Zähne und schließlich den Verstand. Die Königin ließ ihn einkerkern und nahm umgehend seinen Platz auf dem Thron ein. Er fand aber immer wieder einen Weg ins Freie, irrte im Park umher und sang mit zahnlosem Mund „Mina, Ina, du Süße, du Meine…"

Der Gärtnerbursche Raimund, der außer Landes geflohen war, kehrte nie mehr in die Heimat zurück, weil er dort um sein Leben fürchten musste. Er heuerte in fremden Diensten an und erwarb sich alsbald den Ruf eines begnadeten Gärtners, weil es ihm gelang, selbst im verwildertsten Garten eine Blütenpracht in allen Blauschattierungen zu zaubern: Vergissmeinnicht, Veilchen, Iris, Eisenhut, Enzian, Rittersporn, Kornblumen, Glockenblumen ... Er blieb Junggeselle, zehrte sein ganzes Leben lang von der kurzen Liebe zur schönen Prinzessin Hermina, deren Augen ihn in jeder blauen Blume anlächelten.

Der Akkordeonspieler

Schwerpunktthema des heutigen Abends: eine Geschichte (von Hans Manz) fortsetzen. Der verkürzte Anfang ist kursiv gesetzt. (2017).

*E*in Straßenmusikant spielte Akkordeon. Auf dem Faltenwurf des Instruments verteilt war in Großbuchstaben ein Satz geschrieben. Man musste einige Geduld aufbringen, ihn im raschen Atem des Akkordeons Wort für Wort zu entziffern. Auch ich versuchte es, und nach mehreren Walzern und Tangos fügte sich Folgendes zusammen:

Tanzende und hüpfende Buchstaben bildeten die Wörter „Ich suche...", dann war wieder nur Buchstabensalat zu erkennen, der sich in keine mir bekannten Wörter umsetzen ließ.

Ich kniff die Augen zusammen. Wen oder was suchte dieser Straßenmusikant, der seinem Instrument solche heiteren, betörenden und wehmütigen Klänge entlockte? Die Liebe? Das Glück?

Nein. „Ich suche mein..." dann fehlte ein Wort. Das letzte Wort hieß eindeutig „Leben".

„Ich suche mein verlorenes Leben!" Der nun folgende langsame Schlussakkord offenbarte den vollständigen Satz:

„Ich suche mein verlorenes Leben!"

Welch' merkwürdige und unlogische Aussage! Ich ließ meine Blicke vom Akkordeon zum Gesicht des Spielers gleiten, konnte aber nicht viel erkennen, denn er hatte seinen schwarzen Hut tief in die Stirn gezogen und hielt den Kopf nach vorn geneigt. Ein paar wirre graue Strähnen lugten unter dem Hut hervor und mischten sich mit dem ebenfalls grauen Bart. Die Lippen bewegten sich kaum merklich, so als summte der Spieler seine Melodien mit.

Ich musterte den geheimnisumwitterten Musikanten so angestrengt, dass ich zusammenzuckte, als die Musik unvermittelt in Misstöne umschlug. Das Akkordeon wurde heftig zusammengedrückt, zugeklappt und unter den Arm geklemmt. Der Straßenmusikant griff nach einem schäbigen Koffer zu seinen Füßen, in dem sich wohl seine Habe befand, drehte sich um und verschwand in der Menge, die sich auf dem Marktplatz eingefunden hatte.

Aus der nächsten Seitengasse erklangen nun die munteren Töne eines Fiedlers. Ich stand immer noch wie angewurzelt auf meinem Platz, starrte auf die Stelle, wo ich den Akkordeonspieler gesehen und gehört hatte und sann über die merkwürdige Botschaft nach, diesen Satz über die Suche nach dem verlorenen Leben. Hatte ich das wirklich gelesen oder geträumt?

Der kleine Bruder

*Schreiben nach Musik. Ein Musikstück soll den Impuls zu einem Text aus-
lösen: "Cum mortuis in lingua mortua" („Mit den Toten in einer toten
Sprache") von* **Tomita**, *eine Synthesizer-Interpretation von Modest Mus-
sorgskys "Bilder einer Ausstellung". Das Stück spielt in den Katakomben
und wirkt düster und gruselig. (2017).*

Er war wieder unterwegs, befand sich wieder im gleichen
engen Hohlweg wie die vergangenen Male. Heute empfand er die Dunkelheit, die ihn umgab, noch viel schwär-
zer und undurchdringlicher. Die Steilwände rechts und links
rückten immer enger zusammen, schlossen sich zum Tunnel. Die
Enge nahm ihm den Atem.

Etwas wischte über sein Gesicht. Es fühlte sich größer an
als Spinnweben, aber genauso klebrig und eklig. Er schrie auf.
Sein Schrei wurde verschluckt von wehklagenden und jammern-
den Tönen eines unsichtbaren Orchesters, das er nicht orten
konnte. Wer oder was versuchte da so verzweifelt, sich Gehör zu
verschaffen?

Er blieb stehen, um ein wenig zu verschnaufen. Sein Herz
klopfte bis zum Hals, es jagte und raste. Er hatte die irre Vorstellung, dass es sich aus seinem Körper befreite und davon eilte und
sich dabei mehrmals überschlug. Er sah den faustgroßen blutigen
Fleischklumpen, der sein Herz war, deutlich vor sich, wie er, umgeben von einer rötlichen Aura, mit einem Salto am Ende des
Tunnels im Dunklen verschwand.

„Gehen Sie weiter, ich bin bei Ihnen!" Eine deutliche
Stimme, beruhigend und autoritär zugleich, übertönte nun die
klagenden und verzweifelten Melodien, die den Tunnel erfüllten.
Er gehorchte und setzte sich zögernd wieder in Bewegung. Sein
Herz schlug nun etwas langsamer, wenn auch immer noch unre-

gelmäßig. *Ich habe es ja doch noch, mein Herz,* murmelte er, *es ist nicht davon gelaufen!* Er schöpfte leise Hoffnung.

Der Tunnel wich nun einer Art Kapelle oder Kathedrale, das war im diffusen Licht nicht auszumachen. Er erkannte auf beiden Seiten unbequem erscheinende Kirchenbänke, auf denen rechter Hand Männer saßen und linker Hand Frauen. Alle hatten ihre Köpfe gesenkt, die Gesichter starrten auf aufgeschlagene Gesangbücher, ihre Lippen bewegten sich, so als ob sie beteten oder sängen. Brachten sie diese misstönenden Weisen hervor, die wie Wellen am Meer aufbrandeten, unerträglich laut wurden, verebbten und erneut lostosten? Er blieb wieder stehen, hatte jetzt das Gefühl, zur Salzsäule zu erstarren. Hastig verdrängte er dieses Bild aus der Bibel und versuchte, sich zu orientieren. Wer waren diese fremden Menschen mit den versteinten Gesichtszügen?

Da vernahm er wieder den Befehl:

„Gehen Sie ruhig weiter, ich bleibe bei Ihnen." Die Stimme klang so vertrauensvoll, dass er gehorchte. Er blickte nach rechts und dann nach links, suchte in den Bankreihen nach bekannten Gesichtern, vergeblich, das herrschende Zwielicht verzerrte alle Formen und Konturen. Mühsam setzte er einen Fuß vor den andern. Seine Beine kamen ihm unendlich schwer vor, so als ob er durch Wasser waten oder sich durch schweren Treibsand vorwärts kämpfen müsste.

Er blickte nach vorn, wo der Altar sein musste. Und da entdeckte er sie plötzlich, vorn neben dem mit einem weißen Spitzentuch bedeckten Altar stand Emma. Sie lächelte, hielt ein Kind in ihren Armen, ihr gemeinsames Kind. Es lebte, es war nicht tot!

„Emma", schrie er und hastete vorwärts. „Emma, warte, geh nicht weg!"

Er kam näher, erreichte den Altar und erkannte, dass die Gestalt, die dort mit gesenktem Kopf stand, gar nicht Emma war. Es war seine Mutter in jungen Jahren. Sie hatte die gleichen dunklen Haare wie Emma und sie trug sie offen, mit seitlich zurückgesteckten Strähnen, genau wie seine Frau. Er blieb wieder stehen und starrte die fremde Frau an, die seine Mutter war. Er konnte sich nicht entsinnen, sie jemals so jung und mit offenen Haaren gesehen zu haben. Wer aber war das blonde Kind, das sie in ihren Armen trug? Er, Paul, war als Einzelkind aufgewachsen, und er war dunkelhaarig wie seine Mutter und sein Vater. Hier aber hielt seine Mutter ein Kleinkind mit einem blonden Lockenschopf auf dem Arm. Er starrte die unglaubliche Erscheinung an wie eine Fata Morgana.

„Gehen Sie weiter. Ich bin immer noch bei Ihnen." Wieder verschaffte sich die tröstliche Stimme Gehör in der immer noch anhaltenden Klagekakophonie. Paul wagte einen weiteren Schritt, stand nun so nahe, dass er seine Mutter fast berühren konnte, entdeckte, dass das Lächeln aus ihrem Gesicht verschwunden war und dass Trauer und Schmerz ihre Züge beherrschten. Das blonde Kind in ihren Armen war tot. Der Altar hatte sich in einen kleinen weißen Sarg verwandelt. Die Musik, die den Kirchenraum erfüllte, veränderte sich. Sie klang nicht mehr so verzerrt, als seien die Musikinstrumente ins Wasser gefallen. Die Grundmelodie war aber immer noch verstörend und klagend. Fassungslos versuchte er, das Bild, das sich ihm bot, zu verstehen.

Plötzlich glaubte er, klare Orgelmelodien zu hören, begleitet von einem Chor mit Anklängen an Gregorianische Musik. Unvermittelt darauf ertönte ein mächtiger Gong, der ihn zusammenzucken ließ.

Da fiel es ihm wie Schuppen von den Augen. Verschüttete und begrabene Erinnerungsfetzen aus seiner frühen Kindheit tauchten auf und setzten sich wie Mosaiksteinchen zu einem Bild zusammen: die Mutter hielt seinen kleinen Bruder auf dem Arm, seinen Bruder, den er aus tiefstem Herzen gehasst hatte, weil der ihn vom Thron gestoßen hatte. Alle Liebe, Fürsorge und Zuwendung der Eltern galten plötzlich diesem kleinen Monster, das so oft plärrte, wobei sein Gesicht krebsrot wurde, das in die Windeln schiss, das mit zahnlosem Mund lächelte, wenn sich Onkel und Tanten über seine Wiege beugten und vor allem letztere Entzückensschreie ausstießen. Ja, er hatte dieses kleine goldlockige Ungeheuer gehasst und ihm den Tod gewünscht. Sein Wunsch war in Erfüllung gegangen. Eines Tages lag der kleine Bruder mit wächsernem Gesicht und ungewöhnlich stumm in einem weißen Sarg. Und er, Paul, war schuld am Tod des Bruders... Paul fiel auf die Knie, das Gefühl der Schuld überwältigte ihn.

„Ich zähle jetzt langsam rückwärts von zehn bis eins", die beruhigende Stimme war wieder zu hören. „Wenn ich bei eins bin, wachen Sie auf und sind wieder im Hier und Jetzt und Heute. Zehn, neun, acht...", ruhig und gleichmäßig ertönten die Zahlen. „Zwei, eins...".

Er schlug die Augen auf, blickte um sich und fand sich wie so oft in den letzten Wochen nach dem Unfall im Behandlungsraum seiner Trauma-Therapeutin wieder. Noch immer verwirrt setzte er sich auf.

„Sie haben es heute geschafft, Paul", sagte die Therapeutin mit ihrer mütterlichen und zugleich autoritären Stimme. „Sie sind in der heutigen Hypnosesitzung zum Kern der verdrängten Erinnerungen vorgestoßen, die durch den Unfall aufgestört wurden. Sie haben sich wieder an Ihren kleinen Bruder erinnert, der im Säuglingsalter verstarb. Natürlich sind Sie nicht schuld an seinem Tod. Ich habe ein bisschen nachgeforscht. Ihr Bruder starb an ‚Plötzlichem Kindstod'. Sie waren damals viel zu klein, um moralische Begriffe wie Gut und Böse, Schuld und Unschuld einordnen zu können. Sie haben in Ihrer unkontrollierten Eifersucht den Tod ihres kleinen Bruders gewünscht, und als er dann tatsächlich starb, glaubten Sie, Ihr Wunsch habe ihn getötet. Das war eine so furchtbare Erkenntnis, dass Sie aus Selbstschutz jegliche Erinnerung an den Bruder und seinen Tod verdrängt haben."

Die Therapeutin redete immer weiter, sprach von der magischen Phase zwischen dem dritten und fünften Lebensjahr, in der es Kindern schwerfällt, zwischen Realität und Fantasie zu unterscheiden und dass seine Eltern in ihrer Trauer die Existenz ihres zweiten Kindes totgeschwiegen hatten.

Paul war dermaßen aufgewühlt, dass er kaum mehr zuhören konnte.

„Natürlich tragen Sie keine Schuld, weder am Tod Ihres Bruders, noch am Unfall, bei dem Ihre Frau Emma Ihr gemeinsames, ungeborenes Kind verlor. Der erneute Tod eines Kindes, Ihres Kindes, löste das Trauma aus, das Sie in meine Praxis geführt hat. Lesen Sie den Polizeibericht nochmal aufmerksam durch."

Die Therapeutin stand auf und begleitete ihn wie nach jeder Sitzung zur Tür.

„Ich glaube, im Wartezimmer wartet jemand auf Sie!" Mit schweren steifen Schritten betrat Paul das Wartezimmer. Dort stand Emma, blasser und hagerer im Gesicht, als er sie zuletzt gesehen hatte. Sie wirkte unglaublich verletzlich und schutzbedürftig.

„Emma", flüsterte er.

Nach kurzem Zögern flog sie in seine Arme. Es war die erste Begegnung nach dem Unfall. Sie war zu ihm zurückgekehrt.

Liebe in den Ruinen

Eine Geschichte fortsetzen. Die Kursleiterin verteilt den Anfang einer Er-
zählung (kursiv gesetzt). Dass sie von Wolfgang Borchert ist und den Titel
hat „Nachts schlafen die Ratten doch", erfahren die Teilnehmer erst,
nachdem sie ihren Text geschrieben haben. (2017).

*D*as hohle Fenster in der vereinsamten Mauer gähnte
blaurot voll früher Abendsonne. Staubgewölke flimmerte
zwischen den steil gereckten Schornsteinresten. Die
Schuttwüste döste.

Er hatte die Augen zu. Mit einmal wurde es noch dunkler. Er
merkte, dass jemand gekommen war und nun vor ihm stand, dun-
kel, leise. Jetzt haben sie mich! dachte er.

Erschrocken fuhr er hoch. Er war doch tatsächlich eingenickt. Vor ihm stand der herrenlose Hund, der sich oft hier her-
umtrieb und dem Malia den Namen Sammy gegeben hatte. Im
Schein der untergehenden Sonne konnte David nur die Umrisse
des Tieres erkennen.

„Sammy", sagte er noch traumbefangen und kraulte den
Hund hinter den Ohren. Sammy wedelte begeistert mit dem
Schwanz und hechelte erwartungsvoll. „Heute habe ich nichts für
dich, sorry." Sammy klopfte weiterhin mit seinem Schwanz, in
dem ein paar welke Blätter hingen, auf den Boden.

„Malia kommt nicht mehr, mein Freund. Sie sitzt da oben
hinter den Wolken in einem Flugzeug und fliegt weit, weit weg."

Sammy nahm nun doch den traurigen Ton in Davids
Stimme wahr und winselte leise. Er ließ sich neben David nieder,
legte seinen Kopf auf Davids Oberschenkel und blickte ihn unverwandt an. David schüttelte die letzten Traumreste ab. Seine
Hand vergrub sich in Sammys Fell, spielte mit den seidigen Ohren des Hundes und strich über seinen Kopf.

„Jetzt haben sie mich!' Diese unbestimmte Angst hatte ihn in den letzten Wochen und Monaten oft heimgesucht. Sie, das waren abwechslungsweise sein Doktorvater an der Uni, sein Vorgesetzter in der VHS, Malias Vater, ihre Onkel und Vettern. Die Existenz letzterer setzte er einfach voraus. Malia war seine Schülerin, – bis zum gestrigen Tag. Er unterrichtete an der VHS Ausländer und Asylanten in Deutsch und verdiente sich auf diese Weise einen kleinen Zustupf zum knapp bemessenen Stipendium. Malia stammte aus Afghanistan wie viele andere in ihrer Klasse. Anfangs war es ihm schwer gefallen, seine Schüler und Schülerinnen auseinanderzuhalten. Die Mädchen und jungen Frauen trugen meist ein Kopftuch und ganz ähnliche Kleidung, die jungen Männer waren ausnahmslos bärtig.

An einem sonnigen Tag im Frühling, als er allein durch die Gegend streifte, weil er sich gerade von seiner Freundin getrennt hatte, – oder sie sich von ihm –, begrüßte ihn ein freundliches „Hallo, Herr Deutsch-Lehrer!" Malia und ihre Familie waren unterwegs wie er. Unverkrampft und keineswegs schüchtern stellte sie ihn ihrer Familie vor. Der Vater reichte ihm zögernd die Hand. Die Mutter war in einen schwarzen Nikab gehüllt und regte sich nicht. Dann gab es noch zwei jüngere Ausgaben von Malia, die ihn neugierig mit den gleichen samtschwarzen Augen ihrer großen Schwester musterten. Man wechselte ein paar nichtssagende Sätzchen über das schöne Wetter, der Vater in holprigem Deutsch, vermischt mit ein paar englischen Brocken. Die Mutter blieb stumm, während Malia unbefangen plauderte. Auf dem Heimweg an diesem wunderbaren Frühlingstag konnte David gar nicht mehr nachvollziehen, dass ihm Malia nicht früher aufgefallen war, ihr lebhafter wacher Blick, das sanfte Gesicht, die Art, wie sie ihr Kopftuch nachlässig über ihre dunklen Haare geschlungen hatte.

In der nächsten Unterrichtsstunde suchte er sie unter all den Kopftuchmädchen und bärtigen jungen Männern. Sie saß zuvorderst und strahlte ihn an. Er verhaspelte sich oft in dieser Stunde, war nicht recht bei der Sache. Als der Unterricht zu Ende war, atmete er auf und packte seine Unterlagen ein. Malia war sitzen geblieben und spielte mit ihren langen Haaren. Das Kopftuch war heruntergerutscht.

„Ich habe eine Frage, Herr Deutsch-Lehrer. Könnte Sie ein wenig Hilfe geben meine Deutsch? Ich möchte gern schneller lernen gutes Deutsch sprechen."

„Sie meinen, ob ich Ihnen privat Nachhilfeunterricht geben könnte?" Verblüfft starrte er sie an.

„Ja, Nachhilfe ich meine. Gutes Deutsch und alles mehr. Ich meine nicht hier in dieses Schule. Sie könnten mich lernen alles, wenn wir gehen in Natur und so."

Sie blickte lächelnd zu ihm hoch. Ihr Blick aus den dunklen Augen verzauberte, ja verhexte ihn. Wider besseres Wissen sagte er zu und ließ sich damit auf ein riskantes Unternehmen ein: er begann eine Liaison mit einer minderjährigen Schülerin, die in einem Abhängigkeitsverhältnis zu ihm stand, und zudem eine Muslima war. Das konnte ihn Kopf und Kragen kosten, zumindest seinen Job in der VHS.

David legte seinen Unterricht nun so, dass er und Malia anschließend kurze Zeit miteinander verbringen konnten. Meistens fuhren sie mit seinem Wagen zu dieser alten Fabrikruine, in deren Nähe sie sich zum ersten Mal begegnet waren und von wo man einen wunderbaren Blick auf das Städtchen hatte. Malia fühlte sich hier erstaunlicherweise besonders wohl. Er fand die kläglichen, geschwärzten Mauerreste und die mit Gestrüpp überwucherten Schutthalden eher trist.

„Erinnert mich ein bisschen an meine Heimat in Afghanistan", meinte sie. „Sieh nur, David, wie gut Natur. Macht wieder schön diese kaputte Platz. Sieh nur diese kleine rosa Blumen."

Sie wies auf einen blühenden Heckenrosenstrauch, der sich anmutig an den beiden Schornsteinresten hochrankte und über und über mit blassrosa Blüten bestickt war.

„Sie heißen Heckenrosen". – „Heckenrosen", wiederholte sie. „Ist merkwürdiger Name. Hart und kratzig wie Hecke, schön wie Rose, die Königin von Blumen. Bei uns auch in Afghanistan."

Als sie sich das erste Mal bei der Ruine niederließen, war Sammy aufgetaucht, diese vermutlich herrenlose Promenadenmischung. Sie schlossen schnell Freundschaft mit dem zutraulichen Tier und gewöhnten sich an, ihm kleine Leckereien mitzubringen. Sie betrachteten ihn als Talisman.

„Er hat keine Zuhause, David. Du musst ihm geben. Du musst ihn mitnehmen." Malia stellte sich allen Ernstes vor, er könne mit einem Hund in seiner kleinen Mietwohnung aufkreuzen.

„Wir wissen doch gar nicht, wem er gehört. Ich müsste ihn anmelden. Er wäre den ganzen Tag eingesperrt, wenn ich an der Uni bin". Malia machte große Augen.

„Hund anmelden wie Mensch! Unglaubbar." Sie lachte ihr helles unbeschwertes Lachen. „Aber Name darf ich ihm geben? Oder? Er soll heißen Sammy."

Wenn David Malia nach ihrem Stelldichein zum Bus brachte, sah er sich immer ängstlich um. Stets befürchtete er, von ihrem Vater oder anderen männlichen Verwandten zur Rechenschaft gezogen zu werden.

„Mein Vater ist moderner Mann", behauptete Malia. „Er vertraut mich, mir. Er weiß, ich machen nichts Unrechtes. Küssen ist nichts Unrechtes oder? Meine Mutter ist anders, ist streng und sehr fromm."

Der Sommer war wie im Nu vergangen. So oft es ging, trafen sie sich bei der alten Ruine.

„Wir machen Liebe in Ruinen", erklärte Malia. Dieses naive Mädchen hielt ein bisschen Herumknutschen für Liebe! Denn zu Davis Ehrenrettung muss gesagt werden, dass er Malia nicht anrührte, so sehr er sie auch begehrte. Es blieb bei Küssen und vorsichtigen Liebkosungen. Und sie übten tatsächlich Deutsch. Malia machte rasche Fortschritte. Sie wollte das Gymnasium besuchen, Abitur machen und studieren. Sie wollte Ärztin werden.

Als sich der Sommer verabschiedet hatte und der Herbst ins Land gezogen war und die Hagebutten wie kleine rote Minilampions im fast kahlen Heckenrosengesträuch leuchteten, saß Malia mit blassem verweintem Gesicht im Unterricht.

„Was ist los?" fragte David, sobald sich die Gelegenheit bot.

Es stellte sich heraus, dass Malias Vater wieder mit der ganzen Familie nach Afghanistan zurückkehren wollte, obwohl die Politiker sich immer noch uneins waren, ob Afghanistan als sicheres Herkunftsland einzustufen war. Das nicht unbeträchtliche Angebot der finanziellen Unterstützung bei einer freiwilligen Rückkehr war wohl zu verlockend. Als Ingenieur hoffte er, sich in seiner Heimat eine neue Existenz aufbauen zu können.

Ein letztes Mal trafen sie sich bei der Ruine. „In ein halbes Jahr ich bin achtzehn", flüsterte Malia, an David geschmiegt.

„Dann komme ich zurück, und mache Schule fertig und wir heiraten. Dann kann ich studieren." David drückte sie tröstend an sich. Sammy winselte und bettelte um Aufmerksamkeit.

David brachte Malia ein letztes Mal zum Bus. Der Abschiedskuss, nun in aller Öffentlichkeit, schmeckte salzig von den Tränen, die ihr unaufhörlich über das Gesicht flossen. Eine letzte flüchtige Umarmung, dann schloss sich die Bustür hinter ihr.

Das war gestern gewesen. Heute hatte es ihn wieder zu der Ruine gezogen. Er hatte eine schlaflose Nacht hinter sich und war tatsächlich hier eingeschlafen. Jetzt war die Nacht hereingebrochen. Ein kühler Wind war aufgekommen und wirbelte das dürre Laub des Heckenrosenstrauchs umher. David schauerte zusammen und erhob sich.

„Komm, Sammy, gehen wir", sagte er zu dem ebenfalls aufgesprungenen Hund.

Wie selbstverständlich lief Sammy neben David her, warf ihm immer wieder einen schnellen Blick zu, als ob er sich vergewissern wolle, dass alles seine Richtigkeit habe. Beim Auto angekommen, öffnete David die Tür zum Beifahrersitz. Sammy sprang hinein und kauerte sich auf den Boden des Fußraumes. David stieg auf der Fahrerseite ein und startete den Motor. Gemeinsam fuhren sie nach Hause.

Mord im Schwimmbad

Auf einen leeren Bogen schreibt jede/r einen Vornamen, knickt um und reicht das Blatt weiter. Es folgt der Nachname, der Beruf, ein Ort, ein Problem, eine Farbe, ein Gegenstand und als letztes ein Tier. Das Ergebnis dieser 'Knickfigur' bildet das Gerüst eines Textes. Meine Knickfigur enthielt folgende Angaben: Agathe, Kupferschmied, Buchhalter, Schwimmbad, Überforderung, lachsfarbig, Hufeisen, junge Maus. (2017).

Agathe Kupferschmied war mit einem Chaoten verheiratet. Zumindest empfand sie ihren Mann als solchen, wenn sie Morgen für Morgen hinter ihm aufräumte, ihm seine Mappe mit den Arbeitsunterlagen nachtrug, sein verlegtes Handy aufspürte, dafür sorgte, dass das Ladekabel griffbereit war und darauf achtete, dass er nicht verschiedenfarbige Socken anlegte.

Ich wünschte, ich hätte einen Buchhalter geheiratet, seufzte sie jeden Morgen und büschelte die Zeitung neu, ehe sie mit der Lektüre begann. Sie hasste es, wenn die einzelnen Bunde durcheinander gerieten, wenn sich zum Beispiel die Wirtschaftsseiten in die Kultur verirrten oder wenn der Regionalteil auf dem Kopf stand.

Sobald ihr chaotischer Mann morgens das Haus verlassen hatte, gönnte sie sich eine ruhige Stunde ganz für sich, ehe sie sich den ‚Morgenschicksalen' im Bad widmete. Als solche bezeichnete sie die allmorgendliche Konfrontation mit dem Spiegel im Badezimmer. Den Ausdruck hatte sie sich von Johanna Spyri geliehen. Bei der Schweizer Autorin waren es ‚Abendschicksale', denen sich die handelnden Kinder unterziehen mussten, Hände waschen, Zähne putzen etc.

Agathe goss sich also morgens, wenn sie allein war, einen zweiten Becher Kaffee ein, legte die Beine hoch und widmete sich ausgiebig der Zeitungslektüre. Meistens begann sie mit der

‚Kehrseite', der letzten Seite ihrer Tageszeitung. Dort entdeckte sie die spannendsten und unglaublichsten Geschichten.

Agathe betrachtete sich als Schriftstellerin, genauer gesagt als Krimiautorin, weil hin und wieder eine Krimistory von ihr im Regionalblättchen veröffentlicht wurde.

„Der Name verpflichtet", pflegte sie zu sagen.

In der heutigen Ausgabe zog ein mit „Mord im Schwimmbad" übertitelter Artikel ihre volle Aufmerksamkeit auf sich. Begierig verschlang Agathe die wenigen Zeilen. Eine unbekannte weibliche Person mittleren Alters war im Schwimmbad des Nachbarortes aufgefunden worden, in einem lachsfarbigen Badeanzug! Das war insofern merkwürdig, weil die Badesaison längst beendet und das Schwimmbad geschlossen war.

„Lachsfarbig!", murmelte Agathe. „Das ist ja wohl mehr als eine Geschmacksverirrung! Das ist ein modisches Verbrechen! Die muss ja ausgesehen haben wie nackt!"

Der Rentner, der die auf dem Wasser treibende Person entdeckt hatte – eigentlich war es der Hund des Rentners – saß zitternd und völlig überfordert auf einem der Bänke, die um das Schwimmbecken standen und war kaum imstande, die Fragen der Polizei zu beantworten. Der kurze Artikel schloss mit der Aufforderung, dass die Polizei um Hinweise aus der Bevölkerung bitte, falls jemand etwas Besonderes beobachtet hatte.

Agathe faltete die Zeitung sorgfältig zusammen. In ihrem Kopf entstand spontan die Idee für einen neuen Krimi, in dem sie die unbekannte Tote zur Protagonisten machte, nein, eher zum Opfer. Die Hauptrolle spielte stets die jeweilig ermittelnde Kommissarin, und das war natürlich ein Alter Ego von Agathe Kupferschmied.

Agathe legte die Zeitung auf den Papierstapel in der Abseite und stieß dabei auf ein <u>Hufeisen</u>, das ihr Mann gefunden und aus welchen Gründen auch immer zuoberst auf dem Zeitungsstapel deponiert hatte.

Ein Stoßseufzer ging ihr durch den Kopf: *Ob mir das wohl Glück bringt? Ja, wenn ich noch eine <u>junge Maus</u> wäre, gutaussehend, mit glänzendem Fell und perlschwarzen Augen, – im übertragenen Sinn natürlich – und nicht so eine alte Maulwürfin, – auch im übertragenen Sinn natürlich, – dann würde ich mich von meinem Chaoten von Ehemann trennen!*

Mord in meinem Garten

Die Aufgabe: einen Kurzkrimi oder eine Detektivgeschichte zu schreiben. Die Kursleiterin hat auf einem Merkblatt die wesentlichen Elemente und Unterschiede dieser beiden Kategorien zusammengestellt. Der Kriminalroman erzählt die Geschichte eines Verbrechens in zeitlicher Reihenfolge, die Detektivgeschichte ist die Geschichte der Aufklärung eines Verbrechens. (2017).

Sie lag da wie eine große Puppe, wie eine von einer Riesin achtlos weggeworfene Puppe. Ihr Kopf ruhte im verblühten Hortensienbeet, die Glieder seltsam verrenkt. Eine welke Hortensiendolde war abgeknickt und hatte sich in ihren langen weißen Haaren verfangen, wirkte dort wie ein skurriler Haarschmuck. Bekleidet war sie mit einem langärmeligen, mit grünen(!) Rosen bedruckten Nachthemd, das bis zu den Oberschenkeln hochgerutscht war und erstaunlich wohlgeformte mondblasse Beine entblößte. Neben dem rechten Fuß lag ein einzelner Hausschuh. Sie mochte um die siebzig Jahre alt sein.

Ella kniete nieder und legte ihre Hand an den Hals der Frau, um den Puls zu fühlen, eine instinktive aber überflüssige Geste, denn ihre Augen hatten dem Gehirn längst signalisiert, dass die Frau tot war. Unter der rechten Wange entdeckte Ella einen dunklen feuchten Fleck. Da schien Blut aus einer unsichtbaren Kopfwunde in den trocknen Boden gesickert zu sein.

„Weiß man, wer die Tote ist?" fragte Ella knapp, nachdem sie sich wieder aufgerichtet hatte. „Wer hat den Fall gemeldet?"

Ben, Ellas eifriger Assistent, blätterte in seinem Notizbuch. „Der Anruf kam von der Wohnungsinhaberin, zu der dieser Vorgarten gehört."

Ben deutete auf die geöffnete Terrassentür und ratterte dann weitere Einzelheiten herunter. Um 6 Uhr 37 war beim Notruf folgende Meldung eingegangen: „Mord in meinem Garten! Mord in meinem Garten!" Es habe viele beruhigende Sätze des Kollegen am Telefon bedurft, bis feststand, dass die Anruferin, die Witwe Herta Esslinger, wie jeden Morgen ihre Terrassentür geöffnet habe, um nach dem Wetter zu schauen und dabei die Tote entdeckt habe. Sie sei in Panik ausgebrochen, habe aber trotzdem die Notrufnummer der Polizeigewählt. Ein Bereitschaftswagen war sofort zur angegebenen Adresse gefahren, wo man tatsächlich die Tote im Vorgarten aufgefunden habe. Jetzt kümmere sich ein Sanitäter um die völlig verstörte Anruferin.

„Hintergarten!" korrigierte Ella. „Das hier ist ein Hintergarten. Er liegt hinter dem Haus."

Da die Tote im Nachthemd aufgefunden wurde, lag nahe, dass sie im Haus wohnte, respektive gewohnt hatte. Ella warf einen Blick an der Hausfassade nach oben. Im zweiten Stock stand ein Fensterflügel sperrangelweit auf. Ein weißer Musselinvorhang bauschte sich in der Morgenbrise.

Ben blätterte weiter in seinen Notizen. Die KTU (Kriminal-technische Untersuchung) sei unterwegs, auch der Pathologe sei informiert. Gerade habe er mit der Zeugenbefragung der Hausbewohner beginnen wollen. Er blickte Ella mit seinem eifrigen Hundeblick an, als erwarte er ein Lob von seiner Chefin. Ella schätzte ihren Assistenten, seinen wachen Verstand und seine rasche Auffassungsgabe. Er hatte nur einen kleinen Nachteil: seine stets unerschütterlich gute Laune nervte, wenn man sich so verkatert fühlte wie sie an diesem Morgen.

„Zeugen?", fragte sie kurz. Ben blätterte wieder in seinem Notizbuch. „Also aus dere kriegt ma nix raus."

Er wies auf die geöffnete Terrassentür in die morgendunkle Wohnung, wo die Wohnungsinhaberin Frau Esslinger zitternd und bebend auf der Couch saß, auch sie noch im Nachtgewand. Darüber trug sie einen abgetragenen Morgenmantel, nachlässig zugebunden. Ihr kastanienbraunes Haar stand wild in alle Richtungen ab, man konnte den grauen Haaransatz gut erkennen. Sie mochte etwa im gleichen Alter wie die Tote sein. Blicklos starrte sie vor sich hin, knetete ein Taschentuch in ihren Händen und murmelte immer wieder „Mord in meinem Garten! Mord in meinem Garten!" Der Sanitäter vom Roten Kreuz packte gerade seinen Arztkoffer ein.

„Ich geh dann mal", sagte er und hob grüßend seine Hand an den Kopf. „Ich habe ihr eine Beruhigungsspritze gegeben. Es wird wohl noch ein Weilchen dauern, bis sie vernehmungsfähig ist."

Ella begab sich wieder in die Esslingersche Wohnung und stöhnte insgeheim.

„Soll ich Ihnen einen Kaffee oder Tee machen?" fragte sie und bemühte sich, keine Ungeduld in ihre Stimme zu legen. „Ach, mach du das, Ben. Du kannst das besser. Ich fang schon mal mit den Befragungen der anderen Hausbewohner an."

Es war ein Mehrfamilienhaus in einer ruhigen Wohngegend in der Weststadt, gehobene Mittelschicht. Auf vier Etagen verteilten sich jeweils zwei Wohnungen rechts und links vom Flur, also insgesamt acht Parteien. Gott sei Dank gab es einen Lift. Einmal mehr schwor Ella sich, abends weniger zu trinken, vor allem weniger Whisky, weniger zu rauchen und früher schlafen zu gehen. Sie fuhr in den 3. Stock und drückte auf die Klingel der Wohnung links, dann auf die zur rechten Seite. Nichts rührte sich. Ella betätigte beide Klingeln erneut und mit Nachdruck. Die linke Wohnungstür öffnete sich einen Spalt breit.

„Ja bitte?" fragte eine ungehaltene Männerstimme. Ella zückte ihren Ausweis und hielt ihn in den Türspalt.

„Mordkommission, Oberkommissarin Ella Endemann. Bitte öffnen Sie die Tür!"

Nun wurde ihrem Befehl Folge geleistet. In der Tür stand ein alter Mann mit mürrischer Miene. Er stützte sich schwer auf einen Stock. Um den Hals trug er zwei(!) Kopfhörer wie eine groteske Manschette. Ella stellte sich nochmals vor und dann ihre Fragen. Beim Wort Mordkommission registrierte sie, wie ein neugieriges Funkeln in seinen Augen aufglomm. Er hatte aber nichts gesehen und nichts gehört. Seine Wohnung habe gar kein Fenster nach ‚hintennaus'. Er sei Hobbyfunker, lebe allein und habe die meiste Zeit Kopfhörer auf. Gerade eben sei es ihm gelungen, Kontakt mit Kanada herzustellen, der sei nun unterbrochen.

„Des woiss i idde", lautete jeder zweite Satz. Seine Flurnachbarn, das Ehepaar Rahner, sei verreist.

„Wohin? Seit wann?

„Des woiss i idde."

„Halten Sie sich trotzdem zur Verfügung", sagte Ella kurz angebunden, verschwand im Lift und fuhr frustriert eine Etage nach unten. Im Kopf hatte sie sich notiert, dass hier die Wohnung der Toten sein musste. Auf dem Türschild stand ein adeliger Name. „Van Heeteren". Das klang holländisch. Auf der linken Seite, also unter „Des woiss i idde" wohnte eine Familie mit einem unaussprechlichen Namen. Wieder drückte Ella auf beide Klingeln. Als sich nichts rührte, griff sie kurz entschlossen in ihre Tasche, entnahm ihr ein unentbehrliches Instrument, wenn ‚Gefahr im Verzuge' drohte (was hier allerdings nicht der Fall war) und hatte im Nu die Türe geöffnet. Sie war geschlossen, aber nicht abgeschlossen. Es steckte auch kein Schlüssel. Ohne sich mit Gewissensbissen zu plagen – ihr Kopf hatte genug zu tun, um mit dem Kater fertig zu werden – betrat Ella die Wohnung und erstarrte.

Sie hatte das Gefühl, in eine Art Antiquitätenladen, eine Welt von gestern einzutreten. Von zwei Seiten gelangte Licht in die Wohnung, die vollgestellt war mit alten Möbeln. Rechts zeigte ein Balkon auf die Straße, wo ihr Ford stand, sowie Bens schrottreife Karre. Der Balkon linkerhand blickte auf die ‚Hintergärten'. Überall saßen alte Porzellankopfpuppen mit lieblichen Gesichtern und bekleidete Teddybären auf Stühlchen, Schemeln und Bänkchen. In einer Vitrine schimmerten bemalte Gläser und Vasen. Auf dem Bücherregal, das eine ganze Wand einnahm, entdeckte Ella vor den Büchern noch mehr kleine Puppen. An der Wand gegenüber hing über einem Sekretär eine Pendeluhr und tickte beharrlich vor sich hin. Um die Uhr herum waren Fotos in alten Zierrahmen gruppiert, auf denen ernst dreinblickende Damen in hochgeschlossenen Spitzenblusen und mit kleidsamen Hochfrisuren abgebildet waren. Die Männer trugen ausnahmslos altmodische Backenbärte. Die Patchworkdecke auf der Couch war ordentlich zusammengefaltet. Der auf einem fahrbaren Glastischchen platzierte Fernseher nahm sich in all diesen alten Möbeln und Bildern wie ein Fremdkörper aus.

Ella scannte mit geübtem Blick alle diese Einzelheiten. Sie nahm einen schwachen Maiglöckchenduft wahr. Behutsam schritt sie zur linken Balkontür und warf einen Blick nach unten. Drunten waren die Männer von der KTU in ihren weißen Schutzanzügen zugange. Der Pathologe Dr. Haberschlacht beugte sich gerade über die Tote, die von hier oben völlig unversehrt aussah.

Ella ging zurück und betrat das nebenan liegende Schlafzimmer. Auch hier duftete es schwach nach Maiglöckchen. Die Bettdecke auf dem Messingbett war zurückgeschlagen, die Nachtischlampe brannte. Auf dem Bettrand an der Wand lagen vier verschiedene Bücher, teils aufgeschlagen auf dem Gesicht, teils mit Lesebändchen oder Buchzeichen gekennzeichnet. Mit dem Dietrich schubste Ella die Bücher so auseinander, dass sie die Titel erkennen konnte: „Spuren" von Ernst Bloch, der neueste

Hakan-Nesser-Kriminalroman – Ella verschlang die Bücher des schwedischen Autors geradezu – , des Weiteren ein Kinderbuch und ein Gedichtband der Else Lasker-Schüler. *Merkwürdige Nachtlektüre-Mischung*, ging es Ella durch den Kopf. Die Tote wurde immer interessanter. Über dem Bett hingen mindestens dreißig oder vierzig Schutzengelbilder, in Ellas Augen ziemlich kitschige Darstellungen.

Die Kommissarin schritt zum Fenster, dessen rechter Flügel weit offen stand. Vor dem geschlossenen linken Flügel leuchteten kobaltblaue Gläser und Karaffen im Morgenlicht. Auf dem Boden lag ein einzelner Hausschuh. *Wie kann man einfach so aus dem Fenster stürzen*, fragte sie sich. Die Fensterbankhöhe entsprach den Sicherheitsnormen von mindestens 95 cm. Man musste sich schon sehr weit nach draußen beugen, um zu fallen. Es sei denn, man wurde gestoßen. Sie musste unbedingt den Doc nach der Art der Verletzungen konsultieren. *Gab es eventuell Spuren von Abwehrverletzungen?*

Suizid? Auch diese Möglichkeit ging Ella durch den Kopf, war aber ziemlich unwahrscheinlich. Würde man wohl aus dem zweiten Stock springen, wenn man sich umbringen wollte? Die Gefahr, dass man sich Knochenbrüche zuzog, aber mit dem Leben davonkam, war viel zu groß. Einen Abschiedsbrief hatte sie auch nicht gesehen. Sie musste unbedingt die Bewohner des ersten Stocks befragen. Ella verließ die Wohnung der toten Adeligen und begab sich einen Stock tiefer. Aber auch hier reagierte niemand auf ihr ungeduldiges Klingeln. Es schien, als seien alle Bewohner des Hauses bis auf „Des woiss i idde" und die beklagenswerte Frau Esslinger ausgeflogen. Ella begab sich wieder ins Erdgeschoss.

In diesem Moment öffnete sich die Haustüre und eine Frau in den Sechzigern erschien. Sie starrte Ella verwundert an.

„Was ist denn hier los?" Sie hatte eine Reisetasche dabei und strebte zur Wohnung, die unter der Wohnung der Toten lag. Ella zog wieder ihren Ausweis und schilderte kurz den Sachverhalt. Entsetzt schlug die Frau beide Hände vors Gesicht. Die Reisetasche landete mit einem lauten Platsch auf den Boden. Zum Glück erwies sich Frau Adalbert, so ihr Name, dann aber als bodenständige und resolute Person, die schnell wieder ihre Fassung gewann. Sie habe die Nacht bei ihrem jüngsten Sohn im Nachbarort verbracht, wo das siebte Enkele auf die Welt gekommen sei, natürlich nicht in der gleichen Familie, sie habe schließlich vier erwachsene Töchter und Söhne. Von Frau Adalbert erfuhr Ella, dass der unaussprechliche Name im zweiten Stock zu einer jungen Ärztin aus Afghanistan gehöre, dass ihre Wohnungsnachbarin im ersten Stock mit einer Hüft-OP im Krankenhaus liege und dass die junge Frau im Erdgeschoss links einen neuen Freund habe, bei dem sie wohl derzeit ihre Nächte verbrachte. Nein, die adelige Holländerin habe sie kaum gekannt. Sie wohne noch nicht so lange im Haus. Überhaupt sei diese die meiste Zeit verreist, vermutlich im Ausland. Sie sei immer sehr freundlich gewesen, wenn man sich zufällig im Treppenhaus begegnet sei. Wie gesagt, sie sei extrem zurückhaltend gewesen. Frau Esslinger dagegen sei ihr „Sargnagel".

„Ich sag's grad, wie's ist", meinte Frau Adalbert lakonisch. Nacht für Nacht würde sich Frau Esslinger am Telefon über unerträglichen Lärm beklagen, den sie, Frau Adalbert, angeblich veranstalte.

„Warten Sie, ich kann's Ihnen demonstrieren." Frau Adalbert griff nach ihrer Reisetasche und schloss ihre Wohnung im ersten Stock auf. Dort marschierte sie zum Telefon, drückte auf die Taste des Anrufbeantworters und hielt Ella den Hörer hin.

Nach der amtlichen Automatenstimme mit der Zeitansage „Neuer Anruf um 11 Uhr 59" erklang Frau Esslingers hysterische

Klage: „Warum plagen Sie mich so? Warum machen Sie so einen Höllenlärm? Warum lassen Sie mich nicht schlafen?"

„So geht das Nacht für Nacht, auch wenn ich gar nicht da bin. Sie hört Lärm und Stimmen in ihrem eigenen Däz." Frau Adalbert griff sich an ihren gepflegten Kopf. „Ob Sie es glauben oder nicht, ich wäre ehrlich ganz froh, wenn es **sie** erwischt hätte und nicht die nette Baronin. Und verschonen Sie mich mit christliche Sprüch! Ich war Pfarrerstochter und bin bis an mein Lebensende eingedeckt mit frommen Ermahnungen!"

Frau Adalbert hatte beide Hände in die Seiten gestemmt und blickte Ella herausfordernd an.

„Interessant", murmelte diese beeindruckt. „Das Tonband Ihres ABs werde ich als Beweismittel mitnehmen müssen. Dann gehe ich mal runter und kümmere mich um Ihren Sargnagel."

Allmählich kam Licht in diese undurchsichtige Geschichte. Ella hüpfte wesentlich munterer die Treppe hinab zur rechten EG-Wohnung, wo Ben gerade erneut Tee in Frau Esslingers Becher goss.

„Wie geht es Ihnen, Frau Esslinger?" Ellas Stimme klang einfühlsam. „Darf ich mich zu Ihnen setzen? Können Sie mir jetzt ein paar Fragen beantworten?"

Ella nahm im Sessel gegenüber von Frau Esslingers Couch Platz und beugte sich anteilnehmend nach vorn. Im Laufe ihrer Karriere hatte Ella einen Zeugenbefragungsmodus entwickelt, der ihrem sonstigen eher schroffen Wesen diametral entgegengesetzt war. Sie machte auf die ,Mitleidstour' wie Ben das nannte, ging subtil und mit warmer Stimme auf den Befragenden ein und – kam sehr rasch zum Ziel.

„Schön haben Sie es hier", säuselte Ella und sah sich anerkennend um. „Darf ich Ihnen noch ein wenig Zucker in den Tee geben? Die Bilder, die Sie da hängen haben, das sind doch Drucke von Van Gogh? Hatten Sie beruflich mit Kunst zu tun?"

Frau Esslingers Zittern hatte nachgelassen. Noch immer wrang sie unentwegt ein Taschentuch in ihren Händen. „Ja, ich war Kunsterzieherin. Ich war…" Sie verstummte wieder.

„Erzählen Sie mir doch, wie Ihr Tag gestern verlaufen ist. Was haben Sie gemacht? Wie haben Sie den Abend verbracht, wie die Nacht? Wo wollen wir anfangen?"

Behutsam spulte Ella den gestrigen Tag und den Abend Frau Esslingers ab. Diese beantwortete zunächst stockend alle Fragen. Es dauerte nicht lange, bis sie auf ihre Schlafstörungen zu sprechen kam. Da schien es, als sei ein Damm gebrochen. Wie ein Wasserfall stürzten die Klagen aus Frau Esslingers blutleeren Lippen. Mit einem gequälten Blick deutete sie zur Zimmerdecke. Die Bewohnerin über ihr, die Frau Adalbert, die mache ihr Nacht für Nacht das Leben zur Hölle.

Ella befahl sich, ruhig zu bleiben. Ben räusperte sich kurz und machte sich eifrig Notizen.

„Auch vergangene Nacht, Frau Esslinger? Erzählen Sie, was vergangene Nacht passiert ist. Haben Sie letzte Nacht Lärm gehört?"

„Ja", nickte Frau Esslinger heftig, „letzte Nacht war es besonders schlimm!"

„Frau Adalbert war letzte Nacht gar nicht zu Hause, Frau Esslinger. Sie hat bei ihrem Sohn übernachtet."

„Aber ich habe sie doch gehört! Ich habe sie angerufen, angefleht, sie solle Ruhe geben. Ich habe mit dem Besen an die Decke geklopft. Sehen Sie, da kommt der Putz schon runter! Aber sie hat nicht aufgehört zu lärmen. Da bin ich raus in den Flur. Ich sah Licht in ihrer Wohnung und da bin ich einfach rein…"

Frau Esslinger sah Ella mit schreckgeweiteten Augen an.

„Und dann, Frau Esslinger, wie ging es dann weiter?" Ella war in ihrem Sessel noch weiter nach vorn gerutscht und hielt dem Blick der aufgelösten Frau stand.

„Ich weiß es nicht! Ich weiß überhaupt nichts mehr. Ich hab vielleicht geträumt. Ich bin aufgewacht und da lag sie in meinem Garten, die Tote. Ich kenne sie gar nicht."

Ella seufzte innerlich und nahm wahr, dass Ben heftig gestikulierte und mit seinem Kuli nach draußen deutete. Dort hatte der Pathologe sich aufgerichtet und winkte Ella zu sich.

„Also ich bin ziemlich sicher, dass unsere Madame hier nicht durch den Sturz aus dem Fenster zu Tode gekommen ist. Da hats nur die Haxn brochen und a kleine Schramme am Kopf davontragen. Es war ein veritables Schlägle, das die Gute ereilt hat. Mit andere Wort, ein Schlaganfall hat ihr den Garaus gemacht. Hat halt eine schwache Pumpe ghabt. So um Mitternacht herum, plus minus a Stund hat's sie verwitscht. Genaures erfahrst, wann ich sie auf meinem Tisch gehabt han. Ihr könnt sie jetzt mitnehmen. Servus dann."

Dr. Haberschlacht verabschiedete sich und die Tote wurde in einen grauen Segeltuchsarg gebettet, der Reißverschluss zu gezurrt und dann durch Frau Esslingers Wohnung nach draußen zum Leichenwagen getragen.

Ella begab sich wieder ins Wohnzimmer zu Frau Esslinger, die in unveränderter Haltung auf der Couch saß und ihr Taschentuch knetete. Nach weiteren zögernden und sich widersprechenden Antworten kristallisierte sich folgender Ablauf heraus. Frau Esslinger war in ihrem Wahn tatsächlich des Nachts ins Treppenhaus gegangen, hatte Licht in der Wohnung der Adeligen gesehen und war einfach in deren Wohnung hineinmarschiert, im Glauben, es sei die Adalbertsche Wohnung, um deren Inhaberin zur Rede zu stellen. Sie hatte sich um ein Stockwerk vertan! Der Schlüssel habe von außen gesteckt. An dieser Aussage hielt sie beharrlich fest. Sie kramte in den Taschen ihres Morgenrocks und hielt triumphierend einen Schlüsselbund hoch, der tatsächlich zur Wohnung von Frau van Heeteren gehörte. Diese war wohl gerade dabei, zu Bett zu gehen. Sie stand vor dem geöffneten Fenster, um den Rollladen herunter zu lassen. Die nächtliche Erscheinung der aufgebrachten Frau Esslinger musste ihr einen solchen Schrecken eingejagt haben, dass sie einen tödlichen Schlaganfall erlitt. Ob Frau Esslinger sie dann über die Fensterbank nach außen befördert hatte, war nicht aus ihr herauszukriegen. Sie sei am Morgen in ihrem Bett aufgewacht.

Ella gab auf. Sie befahl Ben, einen Amtsarzt aufzubieten, der sich um die bedauernswerte Frau Esslinger kümmern solle und sich dann nach eventuellen Angehörigen der Verstorbenen zu erkundigen. Ehe sie zurück ins Amt fuhr, verabschiedete sie sich noch kurz von Frau Adalbert, die ihr bestätigte, dass die Holländerin stets ein wenig abwesend und gestrig gewirkt habe. Und vergesslich. Mehr als einmal habe sie mitgekriegt, dass sie ihren Schlüsselbund von außen habe steckenlassen.

Frau Esslinger wurde noch gleichen Tags in die Psychiatrie eingewiesen.

„...fällt herab ein Träumelein"

Der Anfang von Martin Suters neuem Roman „Elefant", in dem der offensichtlich obdachlose Schoch, eingemummelt in seinen Schlafsack, über die Ursachen seines Drehrauschs nachgrübelt und dabei in der von Unrat übersäten Schlafhöhle einen kleinen rosaroten Elefanten entdeckt, dieser Romanbeginn soll den Ausgangspunkt einer Geschichte bilden. (2017).

Schoch legte sich auf die andere Seite und versuchte, das Drehen zu stoppen. Dabei schlief er ein.

Noch im Einschlafen zog das rosarote Elefäntlein vor seinen geschlossenen Augenlidern vorbei. Es bewegte sich eindeutig, ja, es wiegte sich zu den Rhythmen einer flotten Tanzmelodie, wobei es seinen Rüssel elegant durch die Luft wirbelte. *Das muss ich Annika erzählen.* Ein letzter Gedanke huschte durch sein benebeltes Hirn. *Ein stepptanzender rosaroter Elefant. Sie wird sich kringelig lachen.*

Annika saß rittlings auf Schoch, zerrte an seinen Haaren, an seinen Ohren, fasste ihn an der Nase und versuchte, mit klebrigen Patschhändchen seine Augenlider hochzuziehen.

„Wach auf, Papa. Du hast es mir versprochen. Was hast du mir mitgebracht, als ich geschlaft hab? Wach endlich auf, Papa!" Die Befehle seiner kleinen Tochter gingen in einen monotonen Singsang über. „Aufwachen, Papa, aufwachen, Papa..."

Schoch versuchte, sich aufzurichten und den kleinen Plagegeist von seinem Brustkorb zu schieben.

„Schätzchen", murmelte er mit schwerer Zunge. „Lass mich doch erst mal richtig wachwerden. Du nimmst mir die Luft zum Atmen. Du bist ja richtig schwer geworden."

Schoch war nun halbwegs wach, fasste Annika, die in einem mit rosaroten Ballerinen bedruckten Schlafanzug steckte, um die Taille, hob sie in die Höhe und versuchte dabei gleichzeitig, seine Tochter am wohlgenährten Bäuchlein zu kitzeln. Annika kreischte vor Vergnügen und zappelte mit ihren Beinen in der Luft.

„Hör auf, Papa", japste sie. „Hör auf!"

Vater und Tochter genossen dieses sonntägliche Morgenritual. Allerdings hatte Schoch zunehmend Mühe, aus den Untiefen seines nächtlichen Rausches aufzutauchen. Er trank einfach zu viel. Einmal mehr schwor er sich, seinen Alkoholkonsum zu reduzieren.

„Wo ist Mama?" fragte er herzhaft gähnend.

„Mama telefeniert." Annika lief nun mit bloßen Füssen im Flur hin und her.

„Guck mal, Papa, ich bin ein Heli. Guck mal, wie ich fliegen kann." Sie ruderte mit ihren Armen in der Luft und stieß Summgeräusche aus. Der Aufprall ihrer nackten Füße dröhnte in seinem verkaterten Kopf wie das Aufklatschen zentnerschwerer Zementsäcke. Aus dem Wohnzimmer erklang Tines munteres Geplauder, unterbrochen von kleinen melodischen Lachern. Selbst die schmerzten. Schoch stöhnte und nahm sich dann zusammen.

„Sieh mal, was ich dir mitgebracht habe, Prinzessin." Annika bremste ihren Helikopterflug.

„Wo, wo, Papa?"

„Guck mal in meine Manteltasche!" Annika stürzte zur Garderobe und zerrte ungeduldig an seinem Mantel, bis der Aufhänger abriss. Sie war zu klein, um an die Taschen zu gelangen.

„Was ist das, Papa?" Etwas ratlos drehte sie einen kleinen grauen, aus Holz geschnitzten Elefanten in ihren Händen.

„Das ist ein kleiner Elefant, ein Baby-Elefant, Prinzessin."

„Aber ich habe mir doch ein Einhorn gewünscht, Papa, ein rosanes Einhorn mit rosanen Horn." Annika hatte derzeit ihre rosa Phase. Alles musste rosa sein, ihre Garderobe, ihre Bettwäsche, sogar das Essen. Tine gab sich jede erdenkliche Mühe, allen Speisen mit Rote Beete und rotem Saft den gewünschten Farbton zu verleihen, um großes Theater und Geschrei zu vermeiden.

Annika zog einen Flunsch, ihre Augen schimmerten verdächtig feucht. Gleich würden Tränen über ihre rosigen Backen kullern und ihr lautstarkes Gebrüll würde seinen geplagten Kopf zusätzlich martern.

Schoch kniete nieder und breitete seine Arme aus. „Komm, Schätzchen, ich verrate dir ein Geheimnis. Das Elefäntchen ist nämlich ein verwunschenes Einhorn, es ist ein Einrüssel. Das ist viel seltener als ein Einhorn. Wir werden es nachher rosarot anmalen. Aber erst wird gefrühstückt."

Und so geschah es. Nach dem Frühstücken saßen Vater und Tochter einträchtig am Küchentisch und verpassten dem kleinen Elefanten eine rosarote Haut, während Tine am Herd stand, in Töpfen rührte, zwischendurch an einem Glas Weißwein nippte, und den soeben erfahrenen Klatsch ihrer Schwester weitergab.

Schoch seufzte und drehte sich auf die andere Seite. Ihm war kalt geworden. Verwundert registrierte er, dass er tatsächlich eingeschlafen war, trotz des heftigen Drehschwindels. Er war eingeschlafen und hatte sogar geträumt. Nach langer Zeit bescherte ihm das Schicksal oder wer auch immer das Sagen hatte, einen Traum von seiner Tochter. Träume von Annika waren seltene, kostbare Augenblicke, die er verzweifelt festzuhalten versuchte, aber sie zerrannen, lösten sich auf wie Nebel in der Sonne und hinterließen nichts als Trauer und Schmerz.

Schoch rief sich das Gesicht seiner Tochter vor Augen, ihren unvergleichlich süßen Duft nach Milch und Äpfeln, ihr fröhliches Lachen. Wie sie wohl jetzt aussehen würde, wenn... Entschlossen verbannte er die düsteren Bilder, die ihn nun zu überfallen drohten. Er fror erbärmlich. Unbeholfen tastete er in seinem Schlafsack nach dem Flachmann mit der eisernen Reserve. Gott sei Dank, da war er und enthielt mindestens noch ein paar Schlucke. Einen würde er nehmen, nur einen, damit das Zittern und Drehen aufhörte. Mit steifen Fingern schraubte er den Verschluss auf, der Deckel glitt ihm aus den Fingern. Fluchend hielt er den Flachmann ins Mondlicht, um zu sehen, wieviel er noch enthielte, konnte aber nichts erkennen. *Dann werde ich ihn wohl ganz austrinken müssen.* Er setzte die kleine Flasche an die Lippen und schluckte begierig, spürte, wie der Schnaps durch seine Kehle rann und wohlig wärmend den Magen erreichte. Schoch neigte den Kopf nach hinten und leckte die letzten Tropfen ab. Das Wärmegefühl breitete sich aus. Die leere Flasche warf er ins Dunkle der Höhle, hörte, wie sie auf eine Blechbüchse traf und diese scheppernd ein Stück weiter weg beförderte.

Heute kam der Drehrausch eindeutig von zu viel Alkohol. Schoch versuchte, sich in Embryostellung zu rollen, soweit das der Schlafsack zuließ und schloss wieder die Augen. Etwas raschelte im Hintergrund, eine Ratte machte sich wohl an den leeren Junkfoodverpackungen zu schaffen. Von ferne hörte er einen abgerissenen Melodiefetzen, der das Rascheln übertönte. Seine Mutter sang ein Wiegenlied:

„Schlaf, Kindlein, schlaf,
Der Vater hüt die Schaf,

Die Mutter schüttelts Bäumelein,
fällt herab ein Träumelein..."

Schoch spürte, wie der Schlaf seinen samtweichen Mantel aufhielt, ihn aufnahm und einhüllte. Wohlig seufzend ließ er sich fallen.

Und während der Mond weiter durch die zerrissenen Wolken glitt und dann hinter den Wipfeln des Waldes, an dessen Füße sich die Höhle schmiegte, verschwand, ruhte Schoch in den Armen des Schlafes, in den Armen seiner Mutter, in Tines Armen. Sie wiegten ihn, sangen, verschmolzen zu einer einzigen Person.

Doch dann wurde ihr Schaukeln heftiger, rüttelte ihn unsanft, zerriss das Gespinst seines Traums und verwandelte ihn in einen Alptraum.

Schoch fuhr hoch und umfasste mit beiden Händen seinen Schädel, der zu bersten drohte.

Sie umstanden sein Lager. Die Mutter gramgebeugt, unaufhörlich liefen ihr die Tränen über das mit einem Schlag faltig gewordene Gesicht. Der Vater auf seinen Stock gestützt, mit starrem Blick, ihn völlig ignorierend. Neben ihm stand Tine, er konnte ihre Miene hinter dem schwarzen Spitzenschleier, der ihr Gesicht halb verdeckte, nicht erkennen. Ihre kalkweißen Wangen blieben trocken. Im Hintergrund erkannte er die betretenen Gesichter seiner Arbeitskollegen. Sogar sein Chef war zur Beerdigung gekommen. Jemand schluchzte laut. Zwischen ihm und Tine stand der kleine weiße Sarg, über und über bedeckt mit rosaroten Blüten.

Die Ansprache des Pfarrers, begleitet von unaufhörlichem Schluchzen, drang nicht zu ihm durch. Betreten erkannte er, dass es sein eigenes Schluchzen war. Dann begann die Orgel zu spielen, der Kirchenchor stimmte einen Choral von Bach an:

„Ach Herr, lass dein lieb Engelein
Am letzten End die Seele mein
In Abrahams Schoss tragen;
Den Leib in sein'm Schlafkämmerlein
Gar sanft ohn einge Qual und Pein
Ruhn bis zum jüngsten Tage.“

Bei den letzten Zeilen war er zusammengebrochen. Es folgte eine Phase abgrundtiefer Verzweiflung. Tine trennte sich von ihm. Der unausgesprochene Vorwurf, dass er, Schoch, den Autounfall indirekt durch seine Trinkerei verursacht habe, stand zwischen ihnen. Er wurde zwar bei der Verhandlung freigesprochen, weil er tatsächlich völlig nüchtern am Steuer gesessen hatte und Annika vorschriftsgemäß in ihrem Kindersitz angeschnallt war, indes der andere entgegenkommende Autolenker nachweislich mit dem Handy telefoniert hatte. Tine hielt ihm vor, dass er wegen seines Katers zu spät losgefahren war.

Annika war sofort tot gewesen. Die Trauer um ihr gemeinsames Kind hatte sie nicht zusammengeschweißt, wie das bei anderen Paaren der Fall ist. Es kam zur Trennung und nachfolgend zur Scheidung. Er verlor seine Tochter, seine Frau, seinen Job, seine Gesundheit…

Schoch schrie laut. „Fort mit euch! Fort!“ Sein Schrei klang hohl und belegt. Die Gespenster der Vergangenheit verschwanden zögernd. Er war nun richtig wach geworden. Sein eigenes Schluchzen hatte ihn geweckt. Sein Gesicht war nass von Tränen. Mit klammen Fingern schälte er sich aus seinem Schlafsack. Draußen graute der Morgen und warf ein schüchternes Licht in seine Höhle, die ihm in den vergangenen Wochen als Schlafstatt diente. Er sah leere Pappschachteln von Junkfood, ein Fixerbesteck. Der Flachmann glänzte matt.

Seine Augen scannten die trostlosen Rückbleibsel verkorkster Leben. Er suchte in dem Wirrwarr nach dem rosaroten Elefäntlein. Vergebens. Er konnte es nicht entdecken.

Inspiration der Sinne (Hören)

Fünf Kurseinheiten thematisieren die Inspiration durch die fünf Hauptsinne des Menschen.

Schreiben nach Musik: Ludovico Inaudi „Divenire". Der italienische Komponist und Pianist (Jg. 1951) schuf mit seinem Album ‚Divenire', das sich nur unzureichend mit ‚Werden' übersetzen lässt, einen ‚romantischen Melodienreigen, ruhig und melancholisch, mit kräftigen Klangfarben und zarter Harmonie'. (2017).

Der Schlüssel zum Tresor

Ines lehnt sich zurück und schließt die Augen. Es dauert immer ein Weilchen, bis das Medikament seine Wirkung entfaltet. Aus dem Radio erklingt harmonische Sphärenmusik. Ines beugt sich vor und dreht den Lautsprecherknopf, um die Tonstärke zu erhöhen.

Während sich draußen der Tag verabschiedet und die Dämmerung sich ausbreitet und allmählich in ihr Wohnzimmer sickert, lauscht sie andächtig der Musik. Die Melodie schwillt an, wird lauter, erfüllt den Raum, erfüllt ihren Kopf und nistet sich in ihrem Herzen ein. Die Schmerzen ebben ab. Eine sanfte wohltuende Müdigkeit ergreift von ihr Besitz. Ihre Gedanken driften ab, verirren sich in die Vergangenheit, wie so oft in letzter Zeit, wenn sie in ihrem Sessel sitzt und darauf wartet, dass die Schmerzen nachlassen.

Ines fühlt sich an einen Strand versetzt. Vor ihrem inneren Auge rollen die Wellen ruhig und gleichmäßig ans Ufer, verlaufen sich im Sand, werden zurückgezogen und nehmen einen erneuten Anlauf und erhöhen das Tempo. Auf den Wellen tanzen kleine Wesen, schaumgeborene elfengliedrige Wesen. Fasziniert betrachtet Ines diesen anmutigen Reigen, die eleganten, schwebenden Pirouetten der winzigen Najaden.

Plötzlich drängt sich ein menschliches Antlitz zwischen die Tanzenden, ein blasses, längst vergessenes Gesicht taucht hinter Ines' geschlossenen Lidern auf. Es ist das Gesicht eines jungen Mannes mit langen wirren Haaren und den längsten Wimpern, die Ines je an einem Mann gesehen hat. Wer war das? Ines durchforscht ihr Gedächtnis. Und während die Melodien durch den Raum perlen, mit den Wellen Anlauf nehmen, zum Crescendo anschwellen und wieder verebben, ist der Name wieder da.

Maurice hieß er und war ein Freund ihres Mannes. Ihres Ex-Mannes, genauer gesagt. Er studierte Philosophie in einer anderen Stadt und kreuzte in unregelmäßigen Abständen auf, stets unangemeldet und stets schwarz gekleidet, was die Blässe seines Gesichts noch betonte. Ines hatte sich in seiner Gegenwart nie so recht wohl gefühlt. Er beachtete sie zudem kaum. Er kam ihr so abgehoben vor, so vergeistigt. Sie wagte es damals nicht, sich an der Diskussion der beiden Männer zu beteiligen und zog sich meist zurück.

Eines Abends, Rudolf war längst ausgezogen, klingelte es wieder bei Ines: Maurice stand vor der Tür. Offensichtlich hatte es sich nicht bis zu ihm herumgesprochen, dass sie sich von seinem Freund getrennt hatte. Maurice blieb trotzdem bis spät in die Nacht. Er äußerte kein Erstaunen über ihre in die Brüche gegangene Beziehung. Überraschend einfühlsam erkundigte er sich nach ihrem Befinden.

Am nächsten Abend kam er wieder, erzählte ihr von seinem Studium, verwickelte sie in anregende Diskussionen über den Sinn des Lebens und das Leiden in der Welt. Er war verlobt, so richtig altmodisch verlobt, was Ines gar nicht zu ihm passend fand. An der linken Hand trug er einen schmalen Goldring. Er war somit Tabu und zudem einige Jahre jünger als sie. Aber das war Rudolf ja auch. Seine Verlobte erwähnte Maurice so gut wie nie.

Er besuchte Ines in diesem Sommer häufig, holte sie nach ihrem Dienstschluss ab, lud sie zu Vernissagen und Konzerten ein. An den Wochenenden fuhren sie manchmal mit dem PKW seines Vaters auf die Alb, kehrten im Übersberger Hof auf dem ‚Mädlesfelsen‘ ein und wanderten über die Öschinger Wiesen. Ines gewöhnte sich an seine Gegenwart und hinterfragte seine Beweggründe nicht.

„Du musst deinen Liebeskummer einsperren, wegschließen“, riet er ihr eines Abends.

„Du meinst, in ein Gefängnis, in einen Kerker?“ fragte sie zurück.

"Am besten in einen Tresor, aus dem er sich nicht befreien kann, wo er verhungert und verdurstet. Und den Schlüssel zum Tresor musst du weit weg werfen, soweit es geht.“

Ines fand diese Vorstellung brutal, aber einleuchtend.

„Ich gebe dir den Schlüssel, wirf du ihn weg. Dann komme ich nicht in Versuchung, ihn zu suchen.“

„Okay“, antwortete Maurice, ließ den Rotwein in seinem Glas kreisen, nahm einen großen Schluck und sah Ines lange mit seinen dunklen Augen an.

„Vergiss ihn!“ fügte er mit Nachdruck hinzu. Jetzt meinte er nicht den Tresorschlüssel, sondern seinen Freund Rudolf.

Sie hörten oft Musik, meistens Klassik. Hin und wieder wagte Ines, auch ihre Platten aufzulegen, Bob Dylan, Carol King,

Leonard Cohen. Zu ihrer Überraschung äußerte sich Maurice nicht wie befürchte abfällig darüber. Einmal stritten sie sich über die Interpretation des Beatles Songs „Let it be", den sie beide ganz unterschiedlich wahrnahmen.

Maurice rührte sie nicht an. Es gab keinerlei Annäherungsversuche, keine Küsse, keine Umarmungen. Ines fühlte sich sicher. Hatte sie sich verliebt? Hatte sie sich in diesen blassen durchgeistigten Typ mit den kalten Händen verliebt? Sie wagte nicht, ihr Gefühl für Maurice zu benennen.

„Zeigst du mir deine Brüste?" fragte er an einem regnerischen Sommerabend. Diese Bitte kam so unerwartet, dass Ines verblüfft ihr T-Shirt über den Kopf zog. Sie trug weder Unterhemdchen noch BH. Im Schneidersitz hockte sie in ihrem Sofaeckchen, Maurice wie immer im Sessel gegenüber.

„Du bist schön wie ein junger Engel", sagte Maurice andächtig und liebkoste sie mit seinen Blicken, während der Regen an die Fensterscheiben trommelte und die Flamme der Petroleumlampe unruhige Schatten an die Zimmerschräge warf.

Ein Lächeln huscht über Ines' Gesicht bei der Erinnerung an diese Szene.

Sie hatte sich ihr T-Shirt wieder übergestreift. *Das hat bestimmt noch niemand zu Sandra gesagt!* Dieser Gedanke ging ihr damals durch den Kopf. Sandra war die derzeitige Geliebte Rudolfs. Wohl nicht die einzige, aber die einzige, die Ines persönlich kannte. *Sandra, dieses arrogante fette Miststück*! Eine Zeitlang hatte es geholfen, inbrünstig innerlich zu sagen und zu denken: *Dieses arrogante fette Miststück!* Dick war sie natürlich nicht gewesen, nur mit üppigen weiblichen Rundungen ausgestattet. Und arrogant eigentlich auch nicht, eher sehr naiv.

194

Amüsiert erinnert sich Ines, dass Sandra später einen Pfarrer geehelicht und vier Kinder in die Welt gesetzt hatte. Ganz boshafte Gemüter in Ines' Bekanntenkreis munkelten, dass Rudolf bei mindestens einem der Sprösslinge der Erzeuger war.

Maurice besuchte Ines weiterhin. Es waren Semesterferien. Er hatte einen Volontariats-Job bei der hiesigen Tageszeitung angenommen, der ihm viel Freizeit gewährte. Er lud Ines zu einer Gartenparty in seinem Elternhaus ein. Sie lernte seine Verlobte kennen und seine Schwester und deren Freundinnen mit Anhang. Im ersten Augenblick glaubte Ines, Sandra, dem ‚arroganten fetten Miststück' gegenüber zu stehen, als Maurice ihr seine Verlobte vorstellte. Sie hatte die gleiche üppige Figur, die gleiche rote Haarmähne.

„Amüsier' dich, Schätzchen", sagte die Verlobte. „Maurice hat mir viel von dir erzählt. Andere Mütter haben auch schöne Söhne." Sie drückte Ines an ihren sonnenverbrannten Busen, der aus ihrem großzügig bemessenen Ausschnitt quoll.

Ines seufzt tief. Diese Party ist als reinstes Fiasko in ihrer Erinnerung hängengeblieben.

Maurice hatte sie gebeten, ein paar von ihren Langspielplatten mitzubringen. Den ganzen Abend drehte sich ‚ihre Musik' auf dem Plattenteller. Cat Stevens melancholische Songs wurden übertönt vom Partylärm, vom lauten Lachen der Verlobten, die zu viel trank. Alle tranken zu viel und rauchten zu viel. Ines hatte sich etwas abgesondert und kam sich völlig überflüssig vor. Einzig ihre Platten, ihre Musik hielt sie zurück. Sie lehnte sich mit dem Rücken an einen Baum und beobachtete das ausgelassene Treiben auf der Gartenterrasse. Sie registrierte, dass sich die Verlobte intensiv mit einen Mann knutschte, der eindeutig nicht

Maurice war. Überhaupt hatte so eine Art ‚Bäumchen-wechsel-dich-Spiel' begonnen. Maurice konnte sie nicht entdecken. An das Ende dieser Fête und wie sie nach Hause gekommen war, erinnert sie sich nicht mehr.

Ein paar Abende später war Maurice wieder bei ihr aufgetaucht. Er verlor kein einziges Wort über den misslungenen Abend. Dass er seine Verlobung gelöst hatte, erfuhr Ines en passant von seiner Schwester, der sie zufällig in der Wilhelmstrasse begegnete. *Typisch Maurice*, dachte sie verletzt. *Das hätte er mir selbst sagen können!*

Der Sommer verging und der Herbst zog ins Land. Das Wintersemester hatte wieder begonnen, Maurice lebte wieder in Köln. Ines vermisste ihn. Der Kummer über ihre zerbrochene Ehe hatte sich etwas gelegt, die Flammen der Eifersucht loderten nach wie vor.

Eines Abends, als der Herbststurm ums Haus tobte und wütend an den Fensterläden rüttelte, klingelte es an ihrer Wohnungstür. Es war Maurice.

„Ich habe dir etwas mitgebracht", sagte er ohne weitere Begrüßung. Ines hängte seinen Mantel auf.

„Die Musik passt", fuhr er fort und setzte sich auf seinen Platz im Besuchersessel. „When a man loves a woman…" Percy Sledges samtene Stimme erfüllte Ines' Wohnzimmer. Ines kuschelte sich in ihr Sofaeckchen, zog die Füße unter sich und schielte vorsichtig auf Maurice' leere Hände.

Ines lächelt wieder. Sie erinnert sich genau, was sie an jenem stürmischen Abend trug: ein knöchellanges blaues Baumwollkleid mit bestickter Passe und bauschigen Ärmeln. Im Rücken wurde es von einer Stoffschleife zusammengehalten.

„Den Schlüssel", sagte Maurice. „Du hattest mir den Schlüssel zu deinem Liebeskummer-Tresor gegeben. Ich habe ihn nicht fortgeworfen. Ich dachte, Liebeskummer ist ein viel zu kostbares Gefühl, um für immer verbannt zu sein."

Er verlor sich in überfrachtete und widersprüchliche Betrachtungen über die Liebe und ihre Leiden, erhob sich aus dem Sessel und setzte sich zu Ines auf die Couch.

„Ich will…, ich will dich wieder sehen. Das Bild von dir ist mir nicht aus dem Sinn gegangen."

Er zog Ines in seine Arme und löste die Schleife ihres Kleides. Sie wurden ein Paar.

An das Ende der Geschichte kann sich Ines nicht erinnern. Sie hörte einfach auf, hörte mittendrin auf wie die perlenden Töne der Sphärenmusik. Die kleinen Pirouetten tanzenden Najaden lösen sich auf in Nichts.

Inspiration der Sinne (Sehen)

Drei Bilder mit verschiedenen Stimmungen und dazu passendem Musikstück stehen zur Auswahl für den Text über das Sehen: ein Leuchtturm in der Brandung, eine Karawane in der Wüste und eine Steinstufentreppe, die in eine grüngoldene Wildnis führt. Ich entschied mich spontan für das dritte Bild. Das dazu passende Musikstück hat den Titel ‚Journey Home' von John Doan. (2017).

Chagallblau oder „Trinkt, o Augen…"

Ines blieb stehen und kramte nach dem Zettel mit der Adresse, die sie sich nach dem Telefonat mit der im Inserat angegeben Nummer notiert hatte.

„Grüner Weg 7". War sie hier richtig? Ausgetretene Steintreppenstufen führten hinauf in einen Garten, in dem sich hinter Fliederbüschen ein Giebelhaus mit Sprossenfenstern versteckte. Vorsichtig stieg Ines die bemoosten Stufen hinauf. Über der Haustüre entdeckte sie ein blaues Emailleschild mit einer weißen 7. Sie hatte das richtige Haus gefunden.

Bevor sie auf die Klingel drückte, rekapitulierte sie die wenigen Informationen, die sich aus dem Telefongespräch mit dem Inserenten ergeben hatten.

„Talentierte Vorleserin gesucht. Gute Bezahlung", so hatte das kurz und bündig formulierte Inserat in ihrer Tageszeitung gelautet. Nach längerem Zögern hatte sie gewagt, bei der angegebenen Nummer anzurufen. Ines war ausgebildete Schauspielerin und seit längerem arbeitslos, weil das städtische Theater ein Opfer der kommunalen Sparmaßnahmen geworden war. Die finanzielle Zuwendung, die ihr ihr Exmann anbot, lehnte sie strikt ab. Das Telefonat mit dem Mann, der das Inserat aufgegeben hatte, war ebenso knapp ausgefallen wie die Anzeige. Nähere

Angaben würde sie erfahren, wenn sie sich gleichen Tags pünktlich um 15 Uhr an der angegebenen Adresse einfände.

Von der nahen Erlöserkirche schlug die Glocke dreimal. Ines drückte auf den Klingelknopf. Lange musste sie nicht warten. In der geöffneten Haustür erschien ein schlanker Mann unbestimmten Alters mit langen welligen, nach hinten gekämmten Haaren. Ines konnte nicht erkennen, ob sie blond oder grau waren. Er trug eine riesige Sonnenbrille, die sein halbes Gesicht verdeckte. Eine weiße, gezackte Narbe auf der Stirn wirkte wie eine bizarre, nach vorn gerutschte Krone. Neben dem Mann drängte sich ein Schäferhund vorbei, bellte Ines kurz an, wedelte dabei aber mit dem Schwanz.

Ines wich zurück.

„Zurück, Hasso! Er beißt nicht!", sagte der Mann – die Standardfloskel aller Hundebesitzer – und streckte Ines die Hand hin.

„Simon Westfalen."

Ines erwiderte den festen Händedruck und nannte ihrerseits ihren Namen.

„Wir haben miteinander telefoniert!" Das war eine Feststellung, keine Frage. „Ich gehe voraus."

Er führte Ines in einen Raum, in dem eine grüngoldene Dämmerung herrschte, weil alle Jalousien heruntergelassen waren.

„Nehmen Sie Platz. Holen Sie sich einfach einen Stuhl." Simon Westfalen ließ sich in einem Sessel nahe der Verandatür nieder. Ines zog sich einen der Stühle, die um einen ovalen Tisch im Hintergrund gruppiert waren, heran. Der Schäferhund Hasso hatte sich vor die Füße seines Herrn gelegt und sah Ines unverwandt an.

„Seit ich mein Augenlicht verloren habe, kann ich keine Bücher mehr lesen. Ich suche also jemanden, der mir vorliest, täglich. Keine Zeitung! Da genügen mir die Radionachrichten."

Ines registrierte mit leisem Staunen, dass er sich fast poetisch ausdrückte. Er sagte nicht einfach „Seit ich blind bin!" Mit schroffer Stimme formulierte Simon Westfalen, was sie vorlesen sollte: Belletristik, Biografien und Autobiografien, Essays usw. Er nannte einen relativ hohen Betrag, den er für eine Lesestunde bezahlen würde.

„Ihre Stimme am Telefon hat mir zugesagt. Jeden Tag eine Stunde, passt das in Ihren Zeitplan? Können wir gleich heute anfangen?"

Ines fühlte sich in seiner Gegenwart ein bisschen unbehaglich. Die Gläser der großen Sonnenbrille waren stets auf sie gerichtet. Sie kam sich beobachtet, gemustert vor. *Vielleicht ist er ja gar nicht blind*, schoss es ihr durch den Kopf. Dazu dieser abweisende Ton. Andererseits war der Betrag für eine Vorlesestunde sehr verlockend, auch wenn sie die Zeit und das Geld für die Busfahrt miteinkalkulierte. Sie gab sich einen Ruck.

„Ja, ich kann heute anfangen."

Simon Westfalen befahl ihr, sich einfach ein Buch aus dem Bücherregal zu ziehen, das eine ganze Wand einnahm. „Irgendeins, egal was!" Ines tat wie geheißen und kam mit einem Buch wieder.

„Ich bräuchte zum Lesen etwas Licht." – „Ja natürlich. Entschuldigen Sie." Er sprang auf, ging zielsicher zum nächsten Fenster und zog die Jalousie nach oben. Die schrägen Strahlen der Nachmittagssonne fielen ins Zimmer. Darin tanzten und flimmerten Sonnenstäubchen. Ines las den Verfasser und Titel des Buches vor, das sie aus dem Regal gegriffen hatte.

„Markus Werner ‚Am Hang‘. Ist das okay?“ – „Ja, ja. Fangen Sie einfach an!“

„Alles dreht sich. Und alles dreht sich um ihn …“, begann Ines mit dem ersten Satz des Romans. Mit melodischer, geschulter Stimme las sie Seite um Seite. Als Theaterschauspielerin beherrschte sie die richtige Atemtechnik, fand automatisch den Rhythmus des Textes. Ihre Sätze perlten ruhig von ihren Lippen. Der Text bestand aus vielen Dialogen, die nicht mit Anführungszeichen gekennzeichnet waren. Ines hatte trotzdem keine Mühe, den richtigen Part der richtigen Person zuzuordnen und die Stimmlage entsprechend zu verändern.

Der Mann mit der dunkeln Sonnenbrille hatte sich in seinen Sessel zurückgelehnt. Seine Züge entspannten sich. Bisweilen huschte gar der Anflug eines Lächelns über sein Gesicht. Der Schäferhund zu seinen Füssen seufzte hin und wieder vernehmlich. Ines hatte den Eindruck, dass er ebenso andächtig zuhörte wie sein Herr, denn seine Ohren bewegten sich immer wieder.

Ines las, bis eine Pendeluhr hörbaren Anlauf nahm und dann vier melodische Gongs ertönen ließ.

„Danke“, sagte Simion Westfalen barsch. „Das hat mir gefallen. Ich meine nicht unbedingt den Text. Das Ganze ist mir ein bisschen zu konstruiert. Kommen Sie morgen wieder, um die gleiche Zeit.“

Herr und Hund hatten sich erhoben und begleiteten Ines zur Haustüre.

„Ach, lassen Sie Ihre Bankverbindung noch da, damit ich veranlassen kann, dass Ihnen der vereinbarte Betrag überwiesen wird.“ Er reichte Ines die Hand. Hasso schüttelte sich und verabschiedete sich mit einem kurzen Bellen.

Seltsam entrückt hüpfte Ines die Steintreppen zur Straße hinunter. In ihrem Kopf kreuzten sich die widersprüchlichsten

Empfindungen, mischten sich mit dem vorgelesenen Werner-Text. Sie konnte ihren ‚Arbeitgeber' nicht recht einordnen, fand ihn attraktiv – er glich dem jungen Peter Handke etwas – und gleichzeitig ziemlich arrogant und abweisend.

So begann ihre Karriere als Vorleserin. Jeden Tag stieg sie die ausgetretenen Stufen zum Haus Nr. 7 des Grünen Weges hinauf. Hasso, der Blindenhund, wartete meist schon an der Gartenpforte auf sie und begrüßte sie mit munterem Gebell. Der Hausherr verhielt sich weiterhin recht mürrisch und kurz angebunden. Den begonnenen Roman von Markus Werner las Ines nicht weiter vor. Jeden Tag griff sie wahllos in das Bücherregal. Manchmal ließ Simon Westfalen sie ein Buch in der Mitte aufschlagen. Wenn in einem Text Redensarten auftauchten wie ‚Aus den Augen, aus dem Sinn' oder ‚etwas hüten wie seinen Augapfel', begann sie regelmäßig zu zögern und zu stottern. Die Schönheit von Wörtern wie ‚Augenweide', ‚Blickfang', ‚Augenblick', ‚liebäugeln' wurde ihr überdeutlich bewusst. Mit Staunen stellte sie fest, wie viele verschiedene Ausdrücke es für das Sehen gab: erblicken, schauen, sichten, gucken, beäugen, betrachten, mustern …

„Ach Ines", sagte Simon Westfalen. „Seien Sie nicht so empfindlich! Ihr Stottern ändert nichts. Ich bin blind und werde blind bleiben."

Er redete sie nun des Öfteren mit dem Vornamen an.

„Kennen Sie den Vers „Trinkt, o Augen, was die Wimper hält, von dem goldnen Überfluss der Welt", fragte er eines Tages. „Als ich noch sehen konnte, habe ich so viel versäumt. Beschreiben Sie mir, wie mein Garten jetzt aussieht. Was sehen Sie?"

Ines war an die Verandatür getreten und beschrieb die Astern und Chrysanthemen, die leuchtende Akzente im herbstlichen Garten setzten, das bunte Laub, die bereits kahl werdende Krone eines alten Apfelbaums, dessen mit Flechten überzogenen knorrigen Stamm. Simon Westfalen hörte aufmerksam zu.

„Charlotte hat den Garten geliebt!" Das klang verbittert. "Morgen schauen wir uns einen Chagall-Bildband an", fügte er übergangslos hinzu. Er wandte sich wieder seinem Sessel zu. Die Uhr schlug viermal.

Am nächsten Tag musste Ines einen Chagall-Kunstband auf dem untersten Regalboden heraussuchen, ihn aufschlagen und das aufgeschlagene Bild beschreiben. Ines begann, erwähnte ein blau gemustertes Kleid, das eine Person trug.

„Welches Blau, Ines?" unterbrach Simon Westfalen. „Beschreiben Sie das Blau genauer. Es gibt so viele Blautöne: himmelblau, veilchenblau, vergissmeinnichtblau, kornblumenblau, heidelbeerblau, indigoblau, jeansblau, saphirblau…" Seine Stimme überschlug sich fast vor Eifer.

„Chagallblau!" stoppte Ines die Sturzflut der verschiedenen Blaus. Simon Westfalen verstummte und lächelte. Zum ersten Mal sah Ines ihn richtig lächeln. Sein Gesicht leuchtete. „Touché, Ines. Das hast du gut gesagt. Es gibt tatsächlich einen Farbton, den man chagallblau nennt, ein luzides leuchtendes Blau."

Von diesem Tag an ‚betrachteten' sie oft Bildbände. Simons hartnäckige Fragen lehrte Ines ein genaues Hinsehen. Sie machten ein Spiel daraus, möglichst viele Nuancen der Farben zu benennen. Simon Westfalen war ohne Erklärungen zum Du übergegangen. Ines blieb beim Sie, das war sichereres Terrain. Hin und wieder erwähnte er eine Charlotte, aber stets in Vergangenheitsform. Es versetzte Ines jedes Mal einen Stich, wenn sie den Namen hörte. *Charlotte, war das seine Frau, sein Geliebte, seine Tochter?* Sie wagte nicht, sie danach zu fragen. Die Einrichtung des Wohnzimmers hatte durchaus einen femininen Charakter, wirkte ein wenig wie aus der Zeit gefallen. So wie die stets gepflegte Erscheinung des Hausherrn selbst.

Es gab einen Mann, der ihm den Haushalt führte, für ihn kochte, putzte, Besorgungen erledigte. Eines Tages hatte Ines ihn im Garten beim Rosenschneiden angetroffen und sich vorgestellt.

„Ich weiß, wer Sie sind, Fräulein Ines", hatte er gesagt. „Ich bin Johann, der Mann für Alles. Schön, dass ich Sie nun kennenlerne." Er hatte die Rosenschere in die linke Hand genommen und ihr die schwielige Rechte gereicht.

"Oh, Fräulein, das klingt so gouvernantenhaft", war ihre Antwort. „Ines reicht." Seitdem begegneten sie sich öfter und hielten ein kurzes Schwätzchen.

„Warum stellen Sie Herrn Westfalen keine Blumen ins Zimmer", fragte sie eines Tages.

„Seit er mal eine Vase umgeworfen und den Mahagonitisch ruiniert hat, mag er keine Blumen mehr im Haus." Seit dem Unglück – ja, so drückte er sich aus – seit dem Unglück sei der ‚gnädige Herr' ein bisschen launenhaft. Das 'gnädiger Herr' klang verschmitzt, als setze er es in Gänsefüßchen.

„Er kann die Blumen ja auch nicht mehr sehen", fügte Johann hinzu. – „Aber riechen kann er sie", entgegnete Ines.

Von diesem Tag an standen stets frische Blumen aus dem Garten im Zimmer, manchmal nur eine einzelne Rose, die ihren Duft verströmte. Die Jalousien zum Garten waren nun immer hochgezogen.

„Du steckst mit dem Johann unter einer Decke. Das habe ich wohl bemerkt", war die spärliche Reaktion des Hausherrn. Ines registrierte aber, wie er vorsichtig nach der Vase tastete und an der Rose duftete. Simon Westfalen trug auch nicht mehr die klobige Sonnenbrille, er hatte sie gegen ein kleineres John-Lennon-Modell ausgetauscht, das mehr von seinem Gesicht preisgab.

Als sie eines Tages, es war Spätherbst geworden, einen Bildband von Paula Modersohn-Becker ,betrachteten', verriet Ines, die mit persönlichen Äußerungen genau so sparsam umging wie ihr Arbeitgeber, dass sie ihr Schlafzimmer eine Zeitlang mit Drucken der Worpsweder Künstlerin vollgehängt hatte.

„Warum?", fragte er zurück. „Was gefällt dir so an ihr?"

„Mich fasziniert, wie sie mit groben Pinselstrichen vor allem die Verletzlichkeit von Kindern festgehalten hat. Sie haben alle so etwas Verlorenes... Ich weiß nicht, wie ich das ausdrücken soll."

„Du hast das vollkommen ausreichend begründet", war seine kurze Antwort. –

„Warum trägst du keine Kleider?" fragte er unvermittelt, als sie über die Frauengestalten Renoirs diskutierten. „Charlotte trug gern Kleider, lange, schmale und solche mit weit schwingenden Röcken, duftige Sommerblusen... Das wirkt so viel weiblicher."

„Jeans und T-Shirts sind halt viel praktischer", rechtfertigte sich Ines fast patzig.

„Darf ich dein Gesicht mal fühlen, abtasten?" diese Bitte folgte ziemlich bald nach der Kleideräußerung. „Ich möchte mir gern ein Bild machen. Ich kenne deine Stimme, deinen Duft, weiß, welches Parfüm du benutzt. Ich erkenne dich an deinen Schritten, aber ich weiß nicht, wie du aussiehst."

Ines zögerte. Sie fühlte sich überrumpelt. Irgendwie lief das in eine Richtung, die ihr missfiel. Gleichzeitig spürte sie, wie sich ihr Herzschlag beschleunigte.

„Bitte!" Das klang gar nicht so fordernd und barsch wie sonst. Ines stand auf, legte das Buch, aus dem sie vorgelesen hatte, beiseite und kniete sich neben seinen Sessel. Hasso sprang auf und bellte verdutzt über die ungewohnte Szene. Mit sanften schlanken Fingern tastete Simon Westfalen über Ines' Gesicht, fuhr die Augenbrauenbogen nach, die geschlossenen Augen, den zitternden Wimpernsaum, die kurze Nase, die breiten Wangenknochen, die Lippen, das Kinn.

„Welche Farbe haben deine Augen?" fragte er und lehnte sich wieder zurück.

„Im Pass steht grün, aber das sind sie nicht, eher so ein Gemisch aus Grün und Braun und Grau."

„Deine Haare fühlen sich braun an. Stimmt das?" Ines nickte. Dann wurde ihr bewusst, dass er das Nicken nicht sehen konnte. „Ja", sagte sie, „ich habe braune Haare." *Wenn er jetzt sagt, genau wie Charlotte, stehe ich auf und gehe und komme niemals wieder!* Er erwähnte Charlotte allerdings nicht.

„Danke", sagte er nur kurz. Die Uhr schlug viermal, es war wieder Zeit zu gehen.

Die Tage wurden merklich kürzer, der Sommer und auch der Herbst hatten sich längst verabschiedet. Ines schlug eine Nebenrolle im Theater aus, das wieder geöffnet hatte, weil die Proben auf den Nachmittag fielen. An zwei Vormittagen übte sie mit der Laienspielgruppe des städtischen Gymnasiums das Stück „Endstation Sehnsucht" von Tennessee Williams ein. Hier erfuhr sie mehr oder weniger zufällig, dass ihr Arbeitgeber bis zu seinem Unfall Kunst unterrichtet hatte.

„Warum geben sie dir keine Hauptrolle im Theater?" wollte Simon Westfalen wissen.

„Für Liebhaberrollen bin ich zu alt, für Mutterrollen zu jung und die komische Alte mag ich nicht spielen", war ihre Antwort.

„Für die Liebe ist man nie zu alt", murmelte Simon oder hatte sie sich das nur eingebildet?

„Morgen kommt Charlotte", verkündete er an einem trüben Novembernachmittag.

„Na, dann wünsche ich dir viel Vergnügen!"

Diese Antwort war ihr herausgerutscht, ehe sie die Worte zurückhalten konnte. Über Simons blasses Gesicht glitt ein Leuchten.

„Du hast mich zum ersten Mal geduzt, wenn auch sehr kratzbürstig. Ines, du musst dir keine Sorgen machen. Charlotte holt nur ihren restlichen Kram, der noch oben herumliegt. Charlotte hatte mich schon verlassen, bevor das mit meinen Augen geschah. Du kommst doch morgen wieder?"

Ines stand auf, ging zu Simon und fuhr mit ihrem Zeigefinger die gezackte Narbe auf seiner Stirn nach. „Wenn du mir erzählst, wie das passiert ist", sagte sie und ging.

Das lebende Weihnachtsgeschenk

Schreibe einen Erinnerungstext aus der Kindheit, der thematisch um Winter, Schnee, Advent und Weihnachten kreist. (2017).

Die Weihnachtsfeiern in der Familie verliefen immer nach dem gleichen Ritual. An Heiligabend war das Wohnzimmer ab dem frühen Nachmittag für Ines und ihre Geschwister tabu. Da schmückten die Eltern den Weihnachtsbaum, den der Vater zuvor aus dem Wald besorgt hatte. Der Wald begann gleich hinterm Haus. Alle Leute im Dorf bedienten sich einfach im Wald. Der Förster drückte wohl ein Auge zu. Die Schachteln mit dem Weihnachtsschmuck und dem Lametta wurden vom Dachboden heruntergeholt. Er bestand nur aus wenigen ‚silbernen' Kugeln und Glöckchen. Das Lametta sah von Jahr zu Jahr spärlicher und zerknitterter aus. Die Kerzenhalter hatten die Form von Tannenzapfen.

Es muss in den Fünfzigerjahren gewesen sein, als ein unerwartetes Geschenk das gewohnte Weihnachtsritual der Familie über den Haufen warf. Wie immer waren die Geschwister in der Küche versammelt und warteten auf das Bimmeln des Glöckchens, das sie zur Bescherung ins Weihnachtszimmer rief. Damals waren sie schon alt genug, um nicht mehr an das Christkind oder den Weihnachtsmann zu glauben, insgeheim konnte Ines sich nicht von der Vorstellung lösen, dass es doch das geflügelte Christkind höchstpersönlich war, das das Glöckchen geläutet hatte und nun längst wieder davongeflogen war, durch das geschlossene Fenster, in dem sich die Kerzenflammen spiegelten!

Die Weihnachtsgeschenke lagen wie immer unter dem Baum, eingewickelt in Papier, das ein bisschen mitgenommen aussah, weil es schon mehrmals seine Dienste geleistet hatte.

Zwischen den bunten Päckchen befand sich ein unansehnlicher Papiersack, der einst Zement enthalten hatte. Der Sack bewegte sich. Der Langhaardackel ‚Strolch' raste auf den Sack zu und kläffte ihn an. Die Mutter hielt den Hund zurück und öffnete den Sack, aus dem ein winziges graues Fellknäuel entwich und wie eine Rakete unter das Sofa schoss, ‚Strolch' hinterher. Zum Glück war das Sofa so niedrig, dass er unsanft gebremst wurde. Der Vater bewahrte den bei dieser stürmischen Aktion ins Wanken geratenen Weihnachtsbaum vorm Umkippen.

Der Neuankömmling bestimmte den weiteren Verlauf dieses Heiligenabends. Niemand von den jüngeren Geschwistern war in der Lage, das Kapitel aus dem Lukas-Evangelium zu lesen „Es begab sich aber zu der Zeit..." Auch das Singen der Weihnachtslieder fiel flach. ‚Strolch' wurde in der Küche eingesperrt. Die ganze Familie versuchte, sein abwechselndes Bellen und Jaulen zu ignorieren. Ines und ihre Schwestern lagen auf dem Dielenboden vor dem Weihnachtsbaum, in ihrer Mitte das graugetigerte Kätzchen, das sie mit viel Zureden, Milch und Plätzchen unter dem Sofa hervorgelockt hatten. Sie nannten es etwas fantasielos ‚Mauchen', weil es so kläglich miaute.

Das ‚Mauchen' wurde heiß und innig geliebt. Sogar der ‚Strolch' arrangierte sich mit dem Familienzuwachs. Leider war dem ‚Mauchen' kein langes Leben in der Familie vergönnt. Es nahm ein tragisches Ende. Aber das ist eine ganz andere Geschichte.

Inspiration der Sinne (Riechen)

*Im dritten Teil des Kurses über die Sinne geht es um das Riechen und Duf-
ten. Das Foto einer Provence-Landschaft, das ein Steinhaus und einen
Baum in einem typischen Lavendel-und Sonnenblumenfeld zeigt, sowie ein
duftendes Lavendelsäckchen sollen den Impuls zu einer entsprechenden
Geschichte auslösen. Begleitmusik: „Passage of Time" (Filmmusik von
Rachel Portmann aus dem Kinofilm „Choccolat"). Ich nehme mir die
Freiheit, den Lavendel durch Chrysanthemen zu ersetzen. (2018).*

Die Chrysanthemen der Großmutter

In der Nacht tobte ein Herbststurm ums Haus, rüttelte an den
Fensterläden und heulte im Kamin. Als Ines morgens auf die
Terrasse tritt, sieht sie, dass der Sturm den Kübel mit den
weißen Chrysanthemen umgeworfen und weggerollt hat. Beim
Aufrichten des Kübels steigt ihr der würzige, bittersüße Geruch
dieser letzten Blume des Jahres in die Nase. Ein paar Zweiglein
sind geknickt, mehrere Blütenköpfchen liegen wie gestrandete,
zerfetzte Falter auf dem Plattenboden. Ihnen entströmt der Duft,
den Ines so sehr liebt. Er schließt das ganze Aroma des Herbstes
ihrer Kindheit ein: verrottende Blätter, kalte Luft, Nüsse, den
Rauch nach Gartenfeuer in Großmutters Garten... Und mit dem
Duft drängt sich das Bild der Großmutter in Ines' Sinn. Chrysanthemen, die duftenden Schönen aus dem fernen Osten, waren ihre
Lieblingsblumen.

Ines richtet den Kübel wieder sorgfältig auf und rückt ihn
an seinen Platz vor dem Fenster der Essdiele. Die abgerissenen
Zweiglein stellt sie in eine kleine Vase auf den Esstisch. Nun
haftet ihren Fingern dieser einzigartige Chrysanthemenduft an.

Während Ines ihren morgendlichen Pflichten nachgeht,
wandern ihre Gedanken zurück in die Kindheit. Sie sieht die
Großmutter deutlich vor sich, eine alte Frau in Tracht. Sie sieht

das kleine, schiefe Fachwerkhaus, in dem die Großmutter bis zu ihrem Tod lebte, und ihren wunderbaren Garten. Wenn die Blumen des Sommers sich verabschiedet und frühe Fröste die letzten Dahlien umgebracht hatten, wenn die Tage kürzer wurden und der Winter vor der Tür stand, dann öffneten sich die vielgestaltigen Blüten der Chrysanthemen mit ihrer einzigartigen Farbenpracht und verwandelten Großmutters Garten in ein Blumenparadies, das selbst die Blütenpracht des Sommers übertrumpfte.

Ines verbrachte unvergessliche Ferien und so manches Wochenende bei der Großmutter auf dem Dorf. Andere Kinder fuhren mit ihren Eltern nach Italien oder Spanien. Ines reiste mit Freuden zur Großmutter nach Mönchshusen in Oberhessen. Bei ihr fand sie die Wärme und unerschütterliche Zuneigung, die sie bei der Mutter oft vermisste. Die Mutter haderte mit dem Schicksal, das sie schon sehr früh zur Witwe gemacht hatte. Das hatte sie streng und verbittert werden lassen. Seit dem Tod ihres Mannes hatte sie ihr Herz mit einem Panzer der Unnahbarkeit umgeben, selbst der eigenen Tochter gegenüber. An ihren Vater hatte Ines nur vage und verschwommene Erinnerungen. Er war an Krebs gestorben, als Ines noch keine vier Jahre zählte. Ines' Mutter war selbst vaterlos aufgewachsen.

„Hüte dich vor Männern!" pflegte die Mutter oft zu sagen. „Man verliert sie an den Krieg oder an den Tod!" Später, als Ines nach kurzer Ehe wieder geschieden war, fügte sie hinzu „Und an andere Frauen!"

„Wo ist der Großvater? Wo ist der Mann von der Großmutter?" wollte Ines eines Tages wissen, als sie noch klein war.

„Es gibt keinen", hatte die Mutter barsch entgegnet. „Ich war ein unehrliches Kind, ein Bankert!" Diese Aussage warf viele neue Fragen auf. Ines beschloss, bei der nächsten Gelegenheit die Großmutter selbst zu befragen.

„Was ist ein Bankert? Und warum war die Mama ein unehrliches Kind? Warum habe ich keinen Großvater?" Diese Fragen richtete sie bei ihrem nächsten Besuch an die Großmutter.

„Ach Kindchen", war deren Antwort, „freilich gab es einen Großvater. Er ist im Krieg gefallen. Und deine Mama war ein uneheliches Kind, nicht unehrlich. Ich war nicht verheiratet. Weißt du, deine Mama hat das immer als Makel empfunden, als Schande. Ich nicht, obwohl es damals nicht einfach war, ein Kind ohne Vater aufzuziehen. Besonders hier im Dorf. Die Leute haben sich die Mäuler zerfranst mit ihrem Gerede und mit den Fingern auf mich gewiesen. Ich war stolz, und als ich schwanger wurde und deine Mama zur Welt kam, empfand ich das als Geschenk, als Unterpfand der Liebe. Ich erzähle dir von deinem Großvater, wenn du größer bist. Und gebrauch nicht das hässliche Wort Bankert." Ines hatte längst nicht alles verstanden, was die Großmutter sagte, aber es klang beruhigend. –

Ines lässt sich am Esstisch nieder, zieht die Vase mit den abgeknickten Chrysanthemenblüten heran und schnuppert daran. Das gütige Gesicht der Großmutter steht ihr so deutlich vor Augen, die stets gesunde Farbe, die von häufigen Aufenthalten im Freien zeugte, die Krähenfüße in den Augenwinkeln, die roten Backen, die Ziehharmonikafältchen über der Oberlippe und die grauen Augen. Die Großmutter hatte sich nie städtisch gekleidet, sie trug noch als eine der letzten Frauen im Dorf die oberhessische Tracht, weite Röcke mit bunten Borten am Saum, dazu ein Mieder, in dem immer ein Tuch steckte, das mit einer Granatbrosche in Rombenform zusammengehalten wurde, und dazu Schnallenschuhe. Zur prächtigen Sonntagstracht gehörte ein mit Perlen besticktes Stülpchen, das Ines besonders liebte. Das legte die Großmutter aber nur zum Kirchgang an. Die langen grauen Haare bürstete sie straff nach hinten und flocht sie zu einem Zopf, den sie auf dem Oberkopf zu einem Schnatz zusammensteckte. Im Laufe des Tages befreiten sich aber viele widerspenstige Strähnen und Locken aus dem geflochtenen Gefängnis und umgaben ihren Kopf "wie einen Heiligenschein", wie Ines eines Tages entzückt ausrief, als sich die Großmutter im Garten aufrichtete und im Gegenlicht stand. Zur Gartenarbeit band sie sich selbst genähte Schürzen mit Blumenmustern um.

Die Großmutter hatte das Schneiderhandwerk gelernt und viele Jahre für eine Textilfirma in der nahen Kreisstadt gearbeitet Dazu kamen Auftragsarbeiten von den Dorfbewohnern. Ines liebte es, wenn die Großmutter an ihrer Nähmaschine saß, ein altes Vorkriegsmodell mit Hand- und Fußantrieb, wenn die Nadel so flink durch den Stoff ratterte und saubere Nähte durch die Stoffbahnen zog. Die Mutter hatte ihr eine elektrische Maschine geschenkt, aber damit kam die Großmutter nicht zurecht. Sie verschwand in der Versenkung und die alte Pfaff mit der wunderschönen Verzierung stand wieder an ihrem Platz unterm Fenster.

Ines half der Großmutter im Haus und im Garten. Sie gingen in den nahen Wald zum Heidelbeeren-Pflücken und Pilze-Suchen. Die Großmutter bastelte mit Ines lustige Wichtel aus Kastanien und Tannenzapfen und nähte in jeden Ferien eine komplette neue Garderobe für Ines' Puppen, bis Ines meinte, sie sei kein kleines Mädchen mehr, das noch mit Puppen spiele.

Die Großmutter hielt immer eine Katze, die von Ines heiß geliebt wurde. Die Mutter war allergisch gegen Katzenhaare, behauptete sie jedenfalls. Als Mulle, eine grau getigerte Katze an Altersschwäche starb, durfte Ines sie im Garten begraben. Die Großmutter half ihr, ein kleines Kreuz aus Latten zu sägen und den Querbalken daran zu nageln. Ines malte mit einem schwarzen Stift und in Großbuchstaben den Namen ‚MULLE‘ auf die Querlatte und schmückte den Grabhügel mit Blumen. „Gibt es einen Katzenhimmel?" wollte sie wissen.

„Freilich, Ines-Kind, den gibt es", antwortete die Großmutter.

„Aber wie kommt sie in den Katzenhimmel, wenn sie doch da draußen im Garten liegt?"

„Ach Kindchen, das ist ein bisschen schwierig zu erklären. Die Seelen sind unsichtbar. Sie steigen zum Himmel auf und der Leib wird wieder zur Erde."

Als Ines ein Schulmädchen war, begleitete sie die Großmutter auf dem Gang zum Christenberg, dem Waldfriedhof des Dorfes. Bei einem solchen Besuch führte die Großmutter die Enkelin zum Kriegerdenkmal hinter der Martinskirche, einer Pyramide aus verwitterten Steinen, flankiert von zwei mächtigen Linden. Hier waren die Namen der Gefallenen des Ersten Weltkrieges aufgeführt. In der halbkreisförmigen Mauer, die das Denkmal umgab, standen auf sechs eingelassenen Bronzetafeln die Namen der Soldaten, die im Zweiten Weltkrieg gefallen waren. Die Großmutter zeigte auf einen Namen auf der sechsten Tafel ‚Heinrich Zimmermann'.

„Das war dein Großvater", sagte sie, ihre Augen schimmerten verdächtig feucht. „Es gibt kein Grab. Er ist im Russlandfeldzug geblieben. Er hat nie erfahren, dass er Vater einer Tochter war. Wir wollten freien, das war gewiss. Aber der da oben" – sie wies mit der Hand gen Himmel – „hatte andere Pläne für mich. Dass ich kein Grab hab pflegen dürfen, das war hart." Von diesem Tag an suchten Großmutter und Enkelin jedes Mal, wenn sie auf dem Friedhof waren, das Kriegerdenkmal auf.

Eines Tages, Ines war inzwischen konfirmiert und besuchte das Gymnasium, half sie der Großmutter, die traurig herabhängenden welken Dahlien abzuschneiden, die Knollen auszubuddeln und auf Zeitungspapier im Keller zu lagern. Dabei summte die Großmutter ein Lied vor sich hin, das sie Ines oft als Schlaflied vorgesungen hatte, als diese noch klein war: „Wenn die Nacht in stiller Ruh…".

„Ach", sagte Ines „das habe ich schon lange nicht mehr gehört."

„Deine Mama wollte nicht, dass ich dir das Lied singe, Ines-Kind." Ines erinnerte sich. „Sing dem Kind nicht so ein unanständiges Lied vor", hörte sie die scharfe Stimme der Mutter.

„Warum fand sie das harmlose Lied unanständig?" bohrte Ines nach.

„Weil es das Brautlied ist. Das singen die jungen Leute hier im Dorf vor dem Haus der Braut am Vorabend der Hochzeit. Komm, wir gehen hinein und ich erzähle dir, wie ich den Großvater kennengelernt habe."

Im Haus zündete die Großmutter das Feuer im Kamin an und schnitt jeder ein Stück vom Apfelkuchen ab, dessen verführerischer Duft die Stube erfüllte. Während sich draußen die Dämmerung ausbreitete und das Feuer im Kamin knisterte und loderte und unruhige Schatten an die niedrige Decke warf, saßen Großmutter und Enkelin vor dem Kamin.

„Als ich ein wenig älter war als du, ein paar Jahre, noch keine Zwanzig, da sollte ich dem Hannes vom Oberhof versprochen werden. Das hatten die Eltern so ausgemacht, meine und seine. Ich wurde gar nicht gefragt. Ich weigerte mich und der Vater wurde grob. Aber zwingen konnte er mich nicht. Die Mutter, Gott hab sie selig, flehte mich auf den Knien an. Das war eine furchtbare Szene. Aber ich blieb hart.

Ich hatte mich in den Heinrich verguckt, und er sich in mich". Ein Lächeln glitt über Großmutters Gesicht. „Bei der nächsten Kirmes durft ich nicht teilnehmen. Das hatten die Eltern verboten. Und als ich so allein in meiner Kammer lag und trutzige Ideen durch meinen Kopf gingen, hört ich plötzlich ein Prasseln an der Fensterscheibe. Jemand warf kleine Steinchen dagegen. Ich stand auf und öffnete das Fenster. Drunten im Hof stand der Heinrich. Er begann zu singen, als er mich sah. Er sang das Brautlied, alle Strophen. Er übertönte mit seiner Stimme den Kirmeslärm vom Dorfplatz. Dann warf er mir Blumen hinauf, einen Strauß mit Chrysanthemen. Die hatte er im Pfarrgarten stibitzt. Das hat er mir später gestanden. Nicht lange danach musste er als Soldat einrücken."

Ines hörte andächtig zu. „Sing das Lied noch einmal, Großmutter", bat sie dann, und die alte Frau hob mit etwas brüchiger Stimme an:

„Wenn die Nacht mit süßer Ruh,
Längst die Müden lohnet,
Geh ich auf das Hüttchen zu,
Wo mein Mädchen wohnet.
Wünsch ihr noch um Mitternacht
Eine süße, gute Nacht."

Als die letzte Strophe verklungen war, stand Ines auf und kniete neben dem Sessel der Großmutter nieder.

„Ach Großmutter", sagte sie. „Das war so schön. Das habe ich so vermisst."

Nicht lange nach diesem Tag war die Großmutter gestorben. Sie war friedlich eingeschlafen.

Ines hütet die Erinnerung an diesen letzten Abend wie einen Schatz. Die Großmutter habe sich gewünscht, mit Chrysanthemen aufgebahrt zu werden, sagte die Mutter. So schmückten sie den Sarg, in dem die alte Frau lag, mit einem Meer von weißen Chrysanthemen aus dem Garten. Die Großmutter trug ihre Sonntagstracht. Auf ihrem Gesicht lag ein friedlicher Ausdruck.

Das Zimmer mit dem verhängten Spiegel verströmte den süßen melancholischen Duft der letzten Blumen des Jahres. Ines' Mutter schluchzte unaufhörlich. Vielleicht, weil ihr bewusst geworden war, dass die Chance, sich mit der Mutter auszusöhnen, unwiderruflich dahin war.

Nach der Rede des Pfarrers während der Abdankungsfeier in der Martinskirche auf dem Christenberg ging Ines nach vorn neben den mit Chrysanthemen geschmückten Sarg, holte tief Atem und sagte mit bebender Stimme:

„Die Großmutter liebte ihren Garten und ihre Blumen, insbesondere die Chrysanthemen. Die weißen aber waren ihr die liebsten. Deshalb möchte ich euch ein Gedicht von Rainer Maria Rilke vortragen, das den Titel ‚Weiße Chrysanthemen' hat. Ich weiß nicht, ob die Großmutter es gekannt hat. Sie hätte es geliebt.

„Das war der Tag der weißen Chrysanthemen,
mir bangte fast vor seiner Pracht...
Und dann, dann kamst du mir die Seele nehmen
Tief in der Nacht.
Mir war so bang, und du kamst lieb und leise,
Ich hatte grad im Traum an dich gedacht.
Du kamst, und leis wie eine Märchenweise
Erklang die Nacht.

Ines seufzt tief. Wehmut schleicht in ihr Herz und nistet sich ein wie immer, wenn sie an die Großmutter denkt, daran, dass das kleine Fachwerkhaus, in dem die Großmutter wohnte, längst abgerissen und an seiner Stelle ein protziger Bungalow errichtet wurde. Auch den wunderbaren Chrysanthemengarten gibt es nicht mehr, er wurde unter Betonplatten für einen Swimmingpool begraben.

Inspiration der Sinne (Schmecken)

Die Aufgabe: einen Text zu schreiben, in dem alle vier Hauptgeschmacks-
richtungen vorkommen: Süß, sauer, salzig und bitter. (2018).

Der Wettstreit

Eine Humoreske

Es taten sich zusammen
einst vier muntre Leut.
In Lust sie wollten entflammen
für einen ganz besond'ren Streit:
Wer wohl am besten schmecke
nach offiziellem Schmaus-Geschlecke
zu jeder Essenszeit, zu jeder Essenszeit.

Die erste war eine ganz ganz Süße
und schickt honigsüße Grüße
in den Magen, nicht zur Lunge.
In jedem Stückchen Kuchen
muss man sie nicht lang suchen,
sie zergeht auf der Zunge! Auf der Zunge!

Die zweite zweifelsohne
war eine gar sauere Zitrone.
„Sauer macht lustig!"
schrie sie besessen.
„Alles andre könnt ihr vergessen!
Dass es so ist, wußt' ich, wußt' ich!"

„Ich bin das Salz in der Suppe!
Was ihr seid, ist mir schnuppe!
Ohne mich schmeckt alles fad!
Werd' ich mal weggelassen,
ist's vorbei mit Prassen,
der Geschmack wird desolat, desolat."

„Am bittren Ende komme ich
mit Leichenbittermiene.
Und alle, alle flehen bitterlich:
„Verschwind aus unsrer Kantine!"
Niemand will was Bittres schlucken,
zusammenzucken und dann spucken,
als erschiene
der Leibhaftige mit bittrer Miene! Bittrer Miene!"

Da trat auf ein Gourmet in Person,
den Wettstreit zu schlichten.
Sagt mit gewichtigem Ton
„Ich will mitnichten verzichten
auf jeden von euch Vieren.
Denn ihr werdet jedes Mahl
suboptimal
garnieren und verzieren
als Hochgenuss in Kooperation! In Kooperation!

Hört und lasst euch sagen:
ein jeder auf seinem Gebiet,
mit Behagen beigetragen,
schmeichelt dem Appetit,
und ist Wohltat für den Magen.
Ob süß oder sauer,
ob salzig oder bitter,
in Massen genossen,
mit wenig Wein begossen,
verleiht jedem Mahl die Power
und schlägt es zum Ritter. Zum Ritter!"

Inspiration der Sinne (Schmecken)

Ich schrieb einen zweiten Text in Prosa. Welche Erinnerungen, welche Empfindungen sind mit einem ganz bestimmten Geschmack verbunden? (2018).

Bella hopp, Bella hopp

Der Duft und Geschmack von frisch gebackenem Brot ist einfach unwiderstehlich. Am köstlichsten schmeckte Ines das Brot ihrer Kindheit, das Brot, das der Dorfbäcker Wagner gebacken hatte. Wenn Ines oder ihre Geschwister im Dorf drunten frisches Brot besorgen mussten, stieg der Duft des Brotes so verlockend und verführerisch in ihre Nasen, dass sie auf dem langen Heimweg unterwegs an dem Brot knabberten, sodass das ‚Knüstchen‘, wie das Endstück eines Brotlaibes in der Familie hieß, wie von Mäusen angefressen aussah. Ihr Elternhaus lag im ‚Hinterfeld‘ und war das letzte Haus in der Straße. Die Mutter schimpfte nie wegen des angenagten Brotes.

Noch heute läuft Ines bei der Vorstellung an eine frische ‚Hungebutter‘ das Wasser im Mund zusammen. Gemeint ist damit eine Scheibe Brot mit Butter und Pflaumen- oder Birnenmus bestrichen. (‚Hunge‘ ist das hessische Wort für Honig). Frisch gebackenes Brot ist für Ines vor allem aber eine Metapher für die Sehnsucht nach der Kindheit im hessischen Dorf, ‚essbare Sehnsucht‘ gewissermaßen.

In den späten Fünfzigerjahren legte sich der Dorfbäcker Wagner einen Wagen und ein Pferd zu und seine Frau, das Wagner-Ännche, fuhr zweimal in der Woche in die entlegensten Straßen des weit verstreuten Dorfes und lieferte das Brot direkt ins Haus. Die Tour führte sie auch regelmäßig ins Hinterfeld. „Bella hopp, Bella hopp", hörte man das Wagner-Ännche, eine dralle Person, schon von weitem rufen. Sie hatte den Geschwistern erzählt, dass das Pferd, ein Apfelschimmel, ein ausrangiertes Zirkuspferd sei und den Namen Bella nach dem Schlager „O mein Papa" bekommen habe. Ines und ihre Geschwister kannten diesen Evergreen. Die Mutter sang ihn manchmal. Sie konnte alle Strophen und ahmte das gebrochene Hochdeutsch mit osteuropäischem Akzent perfekt nach. Ihre Stimme klang aber viel schöner als die der Sängerin aus dem Radio. „O mein Papa, war eine wunderbare Clown, o mein Papa war eine große Kinstler…" Den Refrain „Bella hopp, Bella hopp" sangen die Kinder mit.

Der Name für den Apfelschimmel ging in Ines' Familie bald auf die Bäckersfrau über. „Die Bella hopp kommt", hieß es dann und die jüngeren Geschwister rannten hinunter auf die Straße, um das Brot vom Wagner-Ännche in Empfang zu nehmen. Die Mutter folgte mit dem Portemonnaie.

Erst ganz kürzlich entdeckte Ines, dass der Name ‚Bella' gar nicht im Text des Liedes auftaucht. „Eh la hopp, eh la hopp", heißt der Refrain im Original.

Mit Amüsement und leiser Melancholie erinnert sich Ines an eine turbulente Szene, die sich an einem Sommertag ereignete und in den die ‚Bella hopp' verwickelt war – und die Geschwister ganz unerwartet in den Genuss ‚süßer Teilchen' (Hefegebäck) kamen.

Auf dem Feld, das Ines' Elternhaus gegenüber lag, hackte die Butterschorschin Rüben. Ihre jüngste Tochter Lisbeth hatte sie ins Gras neben dem Liedelbach gesetzt, der das Feld säumte und parallel zur Straße lief, die ins Dorf führte. Die Butterschorschin war die Frau vom Butterschorsch, also vom Butter-Georg. In Hessen werden alle Georgs ‚Schorsch' gerufen.

An jenem Sommertag kam die ‚Bella hopp' um die Kurve bei Ingemanns und hielt vor Ines' Elternhaus. Ines und ihre Schwester Gerdis nahmen das Brot in Empfang, die Mutter hielt ein Schwätzchen mit dem Wagner-Ännche. Plötzlich geschahen zwei Dinge sozusagen gleichzeitig. Die Butterschorschin kam schreiend, die weiten Röcke raffend, vom Rübenfeld gelaufen. Sie trug wie die meisten Frauen im Dorf noch Tracht.

„S' Kend es verlorn! S' Kend es verlorn!" kreischte sie. Die kleine Lisbeth war in den Liedelbach gefallen.

Der Apfelschimmel scheute, wieherte und raste los, wobei der offene Wagen schier kippte und die Ladung auf die Straße fiel, die damals noch nicht asphaltiert war. Ines' Mutter fischte beherzt das kleine Mädchen aus dem Bach, der zum Glück nicht allzu viel Wasser führte. Der Vater kam eilig die Einfahrt herunter gehumpelt, so schnell wie seine Beinprothese das ermöglichte. Er redete beruhigend auf die schnaubende Bella ein und half dann der Bäckerin, das Pferd wieder ordentlich anzuschirren.

Ines und Gerdis sammelten die auf die Straße gefallenen Brote und die anderen Backwaren wieder auf. Die Bäckersfrau blies den Staub von den Brotlaiben und reichte nach kurzem Zögern jedem der Mädchen ein vom Sturz recht mitgenommenes ‚süßes Teilchen'.

Die Butterschorschin drückte das nasse plärrende Bündel Lisbeth an ihren mächtigen Busen. „Mei Lisbethsche, mei Lisbethsche", sagte sie ein ums andere Mal.

Ines' Vater war es indessen gelungen, den Apfelschimmel so weit zu beruhigen, dass das komplizierte Wendemanöver vollzogen werden konnte.

Die Mutter bot der Butterschorschin ein Nachthemd von Ines oder Gerdis an, damit die nassen Kleider ihres Töchterchens in der Sonne trocknen konnten.

Während die Bella hopp friedlich ins Dorf zurücktrottete, saß die kleine Lisbeth in einem viel zu großen Nachthemd auf dem Rasen vor dem Haus, flankiert von Ines und Gerdis, die das

Mädchen abwechselnd mit Bröckchen der ‚süßen Teilchen' fütterten, die Butterschorschin kehrte zu ihren Rüben zurück und die Mutter sang „O mein Papa..."

„O mein Papa, war eine schöne Mann.
Ei wie er lacht, sein Mund sie sein so breit und rot
Und seine Aug' wie Diamanten strahlen.
O mein Papa war eine wunderbare Clown,
O mein Papa war eine große Kinstler...
Bella hopp, Bella hopp"

Inspiration der Sinne (Tasten)

Unter einem weinroten Tuch sind drei Gegenstände unterschiedlichster Art verborgen. Jeder Kursteilnehmer ertastet die Gegenstände: Eine Feder, eine Kerze, ein Buch. Die Aufgabe: Begebt euch auf eine Phantasiereise und entwickelt einen Text, in den alle drei Gegenstände einfließen. Selbstverständlich könnt ihr auch andere Gegenstände auswählen, die besser zum Inhalt passen. (2018).

Der Liebesbrief

Liebste Henriette,

wieder ist es Abend geworden und die Nacht hat ihren dunklen Mantel über die Erde ausgebreitet. Heuer hat sie einen veritablen Sturm mitgebracht, der nun um mein Gemach im Westturm pfeift und gar zornig an den Läden rüttelt. Das Feuer im Kamin glimmt nur noch schwach, denn die Kohle - und Holzrationen sind bemessen in diesen kargen Zeiten. Es ist ein wenig kalt hier heroben.

Und doch freute ich mich den ganzen Tag auf diesen Moment, wenn alle Pflichten erledigt sein würden. Immer wieder malte ich mir aus, wie ich dieses Buch aufschlagen würde, meine Feder in das Tintenfass eintauche und die lange Epistel an Dich, allerliebste Henriette, fortsetzen könnte.

Nun ist es endlich soweit. Die Flamme meiner Kerze wirft unruhige Schatten. Der Sturm da draußen schafft es, sich durch die Ritzen der Fenster zu drängen. Er spielt mit der Flamme, sie hält wacker stand. Ich werde Johann aber bitten müssen, mir einen neuen Kerzenvorrat zu besorgen. Vielleicht kann ich ihn auch bestechen, mir eine Petroleumlampe zu organisieren.

Mein Tag heute verlief wie die Tage zuvor. Die beiden Prinzesschen sind recht artig und beflissen. Sie kichern viel, wie junge Dämchen das in ihrem Alter wohl tun. Ihr Bruder dagegen, der Erbprinz, ist allzeit darauf bedacht, seinem Hauslehrer einen Schabernack zu spielen. Ein rechter Schlingel! Er tut sich ein wenig schwer mit dem Lernen und vernachlässigt die von mir gegebenen Hausaufgaben auf das Sträflichste.

Mein Tagespensum füllt meine Zeit gänzlich aus, so dass tagsüber wenig Muse bleibt, an Dich zu denken, mein Liebchen. Aber ich weiß ja, dass der Abend kommt und damit die Stunde, da ich Zwiegespräch halten darf mit Dir. Ich brenne darauf, die Feder einzutauchen und Wort an Wort zuschreiben, Satz an Satz, sie aufzureihen wie die Perlen an einer Kette, dieses Buch zu füllen mit Liebesbezeugungen an Dich.

Ach, ich vermisse Dich, mein Liebchen, Dein Lachen, Dein heiteres Wesen, Deine sanfte Natur. Dermaleinst, wenn wir den heiligen Bund der Ehe geschlossen haben und vereint sein werden, werde ich Dir dieses Buch überreichen als Unterpfand meiner Liebe zu Dir. Das nächtliche Schreiben ist mir ein rechter Trost. Ich sehe Dich dann vor mir, Deine leuchtenden Augen, wenn Du diese Zeilen lesen wirst und sie vielleicht verschämt niederschlägst. Der Saum Deiner Wimpern malt fransige Halbmonde über Deine Jochbögen. Ich sehe, wie eine flüchtige Röte über Deine Wangen huscht, zart wie die Morgenröte an einem Frühlingstag. Ich sehe, wie Du Dein Näschen kraust und die Lippen schürzest, Deinen Mund zu einem verschämten Lächeln formst. Ach, ich möchte sie küssen Deine rosenblättrigen Lippen, die duftenden Stellen hinter Deinen reizenden Ohrmuscheln. Ich möchte Deine Flechten lösen, sehen, wie sich Deine weizenblonden Locken über Deine Alabasterschultern ergießen. Ich möchte Dein Mieder öffnen und Deine Brüste aus ihrem Gefängnis befreien, sie mit meinen Händen umfangen, möchte meinen Kopf daran schmiegen und Dein Herz klopfen hören.

Ach, verzeih, liebste Henriette, nun ist mein Verlangen nach Dir mit mir durchgegangen und hat mir die allerliebsten Bilder vorgegaukelt. Liebste Henriette, ich vergehe vor Sehnsucht nach Dir und nach den Freuden, die unsere Vereinigung dermaleinst bereithält.

Ich denke, das wird in nicht allzu ferner Zukunft der Fall sein. Graf Bernardi zahlt mir einen guten Sold. Zudem lebe ich sehr genügsam hier, habe einiges zusammengespart, sodass der Gründung eines gemeinsamen Haus- und Ehestands mit Dir nichts mehr im Wege steht. Nach meiner Rückkehr in die Heimat im kommenden Frühjahr, wenn die gräfliche Familie in die Sommerfrische reist, werde ich Deinen Herrn Vater offiziell um Deine Hand anhalten, liebe Henriette. Bis dahin werden wir uns sittsam in Geduld üben müssen.

Ich sehe Dich vor mir, Liebchen, wie Du am Fenster Eures Heims sitzest, über eine Handarbeit gebeugt. Wie Deine kunstfertigen fleißigen Finger Monogramme sticken, unsere Monogramme. Auf Tisch- und Bettwäsche. Ich kenne mich damit nicht so aus, erinnere mich, wie meine Schwester Charlotte vor ihrer Vermählung Stunden um Stunden ihre Aussteuerware mit Monogrammen und dergleichen verzierte.

Die Gnädigste, so flüsterte mir Lisette, ihre Kammerzofe, zu, sei in guter Erwartung und kurz vor der Niederkunft ihres vierten Kindes. Sie sei erzürnt über die häufige Abwesenheit des Hausherrn. Denk Dir, sie hat mich zu ihrem Vorleser avanciert. Nachmittags, wenn die Sprösslinge angehalten sind, ihre Hausaufgaben zu erledigen, befiehlt sie mich in ihren Salon, auf dass ich ihr vorlese. Mit gelangweilter Miene auf dem Diwan ruhend erwartet sie, dass ich ihr vortrage, was in den Gazetten, vor allem in der ‚Gartenlaube' an Traktätchen und Histörchen publiziert ist. Natürlich könnte sie selbst lesen, vermute ich jedenfalls, aber es scheint ihr geziemender, einen Untergebenen lesen zu lassen. Das ritzt meinen Stolz nicht, liebe Henriette. Ein Ende dieses Zustands ist absehbar.

Heute Nacht tobt der Sturm da draußen unbotmäßig und launenhaft. Ich nehme ihn gern in Kauf, sage ich mir doch, dass es Frühjahrsstürme sind, die den Winter vertreiben, Boten einer künftigen paradiesischen Zeit. Noch einmal tauche ich meine Feder in das Tintenfass, um Dir einen süßen Schlummer zu wünschen. Schlafe selig, mein Liebchen...

Stets Dein Dich innig liebender Emanuel

Inspiration der Sinne (Tasten)

Ich schrieb einen zweiten Beitrag zum Fühlen und Tasten. (2018).

Zartes Knacken

Wie jeden Morgen tritt Ines nach dem Frühstücken auf die Terrasse, um den Spatzen die Brotkrümel vom Brotschneidebrett hinzustreuen. Sie hat nicht darauf geachtet, dass sich heute Morgen die Spatzen bereits auf der Terrasse aufhalten. Wie auf Kommando und mit empörtem Tschilpen fliegen sie aus dem großen Buchs und dann im eleganten Bogen über das Terrassengeländer nach unten in die Fliederbuschhecke. *Ich tu euch doch nichts!* murmelt Ines leicht gekränkt. *Das müsstet ihr doch inzwischen gemerkt haben!*

Im Birnbaum vor dem Nachbarhaus flötet eine Amsel. Ines lauscht dem hingebungsvollen Gesang, atmet in tiefen Zügen die frische Luft ein und lässt ihre Blicke in die Ferne schweifen, wo sich am Horizont die violette gezackte Linie der Bergkette klar gegen den aprikosenfarbenen Morgenhimmel abzeichnet. Es duftet nach Frühling, nach betauten Wiesen und nach – Rosen. Die ‚Margaret Merril‘, Ines' Lieblingsrose, hat ihre erste cremeweiße Blüte geöffnet und verströmt ihren intensiven, lieblichen Duft. Ines tritt näher an den Rosenkübel, um an der Blüte zu schnuppern, tritt auf etwas, das mit zartem Knacken zerbricht und dann unter der Fußsohle weich nachgibt.

Das Gefühl, etwas Kostbares, etwas Lebendiges unwiderruflich zertreten und zerstört zu haben, katapultiert Ines in Sekundenbruchteilen um Jahrzehnte zurück, zurück in die Zeit, als sie noch Kind war und im Eifer des Spielens versehentlich auf ein junges Hühnchen getreten war. Das gleiche zarte Knacken, das gleiche weiche Nachgeben unter der Schuhsohle. Damals wagte Ines nachzusehen, auf was sie getreten war: ein weißes Hühnchen, kaum dem Kükenalter entwachsen. Sie hatte ihm wohl das Rückgrat gebrochen. Es blieb regungslos liegen, atmete aber noch. Die kleine Brust hob und senkte sich, die Augen waren geöffnet. Geschockt und fassungslos hatte Ines auf das Hühnchen zu ihren Füßen gestarrt und war dann schnell weggerannt, spielte weiter mit den Geschwistern. Bis zum heutigen Tag nimmt sie sich ihre damalige Feigheit übel. Sie schämt sich dafür, dass sie sich davonstahl und das arme Tierchen nicht von seinen Leiden erlöste oder den Vater darum bat.

Als Ines später an diesem Tag nach dem Hinkelchen schaute, war es tot. Es hatte die weißen Flügel etwas aufgefächert, – ein letzter verzweifelter Versuch zu fliehen? Die Augen waren geschlossen. Ines begrub das tote Hühnchen im Wald hinterm Haus. Sie band zwei Stöckchen zu einem kleinen Kreuz zusammen und steckte es an das Kopfende des Grabes. Den Grabhügel schmückte sie mit blühenden Weissdornzweigen und Heidelbeerlaub.

Das war vor mehr als einem halben Jahrhundert geschehen. Das ohnmächtige Gefühl des Entsetzens von damals durchflutet Ines nun mit unverminderter Intensität. Heute Morgen kann es kein Hühnchen sein, das unter ihrem Tritt zerbricht und sein Leben aushaucht. Es ist vermutlich eine Schnecke mit Häuschen, vielleicht eine Weinbergschnecke, die auf welch geheimnisvollem Weg auch immer auf die Terrasse im sechsten Stock gelangt ist. Ines erinnert sich, dass sie vor einigen Tagen ihre silbrig schimmernden Kriechspuren registriert hatte, ohne sich etwas dabei zu denken. Sie wagt nicht nachzusehen. Panikartig dreht sie sich um und verschwindet im Haus.

Während sie ihren täglichen Pflichten nachgeht, versucht sie, dieses schauderhafte Gefühl, etwas zerstört oder gar getötet zu haben, abzuschütteln. Vergeblich! Immer wieder hört sie das zarte Knacken, spürt das weiche Nachgeben. Die Erinnerung an

damals, an die Zeit in ihrer Kindheit, als der Vater mit völlig un-
realistischen Projekten versuchte, sich eine finanzielle Basis für
die Versorgung der großen Familie zu schaffen, diese Erinnerung
überfällt Ines nun mit Macht. Das tote Hühnchen war damals
gewissermaßen nur der Vorbote. Das eigentliche Unglück folgte
später.

Es muss in den Fünfzigerjahren gewesen sein, nach dem
Umzug ins neue Haus, als Ines' Vater beschloss, eine Hühner-
farm aufzuziehen. Zuerst musste ein Hühnerstall gebaut werden.
Der Vater wollte ihn mit selbstgebrannten Lehmsteinen errichten
wie er das einst in seiner Afrika-Zeit gemacht hatte. Er besorgte
sich Lehm (aus dem Wald?), häufte ihn auf dem Hof an und goss
Wasser dazu. Ines und ihre Geschwister mussten den Lehm
stampfen und Heu und Strohreste hineintreten, um ihn haltbarer
zu machen. Es bereitete ihnen einen Riesenspass, mit nackten
Füßen in dem Lehm herumzutreten. Ines genoss das tolle Gefühl,
wenn die feuchte Masse zwischen den Zehen hindurch quoll. Die
schmutzigen Beine wurden mit dem Gartenschlauch abgespritzt.
Die fertige Lehmmasse kam in backsteingroße Holzkästchen, die
der Vater vorher gezimmert hatte. Sie mussten in der Luft trocknen und wurden anschließend in der Sonne gebrannt.

Der Hühnerstall wurde ein richtiges stabiles Häuschen mit
ziegelgedecktem Giebeldach, zwei Sprossenfenstern und einer
massiven Holztüre. Ines' Vater kaufte eine ‚künstliche Glucke‘,
ein Gerät mit Infrarotlampen. Vermutlich finanzierte der Großvater diese Anschaffung. Ob in dem Stall Eier von der Glucke aus-
gebrütet wurden, oder ob schon ausgeschlüpfte Küken ange-
schafft wurden, daran erinnert sich Ines nicht mehr. Jedenfalls
wimmelte es eines Tages von einer Unmenge junger Küken,
goldgelben Flaumbällchen, die ständig ziellos durcheinander
rannten und schrille Piepserchen ausstießen. Sie wuchsen rasant
und legten sich ein weißes Federkleid zu. Das hohe Geschrei be-

hielten sie bei. Der Vater baute mit Maschendraht eine ‚Boma‘ (Suaheli für Auslaufgehege) hinter dem Häuschen. Tagsüber hielten sich die Hühnchen im Gehege auf. In den noch kühlen Nächten wurden sie von den Strahlen der künstlichen Glucke gewärmt.

Die große Katastrophe trat bald nach dem Tod des Hühnchens ein. Eines Nachts gab es einen Kurzschluss im Hühnerstall und die Infrarotglucke geriet in einen Schwelbrand. Alle Hühnchen kamen ums Leben, sie erstickten oder verkohlten. Das Hühnerhäuschen konnte gerettet werden. Der Vater beseitigte die Spuren des nächtlichen Dramas allein. Das unbrauchbare Infrarotgerät entsorgte er im Schutt, die toten Hühnchen wohl auch dort, oder er begrub sie. Noch tagelang hing der Geruch nach Rauch und verbrannten Hühnern in der Luft. Mit dem Gestank zogen wieder düstere Wolken auf und warfen ihre Schatten auf Ines‘ unbekümmerte Kindheit. Die Erinnerung an diese Katastrophe, an alle Katastrophen im Leben des Vaters treiben Ines noch heute die Tränen in die Augen. –

In den nächsten Tagen wagt sich Ines kaum auf die Terrasse. Die Rose ‚Margaret Merril‘ öffnet jeden Tag neue Blüten. Dann folgen ein paar Tage mit schlechtem Wetter. Der Regen und Windböen bringen alle Spuren auf dem Terrassenboden zum Verschwinden. Als Ines sich endlich traut, mit ihren Augen den Ort des zarten Knackens aufzusuchen, kann sie nichts mehr entdecken.

Das Kaffeeherz

Thema des Textes: Eine unerwartete Begegnung – zwischen Menschen, Tieren, Zeiten... Die Form des Textes ist freigestellt. (2018).

Robin war spät dran. Zuerst hatte er beim Ankleiden ein Hemd erwischt, bei dem zwei Knöpfe fehlten. Das letzte frische Hemd zog er dermaßen zerknittert aus dem Schrank, dass es auf jeden Fall gebügelt werden musste. Das bedeutete: Bügelbrett aufstellen, von Staub befreien und nach dem Bügeleisen fahnden. Das alles verschlang so viel Zeit, dass es nicht mehr für einen Kaffee reichte. In Hast und Eile schwang er sich auf sein Rad und raste los, nachdem es ihm gelungen war, seine Mappe mit den nötigen Bewerbungsunterlagen einschließlich Laptop sicher auf dem defekten Gepäckständer festzuzurren.

Auf seiner rasanten Fahrt durch das noch ruhige Vorstadtquartier hätte er beinahe einen seinen Hund ausführenden Rentner umgefahren, der ihm erbost den Stinkefinger zeigte.

„Sorry! Sorry!" rief Robin, was der Rentner natürlich nicht mehr hören konnte. Im Zentrum war Robin gezwungen, sein Tempo zu drosseln. Die Straßenbahn bestimmte die Geschwindigkeit des Verkehrsstroms.

Immerhin schaffte es Robin so rechtzeitig anzukommen, dass er sich noch einen ‚Coffee-to-go' kaufen konnte. Er klemmte sich die Mappe mit seinen Unterlagen unter den linken Arm, führte mit der rechten Hand den Pappbecher an den Mund und strebte durch die Schwingtür in das Geschäftsgebäude, wo die Bewerbung im dritten Sock stattfinden sollte. Prompt verbrannte er sich den Mund an dem brühheißen Gesöff. Ehe er noch einen Fluch ausstoßen konnte, schwappte ihm der restliche Becherinhalt auf's Hemd. Aus dem Innern des Gebäudes war eine junge

Frau gegen ihn gestoßen, die dermaßen vertieft auf ihr Smartphone starrte, dass sie ihre Umwelt nicht wahrnahm.

„Herrgott, können Sie nicht aufpassen! Haben Sie keine Augen im Kopf!" schrie Robin entgeistert und starrte die Bescherung auf seinem blütenweißen Hemd an, auf dem sich ein hässlich brauner Kaffeefleck mit Riesengeschwindigkeit ausbreitete. Bestürzt schlug die junge Frau beide Hände vor den Mund, wobei das Smartphone hörbar an ihre Zähne klackte. Dann lachte sie los.

„Sieh mal, ein Herz!" rief sie prustend. „Ich habe dir ein Kaffeeherz ans Hemd geworfen!" Kichernd malte sie den Umriss des Fleckens nach, der tatsächlich die Form eines Herzens hatte.

„Pfoten weg!", zischte Robin aufgebracht. „Jetzt schauen Sie sich das bloß an! In zwei Minuten muss ich zu einem Bewerbungsgespräch antanzen. Was macht das denn für einen Eindruck!" Vergeblich versuchte er, die braune Bescherung mit einem Tempo aufzutupfen. Die Haut unter dem Flecken brannte wie Feuer.

„Bei wem musst du dich denn vorstellen?" Zwei neugierige dunkle Augen starrten zu ihm hoch.

„Was spielt das für eine Rolle? Bei CC&co, hier im Haus. Gott, das kann ich jetzt vergessen. Keine Zeit mehr, um eine neues Hemd zu kaufen! Zuspätkommen ist keine Option. Alle Müh umsonst!" Robin wandte sich mit hängenden Schultern ab.

„Gar nicht kommen ist erst recht keine Option. Warte, ich hab eine Idee." Die junge Frau wickelte ihren mehrfach um den Hals geschlungenen blauen Seidenschal ab, stellte sich auf die Zehenspitzen, legte den Schal um Robins Hals und drapierte ihn so, dass ein Ende des Schals über den Kaffeefleck fiel. Dann trat sie einen Schritt zurück und betrachtete zufrieden das Ergebnis.

„Perfekt!"", rief sie. Der Schal passt zu deinen blauen Augen. Echt!" Der Schal war aus Seide und im Krinkle-Look gefertigt. Aus ihm entstieg ein kaum wahrnehmbarer Parfumduft.

„Unmöglich! Die denken doch, dass ich schwul bin, wenn ich mit diesem Fummel aufkreuze!" Ungehalten zupfte Robin an dem federleichten Schal.

„Na und! Besser schwul und ‚nen Job als umgekehrt!" Die junge Frau bugsierte ihn energisch Richtung Lift.‘ „Wo residiert dein Verein?" Mit flinken Fingern glitt sie über die Firmennamen und drückte den obersten Knopf. Robin konnte gerade noch erkennen, wie sie beide Hände Daumen drückend in die Höhe hob und aufmunternd lächelte, ehe sich die Lifttüre mit leichtem Zischen schloss. –

Um die Mittagszeit des gleichen milden Frühlingstages saß Robin vor einem mit Salat garnierten Fitnessteller auf der Terrasse des Migros-Selbstbedienungs-Restaurants und genoss die Strahlen der Sonne. In Gedanken war er noch immer bei seinem Vorstellungsgespräch. Eigentlich war es ganz gut gelaufen. Zumindest hatte er ein positives Gefühl. Zu seiner Überraschung war er nicht der einzige Bewerber gewesen. Gleich fünf Kandidaten bewarben sich um den gleichen Job. Das hätte er sich auch denken können! Es wäre massig Zeit gewesen, sich in der Wartezeit ein Hemd zu kaufen. Da die Reihenfolge der Vorstellung nicht bekannt gegeben wurde, saß er in einem Vorraum mit den anderen Wartenden. Man musterte sich gegenseitig misstrauisch und einsilbig. Robin kam als letzter dran. Als sein Name endlich aufgerufen wurde, betrat er mit blanken Nerven und wehendem Schal den Prüfungsraum. Seine Nervosität legte sich nach den ersten holprigen Sätzen. Er beherrschte die Materie. Sein von ihm entwickeltes Projekt hielt allen Anforderungen stand. Sicher und überzeugend konterte er alle Einwände und Rückfragen. Man werde sich bei ihm melden, damit wurde er entlassen. Das war noch keine Zusage, aber auch keine Absage.

„Das nächste Mal kostet es einen Kaffee!" Die stürmische junge Frau vom morgendlichen Zusammenstoß balancierte einen hoch mit Spaghetti beladenen Teller und steuerte auf seinen Tisch zu.

„Hier ist doch noch frei?", fragte sie, wartete seine Antwort aber gar nicht ab. Mit einem tiefen Seufzer ließ sie sich ihm gegenüber nieder und platzierte ihren Rucksack unter den Tisch – direkt auf seine Füße. „Und? Wie ist es gelaufen?"

„Sie schon wieder!", brummte Robin.

„Haben sie dich genommen?" Mit einer enormen Geschwindigkeit wickelte sie sich Spaghetti um die Gabel und stopfte sie in den Mund, den bald ein Tomatensoßebärtchen zierte. Während des Essens plapperte sie weiter. Ihre flinken Augen erspähten, dass Robin den Salat auf seinem Teller ignorierte.

„Darf ich?", fragte sie und spießte Tomatenstückchen und Gurkenscheiben auf.

Robin musterte sie verstohlen, während er sich mit einer Papierserviette den Mund abwischte. Er fand sie nicht hübsch. Ihre Augen standen zu dicht beieinander, ihre Nase war für ihr kleines herzförmiges Gesicht eine Winzigkeit zu groß, das Kinn zu spitz. Wenn sie lächelte oder lachte, also ziemlich oft, bildete sich ein reizendes Grübchen auf ihrer linken Wange. Das gefiel ihm. Ihr honigblondes Haar umstand ihren Kopf in vielen winzigen ungebändigten Korkenzieherlöckchen. Sie erinnerte Robin an einen munteren Vogel. Seine einsilbigen Antworten hinderte sie nicht, zu reden und zu fragen. Sie legte ihr Besteck oft nieder, um zu gestikulieren – mit anmutigen Bewegungen. Manchmal auch mit der vollen Gabel, von der dann die aufgewickelten Spaghetti abglitten. Ungefragt erzähle sie ihm von ihren diversen Jobs, die alle irgendetwas mit Schreiben zu tun zu hatten.

„Wie heißt du eigentlich?", fragte sie, nachdem die letzten Spaghetti in ihrem Mund verschwunden waren.

„Robin Ritter", antwortete er widerwillig.

„Oh, Ritter Robin Hood!" rief sie aus. Klang das nicht ziemlich spöttisch und amüsiert? „Sind deine Eltern Briten?" Robin entgegnet ziemlich verblüfft, dass seine Mutter tatsächlich aus Großbritannien stammte.

„Und dein Papa?" Deutscher, aber er habe ihn nie kennengelernt.

„So wie ich! Meine Mama war ein Hippie. Das heißt, das ist sie wohl immer noch. Irgendwo in einer Kommune in Holland. Weißt du, so mit knöchellangen Wallekleidern und Blumen im offenen Haar. Mein Papa war ein Schwarzer. Ich bin eigentlich ein Versehen. Ich war nicht geplant. Von ihm habe ich das Kraushaar." Sie wies auf ihre Mähne, die ihren Kopf wie einen Glorienschein umgab. „Früher habe ich darunter gelitten und mein ganzes Geld für Glättemittel ausgegeben. Jetzt ist es mir egal". Sie schüttelte ihren Kopf, so dass die Rauschgoldengel-Locken in der Sonne wippten und tanzten. Dann nach einem Blick auf die Armbanduhr stieß sie einen spitzen Schrei aus. „Oh, ich muss!" Sie lange nach ihrem Rucksack, schlüpfte im Laufen in die Trageschlaufen. „Bye bye, Ritter Robin!" Sie warf ihm eine Kusshand zu und verschwand.

Robin saß noch eine Weile in der Sonne. Er hatte sich einen Kaffee geholt, den ersten ‚richtigen' Kaffee an diesem Tag und rührte gedankenversunken noch in der Tasse, als der Zucker sich schon längst aufgelöst hatte. Wider Willen kreisten seine Gedanken um die junge Frau. Er fand sie nervig, aufdringlich und irgendwie interessant. Lange grübelte er über ein entsprechendes Adjektiv nach, fand aber keines, das richtig passte.

Er hatte sich den ganzen Tag für das Vorstellungsgespräch freigenommen und wusste jetzt nicht so recht, was mit
sich anfangen. Sein Projekt, dessen Ausarbeitung jede freie Minute der letzten Wochen aufgefressen hatte, war abgeschlossen.
Jetzt hatte er das Gefühl, in ein Loch zu fallen.

Entschlossen stand er auf und deponierte die Tasse, seinen
leeren Teller und auch ihren leeren Spaghetti-Teller auf dem Ge-
schirrabstellwagen. Er steuerte auf den Stadtpark zu. Die Sonne
hatte sich ein bisschen verschleiert und es war ein leichter Wind
aufgekommen. Etwas ziellos schlenderte Robin an den vielen
jungen, Kinderwagen schiebenden Müttern im Park vorbei. Auf
den Wiesen blühten lila und gelbe Krokusse. Kinder lärmten,
Amseln sangen, alle genossen diesen ersten wirklich schönen
Frühlingstag.

„Frühling lässt sein blaues Band...", hörte er plötzlich eine nun schon vertraute Stimme hinter sich. Verblüfft drehte er
sich um.

„Das glaube ich jetzt nicht. Verfolgen Sie mich?" Es war
die junge Frau. Sie deklamierte unbeeindruckt weiter "wieder
flattern durch die Lüfte." Sie lachte. „Kennst du das Gedicht
nicht. Du hast ja noch immer meinen blauen Schal. Er flatterte im
Wind, als du so vor mir hergingst. Das hat mich an das Frühlingsgedicht von Mörike erinnert. Nein, ich verfolge dich natürlich nicht. Ich hatte in der Herderstraße zu tun. Jetzt bist du mir
einen Kaffee schuldig."

Ein bisschen peinlich berührt ob des poetischen Ver-
gleichs, aber nicht undankbar für die willkommene Ablenkung
meinte Robin, ihm stünde jetzt eher der Sinn nach einem Bier
oder Glas Wein oder so. Einen Kaffee habe er schon gehabt.

„Einverstanden. Schlag was vor. Ich kenn mich hier noch
nicht so aus." Sie hatte sich bei ihm eingehängt, was sich ein
bisschen schwierig gestaltete, weil sie mindestens einen Kopf

kleiner war als er. Während sie wieder in die Innenstadt strebten, erzählte sie, dass sie gerade eine Hundertjährige besucht habe. Eine ihrer Aufgaben sei es, einen kurzen Bericht über betagte Jubilare zu schreiben. Das mache sie sehr gern.

„Man muss ihnen nur zuhören. Sie haben oft so spannende Geschichten zu erzählen. Stell dir vor, die haben den ersten Weltkrieg noch erlebt...".

Robin ließ sie plaudern. Manchmal warf er einen Blick auf sie herunter. Sie plapperte unentwegt, hüpfte manchmal, um sich seinen langen Schritten anzugleichen. Sie trug verschiedenfarbige Strümpfe, einen grünen und einen blauen. Er wollte sie daraufhin ansprechen, kam aber nicht dazu.

Und dann? Robin erwachte, tauchte auf aus einem Alptraum, der sich mit Zentnergewichten an ihn hängte und seinen Kopf in einem eisernen Ring zusammenschraubte. Orientierungslos setzte er sich auf, erkannte mit Erstaunen, dass er auf seinem eigenen Bett lag, völlig angekleidet inklusive Schuhen, neben ihm kauerte dieser plappernde Plagegeist, im Moment eher ein stöhnender und klagender Plagegeist. Wie ein Häufchen Elend hockte sie da, ebenfalls noch völlig bekleidet, aber immerhin ohne Schuhe. Aus ihren Jeans lugten kleine Füße in einem grünen und einem blauen Strumpf. Robin versuchte, diese Informationen in seinem Kopf unterzubringen, einen Zusammenhang herzustellen. Vergebens.

„Was hast du mit mir angestellt? Wie komme ich hierher? Womit hast du mich vergiftet? Oh Gott, ich glaube, ich sterbe! Ich fühle mich, als hätte mich ein Traktor überfahren!"

Robin fasste sich an seinen schmerzenden Schädel. „Ich weiß nicht, keine Ahnung. Mein Kopf ist leer, weil er in einem Schraubstock steckt. Wie kommen Sie hierher?"

„Das frag ich **dich**! Mann, du bringst mich um!"

Stöhnend ließ Robin sich wieder fallen. Die Horizontale warf in seinem Kopf ein Karussell an, das sich mit enormer Geschwindigkeit drehte. Mühsam richtete er sich wieder auf.

„Ich glaube, ich habe einen Filmriss, ein Blackout. Alles ist weg! Wieviel Uhr haben wir überhaupt?" Er versuchte, die Zeit auf seiner Armbanduhr zu erkennen, vergeblich, die Ziffern verschwammen.

„Dann haben wir ja etwas gemeinsam! Ich habe Null Erinnerung. Gott, ist mir schlecht. Ich bin sowas von k.o.! K.O.-Tropfen! Du hast mich mit K.O.-Tropfen außer Gefecht gesetzt! Gib's zu! Und dann hast du mich abgeschleppt!" Ihr Gesicht war ein einziger Vorwurf, eine Anklage. Ihre Haare sahen aus, als hätte ein Tornado darin gewühlt.

Robin lehnte sich an das Kopfteil seines Bettes. „Ich schwöre, dass ich nichts dergleichen gemacht habe. Wo waren wir? Was haben wir getrunken? Wie sind wir hierhergekommen? Versuchen Sie doch, sich zu erinnern!"

„Bei dem blauen Frühlingsband. Mein Schal. Der flatterte im Wind und dann hast du mich in eine Kneipe gelotst oder? Oh Gott, ich stinke, mein Pulli, meine Haare, grauenhaft, alles stinkt nach Kneipe. Lass mich vorbei. Ich muss duschen. Den Gestank halte ich keine Sekunde mehr aus!" Sie robbte an ihm vorbei, kletterte über seine Beine und fiel auf den Bettvorleger.

„Sie können jetzt nicht duschen, es ist doch mitten in der Nacht! Ab zehn darf man nicht mehr …"

„Ritter Robin, das ist mir scheißegal! Sorry, ich muss jetzt einfach duschen!" Sie stand mühsam auf, taumelte, stolperte zum Kleiderschrank und riss die Tür auf. „Wo hast du deine Handtücher? Wo ist die Dusche?" Sie warf Socken und seine Unterwäsche auf den Boden, angelte sich ein Handtuch und ein Pyjamaoberteil und drückte beides wie einen Schatz an sich und öffnete die Tür zur Toilette.

„Sorry, falsche Tür", murmelte sie und verschwand dann hinter der Badezimmertür, nur um sie sofort wieder zu öffnen. „Hast du Aspirin im Haus oder Alka-Seltzer oder wie das Zeug heißt, was sie im Film immer trinken, wenn sie einen Kater haben?" Kurz darauf hörte er das Wasser der Dusche rauschen.

Robin stand vorsichtig auf und versorgte seine Wäsche wieder im Kleiderschrank. Ächzend begab er sich in die Küche. Aspirin, das war keine schlechte Idee! Er wurde fündig. Hinter der Kaffeedose fand er eine angebrochene Schachtel mit Aspirin-Brausetabletten. Er löste je zwei Tabletten in zwei Gläsern auf und starrte wie hypnotisiert auf die aufsteigenden Bläschen, unfähig sich zu rühren und seine Gedanken in vernünftige Bahnen zu lenken.

Dann gab er sich einen Ruck. *Ich werde Anna anrufen*, beschloss er. Wo war nur sein Handy? Wann hatte er es zuletzt gebraucht? Er fand es schließlich in der Innentasche seiner Jacke, die erstaunlicherweise an der Garderobe hing, wo sie auch hängen sollte. Annas Nummern waren immer noch gespeichert, sowohl die private wie die Nummer der Klinik. Vielleicht hatte sie ja Nachtdienst. Anna meldete sich umgehend mit ihrem mütterlichen beruhigenden Ton.

„Robin?" klang es ein bisschen überrascht. Robin räusperte sich, setzte zu einer Erklärung an, suchte nach Worten, die sein zugeschraubter Kopf nicht hergeben wollte, während er langsam den bitteren Inhalt seines Glases leerte. Nach einem erneuten Anlauf gelang es ihm, seinen Zustand zu schildern, ohne die fremde Person zu erwähnen.

„Was? Du auch?", lachte Anna ungläubig am anderen Ende der Leitung. „Wir haben hier in der Notaufnahme schon zwei K.O.-Leichen. Da scheint jemand einen Rachefeldzug durchzuziehen. Beruhige dich. Es ist nicht schlimm. Trink viel und schlaf dich aus. Ach Robin, wenn ich nicht auf dich aufpasse!" Anna lachte wieder. Robin fühlte sich in ihrer Gegenwart immer wie ein kleiner dummer Junge.

Die Badezimmertür öffnete sich. Die fremde junge Frau erschien in seinem Pyjamaoberteil, das gerade ihren Hintern bedeckte. Um den Kopf hatte sie ein Handtuch als Turban geschlungen. „Mit wem telefonierst du mitten in der Nacht?" Klang da nicht eine Spur von Argwohn mit?

„Mit Anna, meiner…, einer Freundin. Ex-Freundin. Sie ist Ärztin. Sie hat Bereitschaftsdienst im Krankenhaus. Es gibt noch mehr so Fälle wie uns. Es sei nicht schlimm."

„Aber ich fühl mich schlimm! Ich muss jetzt unbedingt schlafen. Und wenn die Welt untergeht! Das ist mir so was von egal! Mein Schlafbedürfnis ist immens." Lauthals gähnend verschwand sie im Schlafzimmer und kroch umgehend unter die Decke. Robin war ihr nachgegangen.

„Trinken Sie das", sagte er und reichte ihr das volle Glas, aus dem noch vereinzelte Bläschen aufstiegen. „Ich werd' dann auch mal duschen gehen. Jetzt kommt es eh nicht mehr darauf an."

Lange ließ Robin das Wasser auf sich prasseln, hielt sein Gesicht, seinen Kopf, die Schultern immer wieder unter die voll aufgedrehte Brause. Dann legte er blitzschnell den Hebel der Dusche auf kalt und schnappte nach Luft, als ihn die kalten Strahlen trafen.

Als er wieder ins Schlafzimmer trat, lag sie wie ein aus dem Wasser gezogener Engel in den Kissen. Das leere Glas stand auf dem Nachtschränkchen. Die feuchten Locken, jetzt eher braun, als honigblond ringelten sich um ihr Gesicht. Das nasse

Handtuch hatte sie auf den Bettvorleger geworfen. Schläfrig hob sie die Decke und rückte ein wenig zur Seite. „Komm endlich!"

Sie lud ihn in sein eigenes Bett ein! Er stieg ein und legte sich in geziemendem Abstand neben sie. Die Müdigkeit überfiel ihn mit Wucht. Schon fast weggetreten spürte er, wie sich eine kleine Hand vortastete und nach seiner Hand griff.

„Halt mich", flüsterte sie „damit ich nicht runterfalle. Es dreht sich noch immer alles." Robin drückte ihre Hand fest. „Mach ich", antwortete er und überließ sich den wohligen Armen des Schlafes.

Als Robin wieder erwachte, war es immer noch oder schon wieder dunkel. Er hatte jegliches Zeitgefühl verloren. Es regnete. Er hörte, wie die Regentropfen an die Fensterscheiben prasselten. Noch immer benommen drehte er sich um und stieß auf eine friedlich atmende kleine Gestalt. Er tastete nach dem Lichtschalter seiner Nachtischlampe. Neben ihm lag ein Mädchen, eine junge Frau, eine sehr junge Frau. Allmählich erreichten sein Gehirn ein paar Informationen, Bruchstücke des vergangenen oder vorvergangenen Tages, an dem diese Person seinen Weg immer wieder gekreuzt hatte. Jetzt drehte sie sich verschlafen um.

„Oh, hallo", murmelte sie und legte die rechte Hand an sein unrasierte Wange. Unendlich sanft strich sie darüber. Er hörte die Bartstoppeln flüstern. Wie von selbst erwiderten seine Hände die Liebkosung, strichen ihr die Locken aus dem Gesicht. Robin griff nach dem Lichtschalter.

„Lass es an", wisperte sie. „Ich will dich sehen." Robin wagte kaum zu atmen. Er hatte das Gefühl, sich in einem Film wiederzufinden, der in Zeitlupe ablief. Die Hände, seine und ihre erkundeten gegenseitig unbekannte Körper, wieder und wieder.

Ihre Münder fanden sich zu einem nicht enden wollenden Kuss. Lang unterdrücktes Begehren brach sich mit sanfter Gewalt Bahn. Er überließ sich willig den Wellen der Wollust, die seinen Körper durchströmten.

„Liebling", flüsterte er. Sie lächelte. Ihre dunklen Augen blickten ihn unverwandt an. Robin staunte über sich selbst. Noch nie in seinem ganzen Leben hatte er dieses altmodische, abgenutzte Kosewort ausgesprochen, ja nicht einmal gedacht. Ihre Körper bewegten sich im Gleichklang, ohne Hast, ohne Hetze. Es war so gewiss, dass am Ende die Erlösung dieser süßen Qual winkte.

„Du bist so süß", murmelte er. Sie legte ihm die Finger auf die Lippen. Eng umschlungen sanken sie erneut in tiefen Schlummer.

Als Robin das nächste Mal erwachte, fühlte er sich immer noch orientierungslos, aber die Kopfschmerzen waren verschwunden. Verschlafen tastete er nach dem Platz neben sich, seine Hand griff ins Leere. Im Nu saß er kerzengerade im Bett. Hatte er diese beglückende nächtliche Begegnung nur geträumt?

Verstört erhob er sich und tappte durch die leere Wohnung. Er sah im Wohnzimmer nach, klopfte an die Tür des stummen Bads. Wo war sie nur? Er stolperte in die Küche. Da, auf dem Küchentisch entdeckte er einen Zettel, beschwert mit dem leeren Glas, in dem er das Aspirin aufgelöst hatte. Mühsam entzifferte er die wenigen Worte:

„Such mich. Finde mich! I." Die Schrift war winzig, die i-Punkte als säuberliche Kringel gemalt. Robin drehte den Zettel mit der rätselhaften Botschaft um. Sie war auf die Rückseite eines Abholscheins einer Reinigung gekritzelt. I, wofür stand dieses I? Robin durchforschte sein Hirn nach Mädchennamen, die mit I begannen. Irene, Inge, Iris, Irmhild… War einer dieser Namen irgendwann gefallen? Benommen ließ er sich am Küchentisch nieder. Wie und wo um alles in der Welt sollte er sie finden? Er kannte ja nicht mal ihren Vornamen, geschweige denn ihren Nachnamen. Er Idiot hatte sie kein einziges Mal nach ihrem Namen gefragt.

Robin stöhnte. Was hatte sie erzählt? Sie hatte doch unentwegt geredet. Von ihrer Arbeit, ihren verschiedenen Tätigkeiten. War nicht von einem Job als Übersetzerin die Rede gewesen. Hatte sie nicht lachend verkündet, dass sie Gebrauchsanweisungen von Geräten und anderem technischen Kram in lesbares und verständliches Deutsch übersetzte? Natürlich nichts Belletristisches, was sie anstrebte, aber da fehlten ihr die ‚Connections‘.

Als Scriptgirl bei einem TV-Film hatte sie mitgewirkt und dass es ein total bescheuerter Job gewesen sei, ohne erhoffte kreative Mitwirkung. Ein reiner Befehlsempfänger-Job sei das gewesen. Er erinnerte sich, wie sie sich besonders über letzteres echauffiert hatte. „Schreiben, Robin, das ist mein Metier!"

Sie arbeitete als Journalistin, das fiel ihm jetzt wieder ein. Aber wo? Bei wem? Die Berichte über die Jubiläen Hochbetagter, in welchem Blatt wurden sie veröffentlicht? Robin fahndete nach seinem Smartphone. Seine Finger zitterten vor Ungeduld, als sie seine Fragen eintippten. Nach wenigen Klicks bekam er die gewünschte Information. Sie schrieb für den örtlichen Tagesanzeiger.

Sollte er dort anrufen? Besser, er fuhr persönlich vorbei. Hastig absolvierte er das Zähneputzen und stieg in die Klamotten, die noch vom vergangenen Tag über dem Badewannenrand hingen. Es war das Hemd mit dem Kaffeefleck. Darunter lag der himmelblaue Schal. Nach kurzem Zögern schlang er ihn um den Hals und stürmte aus der Wohnung.

Es regnete in Strömen. Das schöne Frühlingswetter war einem trüben Tag mit niedrig hängenden Wolken gewichen. Robin schauerte zusammen. Wo war sein Fahrrad? Wo hatte er es nach der Odyssee des gestrigen oder vorgestrigen Tages deponiert? Er bekam keine Antwort, sah den Bus, der zur Stadtmitte fuhr, um die Ecke kommen und sprintete in langen Sätzen hinterher. Der Buschauffeur hatte wohl einen guten Tag. Er wartete, bis Robin in den Bus stürzte und sich aufatmend auf dem nächsten freien Platz niederließ. Robin tastete in den Taschen seiner Jacke und Jeans nach Bargeld. Verflucht, er hatte sein Portemonnaie vergessen! Er stieß nur auf eine Zweifranken-Münze. Stolpernd, sich immer wieder an die Haltegriffe klammernd, arbeitete sich Robin vor bis zum Chauffeur. „Ich habe nur zwei Franken, ich muss aber dringend in die Stadtmitte. Es ist wirklich dringend!" Beinahe hätte er hinzugefügt „Es geht um Leben oder Tod!" Ließ das aber doch bleiben. Der Busfahrer hatte wirklich einen guten Tag. Er bedeutete Robin, dass er sitzenbleiben könne. Im Zentrum stieg Robin aus und winkte dem Busfahrer dankend zu.

Die Redaktionsräume der Zeitung waren nicht weit von Robins derzeitigem Arbeitsort untergebracht. Eigentlich hätte er da heute wieder erscheinen müssen. Robin verdrängte sein schlechtes Gewissen und wandte sich nach links. Die Empfangsloge gleich hinterm Eingang war nicht besetzt. Er öffnete auf gut Glück die nächste Tür, trat in einen Raum, der von einer Unzahl von Leuchtröhren an der Decke erhellt wurde. Der Raum war in mehrere Kabinen unterteilt, eine Art Großraumbüro. Fast alle Schreibtische waren besetzt. Mitarbeiter in lässiger Kleidung beugten sich über ihre Bildschirme oder hämmerten in die Tasten. Robin hörte Stimmengewirr, Telefonklingeln…

Ein wohlgenährter Mann in den Fünfzigern erspähte Robin, erhob sich von seinem Drehstuhl.

„Wen suchst du? Eintritt ist hier nicht gestattet. Wir haben gleich Deadline." Und als Robin einfach stehenblieb, fügte er seufzend hinzu: "Freelancer oder fest?" Robins Herz tat einen leichten Satz. Er wurde einfach geduzt. Das war wohl der offizielle Umgangston. Hier war er bestimmt richtig.

„Sie ist klein, hat dunkle Augen und honigfarbene Haare wie ein Rauschgoldengel und sie redet sehr viel."

„Oh", über das Gesicht des Mannes huschte ein verständnisvolles Lächeln. „Du suchst unser Meisje. Er wandte sich um und übertönte das Stimmengewirr: „Meisje, du hast Besuch!"

Sie kam aus einer der hinteren Kojen. Auf ihrer Nase balancierte eine John-Lennon-Brille. Mit zögernden Schrittchen kam sie näher. Sie war wunderschön! Er starrte sie an wie eine Fata Morgana.

Jetzt erkannte sie ihn. „Ritter Robin!" rief sie überrascht und stürzte auf ihn zu. Er fing sie auf und drehte sich ein paarmal mit ihr im Kreis. Ihre Brille flog in hohem Bogen auf den Boden. „Mach das nie wieder!" murmelte er in ihr Locken. „Einfach so abzuhauen! Nie wieder, hörst du!"

„Euch hat's aber mächtig erwischt!" brummte der ältere Mann und bückte sich erstaunlich behände nach der Brille, die den Sturz heil überstanden hatte. Er nahm die Zigarette, die hinter seinem Ohr klemmte und zündete sie an. Das Rauchverbot schien ihn nicht zu kümmern.

„Darf ich früher gehen, Matti?", wandte sich das ‚Meisje' an den Dicken, nachdem Robin sie wieder losgelassen hatte. „Ich bin praktisch fertig. Nur noch Korrekturlesen. Bitte!"

„Ich mach deinen Artikel fertig. Pack deine Sachen!", brummte der Mann und nahm einen tiefen Zigarettenzug.

„Danke! Danke!" Sie fiel ihrem Kollegen um den Hals und drückte ihm einen dicken Schmatz auf jede Backe. Dann verschwand sie in ihrer Koje, um ihren Rucksack zu holen.

Der Dicke wandte sich nun Robin zu. Das gutmütige Blinzeln war aus seinem Gesicht verschwunden. Er funkelte Robin an. „Tu ihr nichts!", sagte er drohend. „Tu unserem Meisje nichts, sonst bekommst du es mit mir zu tun!"

Sie kam aus ihrer Koje, versuchte im Gehen in ihre Jacke zu schlüpfen und gleichzeitig den Rucksack aufzusetzen.

„Komm, lass uns gehen." Sie griff nach seiner Hand und winkte dem Dicken zu, der sich wieder auf seinen Drehsessel gehüft hatte.

Robin legte seinen Arm um ihre Schultern. „Es regnet"; sagte er verlegen. Und dann mutig. „Zu dir oder zu mir? Ach, wie heißt du eigentlich?"

Sie lachte hell. „Ich dachte schon, du würdest mich nie fragen. Ines! Ich bin Ines. Zu mir. Ich wohn' hier gleich um die Ecke."

„Und warum nennt dich dein Kollege Meisje? Das klingt wie ‚kleine Meise'. Es passt zu dir."

„Wegen meiner Hippie-Mum, die in Holland lebt. Hab' ich dir doch erzählt. Wie hast du mich so schnell gefunden? Komm, wir sausen schnell. Es ist nicht weit." Sie fasste ihn an der Hand, rannte los und zog ihn mit.

Dedé

Anknüpfend an den „Evergreen „O mein Papa", der in einem der Texte der Kursteilnehmer eine Rolle spielte, lautet die Aufgabe, eine Vatergeschichte zu schreiben. (2018).

Sie nannte ihn Dedé. Das klang irgendwie vornehm. Woher sie diesen Ausdruck hatte, konnte Ines nicht sagen. Vielleicht hatte sie ihn mal im Radio gehört oder in einem Buch gelesen.

Die anderen Kinder sagten ,Papa' zu ihrem Vater oder gar ,Vati'. Letzteres hörte sich ziemlich kindisch an. Renate, die affige Apothekerstochter aus ihrer Klasse, die immer was Besonderes sein wollte, redete von ihrem ,Däddi'. Die hatte einfach keine Ahnung, dass das englisch war oder amerikanisch und eigentlich ,Daddy' geschrieben wurde.

Eines Tages würde Dedé sie, Ines, adoptieren. Ganz bestimmt! Er würde sie mit dem Auto abholen und mit ihr zu der Villa fahren, wo er wohnte. Sie bekäme ein eigenes Bett, müsste es nicht mit der kleinen Schwester Gerdis teilen. Vielleicht sogar ein eigenes Zimmer. Obwohl, so ganz allein in einem Raum zu schlafen, das wäre vielleicht doch ein bisschen zum Fürchten. Aber Dedé würde die Türe offenlassen und im Flur würde immer Licht brennen, die ganze Nacht. Und wenn sie böse Träume hätte, wäre er im Nu zur Stelle.

Das mit der Adoption hatte irgendwie noch Haken. Die musste Ines noch lösen. Es müsste einen triftigen Grund für die Adoption geben. Vielleicht könnte sie ihm vors Auto laufen, versehentlich natürlich, und dabei angefahren werden. Nur ein bisschen. Also kein schlimmer Unfall. Und weil Dedé Arzt war – auf jeden Fall war er das! – würde er sie im Krankenhaus behandeln. Zum Beispiel einen Gipsverband machen. Ja, ein gebrochenes

Bein wäre vielleicht die Lösung. Robert, der Nachbarsjunge, der sich beim Äpfelpflücken ein Bein gebrochen hatte, sagte, dass das gar nicht so schlimm wehtue. Er war von der Leiter gefallen und dabei war es passiert. Ines hatte anderntags im Obstgarten von Roberts Eltern nachgesehen, ob Blut unter dem Apfelbaum zu erkennen war. Was nicht der Fall war. Sie hatte die Vorstellung, dass Roberts Bein wie ein Ast gebrochen sei. Robert erklärte, dass das Bein nur inwendig gebrochen war, also nur der Knochen. Er war mächtig stolz auf sein Gipsbein. Alle Kinder in der Klasse durften ihren Namen drauf schreiben. Ines auch. Hans hatte sogar das unanständige F-Wort hingekritzelt, das musste Robert aber übermalen.

Wenn Dedé ihr im Krankenhaus den Gipsverband anlegte, dann würde er bei der Gelegenheit auch ihre schreckliche Nase richten. Ines müsste dann nicht mehr abends beim Einschlafen die Nase runterdrücken und versuchen, die ganze Nacht so gedrückt zu halten, damit sie nicht mehr so eine Himmelfahrtsnase hätte wie jetzt. Wenn sie morgens aufwachte, war die Nase kein bisschen verändert. Mama behauptete zwar, es sei eine niedliche Stupsnase. Aber der Hans zog sie immer wieder mit ihrer Nase auf. Er drückte seine Nase mit dem Zeigefinger nach oben und rief „Ines Himmelfahrtsnas! Ines Himmelfahrtsnas!" Er war der frechste Junge in der Klasse und Ines versuchte, ihm möglichst aus dem Weg zu gehen.

Dedé würde ihr natürlich auch jede Menge Geschenke machen. Schöne Kleider zum Anziehen. Zum Beispiel eine Steghose wie Renate sie hatte. Und dazu einen Anorak. Als es letzten Winter so kalt war, mussten Ines und ihre Schwestern Trainingshosen unter ihren Röcken tragen. Das sah unmöglich aus. Verboten, so hatte sich die Renate ausgedrückt. Damit hatte sie ausnahmsweise mal Recht. Genau wie die Anziehsachen aus den Care-Paketen aus Amerika. Die waren auch total unmöglich. Manchmal spielten Ines, Lisa und Gerdis ‚Verschamorieren' mit diesen komischen Gewändern. Das war ihr Geheimwort für Verkleiden und Theaterspielen.

Dedé würde ihr auch Puppen schenken, dazu einen Puppenwagen mit klappbarem Verdeck und ein Regal voll Bücher. Vielleicht sogar alle 10 Elke-Bände, mit denen die blöde Renate immer so angab. Ines besaß nur Band 2 „Elkes Sommer im Sonnenhof.“ Immerhin durfte sie die anderen Bände lesen. Renate wollte sie natürlich zurückhaben.

Dedé würde sie ‚Prinzesschen‘ nennen, obwohl sie natürlich keine echte Prinzessin war. Und er würde ihr ein Fahrrad schenken, ein Kinderfahrrad, so wie das ‚Schimmelchen‘ vom Dorf eines hatte. Mama sagte immer, man solle nicht ‚Schimmelchen‘ sagen, das sei ein Schimpfwort, sondern sie beim richtigen Namen ‚Trinchen‘ nennen. Aber alle Kinder nannten sie ‚Schimmelchen‘, weil sie ganz helle, fast weiße Haare hatte. Ganz selten ließ das ‚Schimmelchen‘ Ines und ihre Schwestern mal ein paar Runden mit dem Rad drehen. Dafür musste man ihr aber stundenlang beim Zeitungsaustragen helfen.

Das ‚Schimmelchen‘ hatte mal behauptet, dass das Milchpulver in den Care-Paketen aus Amerika eigentlich Asche von toten Menschen sei. Seitdem rührte Ines kein Essen mehr an, das mit Milchpulver angemacht war. Vorher hatte sie in der Klasse mit dem Milchpulver ein bisschen angegeben. Milch aus Pulver und Wasser, das war toll!

Zunächst müssten die Probleme mit der Adoption gelöst werden. Vielleicht stellte sich ja raus, dass Dedé in Wirklichkeit ihr richtiger Vater war. Vielleicht war sie bei der Geburt vertauscht worden. So etwas kam vor. Als sie mal bei Mama vorsichtig nachgefragt hatte, hatte sie lachend gesagt: „Ines-Schätzchen, du bist auf Papas Missionsstation in Ost-Afrika geboren. Da gab es keine anderen Neugeborenen. Du kannst ganz beruhigt sein, du bist nicht verwechselt, du bist unser Kind.“

Das mit der Geburt in Ostafrika war sowieso ein Dilemma. Als das neue Schuljahr anfing und Ines in die zweite Klasse kam, mussten alle Kinder ihren Namen sagen und auch, wo sie geboren sind. „Nkoaranga", sagte Ines. Die ganze Klasse lachte. Ines musste den Namen wiederholen und da Fräulein Grundmann den Namen immer noch nicht richtig verstanden hatte, musste Ines nach vorne gehen und ihn an die Tafel schreiben. „Nkoaranga". Wo das denn sei, wollte die Lehrerin wissen. Zum Glück wusste Ines, dass das in Ost-Afrika war, weil Papa dort auf einer Missionsstation gearbeitet hatte. „Bei den Hottentotten", hatte Hans gefeixt und gegrinst. „Ines Himmelfahrtsnas' von den Hottentotten! Warum bist du nicht schwarz wie ein Neger!" Fräulein Grundmann hatte dann mit dem Hans geschimpft. Aber das machte dem nichts aus.

Vielleicht irrte sich Mama ja und Ines war später geboren, als die Familie wieder in Deutschland war. Es war ja Krieg damals und da konnte so eine Verwechslung passieren. Aber Mama behauptete steif und fest, dass sie und die drei älteren Geschwister alle in Afrika geboren seien. Ines sei eine Woche, bevor der Krieg ausbrach, auf die Welt gekommen. Onkel Otto, der Patenonkel von Ines, habe Mama eine Schale mit Seerosen vom Duluti-See ans Wöchnerinnenbett gebracht.

„Was ist eine Wöchnerin?" hatte Ines wissen wollen. „Eine Frau, die ein Kind geboren hat." Papa, Onkel Otto und auch Onkel Paul, alle deutschen Männer seien dann interniert worden. Wieder so ein unbekanntes Wort. Aber deshalb sei Papa bei Ines' Taufe gar nicht dabei gewesen. Er habe eigentlich gewollt, dass sie ‚Iris' heißen sollte. Dieser Name gefiel Ines auch besser, aber es gab schon eine Iris in der Klasse. So gesehen war ‚Ines' doch besser. Dedé würde sowieso „Prinzessin" sagen…

„Träum nicht, Ines!" hörte sie die Mutter plötzlich rufen. „Hast du deine Hausaufgaben schon gemacht? Deck den Tisch, wir wollen essen."

Ines schreckte aus ihren Tagträumereien auf. Sie nahm wahr, wie sich die beiden 'Kleinen' lauthals stritten, Lisa schmuste mit ihrer Katze. Die beiden ‚Großen' waren nicht zu sehen. Die Mutter wirtschaftete am Herd und der Vater saß wie immer auf seinem Platz, umwickelte seinen Beinstumpf mit einer Binde und zog sich mit schmerzverzerrtem Gesicht das fürchterliche Monstrum von Prothese an. Eine Sturzflut von Schuldgefühlen, Scham und Mitleid überfiel Ines. Sie sprang auf.

„Soll ich dir deinen Stiefel bringen, Papa?"

Kniestrümpfe

Schreibe einen Frühlingstext, der in die Kindheit zurückführt. Wähle einen Schluss, der den Anfang der Geschichte wieder aufgreift. (2018).

Am 7. März des Nachkriegsjahres 1948 schien die Sonne vom frühen Morgen bis zum späten Abend von einem wolkenlosen Himmel und bescherte den Menschen einen unvergleichlichen, zauberhaften Vorfrühlingstag.

Es war ein Sonntag. Der kleine Bruder Ulfried feierte seinen fünften Geburtstag. Er und seine Schwestern bestürmten die Mutter, Kniestrümpfe anziehen zu dürfen und bettelten so lange, bis sie nachgab.

Es dauerte eine Weile, bis jedes Kind passende Kniestrümpfe gefunden hatte. Endlich die langen kratzigen Strümpfe los sein, die man so umständlich mit am Leibchen hängenden geschlitzten Gummibändern befestigen musste. Die langen Strümpfe waren zudem ausgeleiert, schlugen hässliche Falten und bedeckten die Oberschenkel nur mangelhaft.

Mit einem ganz neuen Freiheitsgefühl sprangen Ines und ihre Geschwister aus dem Behelfsheim, wo die Familie damals untergebracht war, und versammelten sich mit den Nachbarskindern auf der noch braunen Wiese hinterm Haus zum Ballspiel.

Die Schneeglöckchen in den Vorgärten hatten sich, befreit von der schweren Schneelast, wieder unversehrt aufgerichtet. Im Birnbaum vor Tante Kätchens Haus saß ein Buchfink und schmetterte sein Lied in die Frühlingsluft.

Auch die Kleinsten durften beim Ballspiel mitmachen, sie begriffen aber den Sinn des Spieles nicht, wurden hin und wieder angerempelt, was großes Geplärre auslöste. Zudem sprang Nachbars Terrier Fox immer wieder kläffend dem Ball nach, bis Ulfried ihn versehentlich ankickte und er sich jaulend verzog.

In den benachbarten Schrebergärten werkelten die Erwachsenen. „Kommt mal her, Kinder, ich habe einen Engerling ausgegraben!", rief das Ingemäuschen plötzlich zu den Kindern herüber. Das Ingemäuschen war die Tochter der Nachbarn im Behelfsheim und schon ziemlich alt, mindestens 17 oder 18 Jahre, wurde aber von ihren Eltern stets ‚Ingemäuschen' gerufen. Die Kinder unterbrachen ihr Ballspiel und liefen zum Ingemäuschen. Mit fasziniertem Ekel betrachtete Ines den fetten weißen Wurm, der sich auf der Schaufel krümmte. Er hatte einen brauen Kopf, sechs braune Beine unmittelbar rechts und links an den Kopf anschließend und eine Linie von braunen Punkten längs des Rückens.

„Da wird ein Maikäfer draus", sagte Lisa. Das konnte Ines sich nicht vorstellen. Ein Maikäfer mit glänzenden braunen Flügeln und gebüschelten Fühlern aus diesem dicken Wurm?

„Doch, doch, das stimmt", bestätigte das Ingemäuschen und drohte, dem Engerling mit dem Spaten den Garaus zu machen.

„Nein, nicht!" schrien Ines und Gerdis gleichzeitig. Die Buben beschlossen, den Engerling wieder zu vergraben und die Stelle zu markieren, um die Verwandlung in einen Maikäfer beobachten zu können.

„Aber nicht in meinem Garten!" protestierte das Ingemäuschen. „Das ist ein Schädling. Der frisst mir alle Wurzeln!"

Ulfried und Jochen buddelten schließlich ein Loch in der Wiese an der Stelle, wo eine alte Bahnschwelle als Steg über den Liedelbach führte und begruben ihn dort.

Später an diesem sonnigen Tag beschlossen die Geschwister, Reifen zu schlagen. Ines hatte den Ehrgeiz, ihren Reifen, der aus einem defekten Fahrrad aus dem Schutt der Höhle stammte, durch möglichst unwegsames Gelände bergauf und bergab zu lenken, ohne dass er umfiel. Der Weg führte am Schwimmbad vorbei, wo die Troddeln der Haselnusssträucher in der Sonne flimmerten. Am Brücklein über den Hutschbach stand ein knorriger Kornelkirschbaum mit goldgelben Traubenbüscheln, umsummt von den ersten Bienen. Ulfried und sein Freund Jochen wandten sich nach links Richtung Talhausen. Sie wollten bei den Fischteichen nachschauen, ob die Frösche schon gelaicht hatten. Die Mädchen nahmen den Weg nach rechts, der ins Hymchedoal (Heimchental) führte. Sie ekelten sich vor den schleimigen transparenten Laichschnüren, während die Buben ohne Berührungsängste mit Stöcken darin herumstocherten und sie zu trennen versuchten.

Im Hymchedoal scheuchten die Mädchen ein grasendes Reh auf. In eleganten Sätzen sprang es über die noch niedrigen Bäumchen der Kiefernschonung und verschwand im Wald. Weil sich nun der Weg im Schatten verlor, hielten die Mädchen ihre Reifen an.

„Wir können doch hier mit unseren ‚Glückssteinchen' spielen", schlug Gerdis vor. Sie hatte tatsächlich die Beutelchen, in denen die Mädchen ihre ‚Schätze' aufbewahrten, mitgenommen.

Damals gab es auf dem Land noch keine geregelte Müllabfuhr. Die Bauern kippten ihren Abfall einfach an nicht einsehbaren und unzugänglichen Plätzen in die Landschaft. In solchen Schutthaufen hatten die Mädchen – sehr zum Missfallen der Eltern – nach bunten Glasscherben gesucht und die roten, flaschengrünen, braunen, gelben und transparenten Scherben in fingernagelgroße Stücke geschlagen. Blaue gab es höchst selten, sie stammten von Arzneifläschchen. Die roten waren, wenn sie von Fahrradrücklichtern stammten, sehr begehrt. Sie funkelten in der

Sonne und brachen das Licht vielfach, was ihnen eine unvergleichliche Leuchtkraft verlieh.

An einem sonnigen Plätzchen am Wegrand ließen sich die Mädchen nieder und reihten ihre ‚Glückssteinchen' paarweise auf, immer brav zwei gleichfarbige nebeneinander, so wie sie das in der Volksschule vor dem Unterricht machen mussten. Dann spielten sie ‚Kindergarten' oder ‚Schule'. Mit einem Stöckchen schubsten sie hingebungsvoll ihre Steinchenkinder Zentimeter um Zentimeter vorwärts zum Kindergarten und wieder zurück nach Hause. Manchmal gaben sie den Steinchen sogar Namen.

Als die Sonne am Horizont hinter dem Kainsberg verschwand, nahm sie alle Wärme mit. Den Mädchen fröstelte mit ihren blanken Knien. Sie sammelten ihre Steinchen ein und strebten nach Hause. Die Reifen wurden nun getragen. Von Talhausen stießen Ulfried und Jochen wieder zu ihnen. Sie hatten noch keinen Froschlaich gefunden, aber einen ‚Kranich' beobachtet mit riesigen Flügeln. Ulfried deutete mit seinen mageren Ärmchen eine immense Spannweite an.

„Du spinnst wohl. Hier gibt es keine Kraniche!" Das war der große Bruder Hendrik. Er war ein Vogelnarr und kannte sich mit Vögeln aus. „Ihr habt bestimmt einen Reiher gesehen."

„Und wir haben ein Reh gesehen", trumpfte Ines auf „In echt!" Die Geschwister versuchten, sich in ihren Berichten zu überbieten und fielen hungrig über das kärgliche Abendessen her.

„Ach Kinder, ist doch egal, ob Kranich oder Reiher. Hauptsache, es war ein großer grauer Vogel." Der Mutter gelang es wie meist, den Streit zu schlichten.

„Nicht so laut, Kinder", mahnte der Vater. „Wir wollen zuerst beten". Pflichtschuldig wurden die Hände gefaltet und der Vater leierte das Tischgebet herunter „Kommer Jesus, sei du unser Gast…" Von draußen drang der Gesang einer Amsel in die

Küche, die sich auf dem First des benachbarten Behelfsheims niedergelassen hatte. Ein erfüllter Vorfrühlingstag neigte sich dem Ende zu.

Seit jenem fünften Geburtstag des kleinen Bruders muss sich jeder siebte März mit diesem Tag messen lassen. Nie wieder in den vielen Jahrzehnten, die seitdem vergangen sind, gab es einen so unvergleichlichen Frühlingstag wie damals, als die Kinder zum ersten Mal im Jahr Kniestrümpfe tragen durften.

Festgebrannt in der Netzhaut der Seele

Begebt euch auf Entdeckungsreise und entwickelt einen Text, in dem ein „tierisches" Sprichwort oder Redensart vorkommt. (2018).

In der Frühe eines klaren Maimorgens stapft ein Paar in den Siebzigern bedächtig einen Hügel hinauf und lässt sich ächzend auf einer von einer mächtigen Eiche überschirmten Bank nieder, die einen weiten Ausblick in das Land gewährt.

„Geschafft!" flüstert Paula, hakt sich wieder bei ihrem Gefährten ein und schmiegt sich an ihn.

„Ja, wir sind gerade noch rechtzeitig angekommen", antwortet Philipp und lehnt seinen Stock mit dem silbernen Knauf seitlich an die Bank.

Der magnolienfarbene Morgenhimmel färbt sich langsam rosa und am Horizont erscheint der runde, leuchtende Saum der Morgensonne über der gezackten Linie der Berge, schiebt sich höher und höher und taucht das Land in ein helles Licht. Auf den Grasspitzen funkeln die Tautropfen wie Diamanten. Der Jubelchor der Vögel schwillt an.

„Der Sonnenaufgang ist jedes Mal ein spirituelles Erlebnis", sagt Paula. „Manchmal denke ich, es wäre schön, noch ein wenig länger im warmen Nest liegen zu bleiben. Aber man wird doch jedes Mal belohnt."

Philipp stimmt zu. „Ja, das stimmt. Ich bin eigentlich immer froh, wenn ich am Morgen meine müden Knochen bewegen kann. Du weißt ja: 'Der frühe Vogel fängt den Wurm'."

„Oh ja", lacht Paula. Ihre Stimme ist im Laufe der Jahre tiefer geworden, ihr Lachen klingt aber immer noch silberhell wie in ihrer Jugend. „Das war das erste, was du zu mir gesagt hast, an einem fantastischen Frühlingsmorgen so wie heute. Das werde ich nie vergessen!"

„Und du hast mich ganz empört angefaucht. 'Ich bin kein Wurm!'"

„Ich kannte dieses Sprichwort nicht. Ich dachte, du vergleichst mich mit einem Wurm."

„Und mir hast du damit unterstellt, ein Fänger zu sein, ein Mädchenjäger gewissermaßen. Ich war ziemlich fassungslos über deine heftige Reaktion."

„Ja, du hast geguckt, als hätte ich etwas Unanständiges gesagt. Dir stand die Ungläubigkeit ins Gesicht geschrieben. Weißt du, ich kann in deinem Gesicht lesen wie in einem Buch". Paula beugt sich herüber und fährt liebevoll mit dem Zeigefinger über Philipps zerfurchtes Gesicht.

„Vielleicht wären wir nie zusammengekommen, wenn du beispielsweise gesagt hättest 'Morgenstund hat Gold im Mund'. Dann hätte ich dir zugestimmt und wäre weiter meines Wegs gegangen."

„Nicht auszudenken!" antwortet Philipp aufseufzend. Dann, etwas aufgeregt: "Sieh mal, dort links auf dem untersten Ast, gleich da drüben, ein Rotkehlchen. Es hat einen Wurm im Schnabel. Wie um zu demonstrieren, wie recht das Sprichwort hat."

„Wo? Ja, jetzt sehe ich es auch. Das ist kein Wurm in seinem Schnabel. Das ist ein Ästchen oder Grashalm. Das will wohl sein Nest bauen. Guck mal, wie schön orange seine Brust in der Morgensonne leuchtet. Jetzt ist es weggeflogen. Oh, tut die Sonne gut!" Paula lehnt sich zurück, schließt die Augen und redet weiter: „Aber gefallen hast du mir schon damals, obwohl ich so empört war. Du hast dich wortreich entschuldigt. Weißt du noch? Wir haben uns gesiezt!"

„Ja, ich erinnere mich. Das war damals halt so üblich, sogar auf der Uni. Ich fand dich wunderschön. Das finde ich immer noch. Doch, doch, glaub mir. Du bist so beschwingt durch den Wald gehüpft und dein blauer Rock schwang um deine nackten braunen Beine."

„Und meine Turnschuhe waren ganz nass vom Tau. An den Rock erinnere ich noch gut. Den habe ich geliebt und viele Jahre getragen."

„Und dann hast du mich in ein Gespräch verwickelt oder ich dich. Und so ergab eins das andere und wir wurden ein Paar." Philipp legt seinen Arm um Paulas Schultern.

„Aber so schnell ging das nicht! So wie du das sagst, klingt es, als seien wir sofort miteinander ins Bett gehüpft." Paulas Empörung klingt gespielt.

„In ein Bett aus Laub und Moos." Philipp schmunzelt, was seine Krähenfüße in den Augenwinkeln betont. „Wir haben uns immer nur draußen in der Natur geliebt. In meiner Erinnerung verschwimmt diese erste Begegnung mit den darauffolgenden Tagen und Wochen zu einem einzigen fantastischen Sommermorgen."

„Ja, wir trafen uns ohne uns zu verabreden von da an jeden Morgen in der Frühe. Wir machten lange Spaziergänge und du machtest mich auf Vögel aufmerksam, auf ihren Gesang. Du zeigtest mir Blumen und Kräuter und brachtest mir ihre Namen bei. Wir beobachteten Rehe auf einer Lichtung. Und am dritten oder vierten Morgen, als wir uns an einem Hang von der Morgensonne wärmen ließen, fragtest du, ob ich meine Bluse für dich ausziehen würde." Paula lacht. „Ich fand das richtig süß, wie du so höflich gefragt hast."

„Und ich erinnere mich, wie du die Bluse aus dem Rockbund gezogen hast und ganz langsam Knopf für Knopf geöffnet hast und mich dabei unverwandt angeguckt hast. Und unter der Bluse trugst du nur einen transparenten BH."

„Rosenholzfarben!" wirft Paula ein.

„Ich musste schlucken. Du sagtest 'Den auch. Aber nur angucken. Nicht anfassen!' Und dann fummelte ich ungeschickt am Verschluss herum. Ich kannte mich doch nicht aus in Frauenwäsche."

„Der Verschluss war vorn", kichert Paula.

„Du hast mit einem Griff das Ding geöffnet und es mit einer unvergleichlich anmutigen Gebärde auf den nächsten Busch geworfen, wo es wie eine frivole Trophäe am Ast hin und her schaukelte."

„Und du hast mich sprachlos angestarrt. Dieser andächtige, bewundernde Hunger in deinen Augen. Das werde ich nie vergessen!"

„So etwas Schönes hatte ich noch nie gesehen! Der Anblick hat sich festgebrannt in der Netzhaut meiner Seele."

„Und dann hast du etwas ganz Ungewöhnliches gemacht: du hast dich vorgebeugt und mich auf jede Brustwarze geküsst."

„Du hast mir das Anfassen verboten, nicht das Küssen. Und dann fielen wir uns in die Arme und küssten uns und jedes Verbot wurde obsolet. Es war ein einziges Fest."

Beide seufzen. Philipp fährt fort:

„Du warst so hoffnungslos naiv. Ich glaube, diese Mischung aus Unschuld und weiblicher Raffinesse hat mich unglaublich fasziniert. Ich war dir sofort verfallen."

Philipp und Paula lächeln sich liebevoll an und seufzen wieder tief.

„Und dann, als sich der Sommer verabschiedete, hast du mir das Herz gebrochen! Von einem auf den anderen Tag hast du mir verkündet, dass wir uns nicht mehr sehen könnten, weil du am Wochenende heiraten würdest. Da geriet die Welt für mich aus den Fugen. Ich konnte es nicht fassen. Nie, nicht ein einziges Mal hast du vorher angedeutet, dass du gebunden bist! Ich fühlte mich dermaßen verraten!"

„Ich weiß", murmelt Paula zerknirscht und zupft an einem losen Fädchen am Saum ihrer Strickjacke. „Mein Herz brach auch entzwei. Das musst du mir glauben. Ich habe es einfach nicht fertiggebracht, dir was zu sagen. Ich wollte unser Zusammensein nicht trüben. Ich wollte jede Minute mit dir genießen. Und ich habe bis zuletzt gehofft, dass du die Heirat irgendwie verhindern würdest. *Wenn er mich wirklich liebt, dann schafft er das!* So habe ich gedacht. Selbst noch in der Kirche vor dem Traualtar stellte ich mir vor, wie du im letzten Moment die Kirchentür aufreißt und zum Altar stürmst und mein Ja-Wort verhinderst. Aber du kamst nicht. Ich sagte wie ferngesteuert, wie eine Marionette 'Ja, ich will', und dann war ich verheiratet." Paula seufzt abgrundtief.

Philipp seufzt ebenfalls. „Ich setzte mich ab nach Afrika. Ich wollte so weit weg wie möglich. Ich stürzte mich in die Arbeit. Und die gab es dort auf dem fernen Kontinent in Hülle und Fülle. Ich schuftete bis zur Bewusstlosigkeit und abends sank ich todmüde ins Bett. Ich versuchte, dich zu vergessen, was mir aber ganz und gar nicht gelang. – Ach, lassen wir die Vergangenheit ruhen. Das geht mir heute noch alles viel zu nah!"

Eine Weile schweigen beide. In der Eiche über ihnen singt ein Rotkehlchen sein zögerndes, schluchzendes Lied, wahrscheinlich das Rotkehlchen, das sie zuvor gesehen haben. Paula und Philipp sehen sich an und lächeln. Die Sonne steigt höher und liebkost die Gesichter der beiden, wärmt ihre Glieder. Dann ertönt das Ratschen eines Eichelhähers und das Rotkehlchen fliegt weg.

„Dass wir uns wiedergefunden haben nach so vielen Jahren und an einem völlig anderen Ort, das ist ein Wunder. Da hat der liebe Gott es gut mit uns gemeint", sagt Paula in die entstandenen Stille hinein.

„Ach, den lieben Gott kannst du aus dem Spiel lassen. Es war das Schicksal oder Fügung. Vielleicht auch nur der Zufall. Wer weiß das schon."

„Nein, ich glaube, es war eine höhere Macht!" sagt Paula mit Nachdruck.

„Wie auch immer... Ich traute meinen Augen nicht, als ich dich so völlig unerwartet in R. traf. Ich erkannte dich nicht gleich. Du hattest so raspelkurze Haare und sahst irgendwie knabenhaft aus. Ich dachte, ein Bruder von dir oder ein Sohn stünde vor mir."

„Ich habe dich sofort wiedererkannt, trotz der weißen Haare und den Falten im Gesicht. Du warst noch genauso drahtig wie früher und deine Haare genauso verstrubbelt, obwohl sie jetzt weiß waren."

„Ja, das waren die Spuren der Kummerjahre in Afrika."

„Ich kam gerade vom Friseur. Weißt du, wenn Frauen ihrer Umwelt demonstrieren wollen, dass sich in ihrem Leben radikal etwas geändert hat, dann gehen sie zum Friseur und lassen sich die Haare färben oder schneiden sie ab. Ich war gefangen in einer lieblosen Ehe und hatte mich endlich befreit. Meine Scheidung war gerade einen Tag alt. Der gute Anton. Er war eigentlich gar nicht so unrecht. Aber ich liebte dich, immer noch. Er hat sich übrigens recht schnell getröstet. Ich glaube, er ist inzwischen Großvater." Paula gluckst. "Und dann standst du plötzlich da und hast mich angestarrt wie ein Weltwunder."

„Ja, ich musste zuerst das Bild in meinem Kopf verarbeiten."

„Und dann hast du mich umarmt und nie mehr losgelassen. Wie lange ist das jetzt her? Schon so viele Jahre. Jetzt sitzen wir hier wie Philemon und Baucis auf dieser Bank, sind alt und grau geworden. Nein, du bist schlohweiß." Sie wuschelt ihm liebevoll durch den weißen Schopf.

„Wie wer?"

„Philemon und Baucis, so ein altes Paar aus der griechischen Mythologie. Ich hab's eigentlich nicht so mit der Mythologie. Die meisten Geschichten sind so brutal und grausam. Aber diese Geschichte nicht. Pass auf, ich erzähl sie dir, wenn wir zu unserem zweiten Frühstück gehen."

Beide erheben sich, Philipp greift nach seinem Stock, Paula hakt sich bei ihm ein.

„Die beiden, also Philemon und Baucis, waren ein zufriedenes Ehepaar, das in ärmlichen Verhältnissen lebte. Als die Götter unerkannt bei ihnen aufkreuzten, wurden sie von dem Paar mit ihren bescheidenen Mitteln willkommen geheißen und bewirtet, während die Reichen die Götter davonjagten. Zum Dank verwandelten diese die alte Hütte der beiden in einen Tempel, während die Paläste der Reichen überschwemmt und zerstört wurden. Philemon und Baucis aber wurde ein langes Leben beschert und am Ende ihres Weges wurden sie in Bäume verwandelt, Philemon in eine Eiche, Baucis in eine Birke. Und die Bäume flankierten ihren Tempel, ihre Zweige berührten sich und ihre Blätter flüsterten miteinander. So waren sie vereint bis in alle Ewigkeit."

„Das ist wirklich eine schöne Geschichte. Eine Birke, die passt zu dir."

Viktor und die Frauen

Verfasst eine Kurzgeschichte, ein Gedicht o.ä., bei der/dem eine Redensart/ein Sprichwort aus dem Bereich „Menschliches" am Anfang des Textes steht. (2018).

A sche auf mein Haupt', das hat er wirklich gesagt, im Restaurant, lautstark vor all den anderen Gästen! Und dabei mit beiden Händen Streubewegungen über seinem Kopf gemacht. Es war äußerst peinlich, kann ich dir sagen!"

Kathy sitzt im Schneidersitz auf der Couch und berichtet ihrer Freundin Ella von ihrer letzten Begegnung mit ihrem Freund, jetzt wohl Exfreund Viktor, den sie in flagranti mit der blonden, blöden Chantal erwischt und zur Rede gestellt hatte. Ella steht in der geöffneten Balkontür und nimmt einen tiefen, letzten Zug aus ihrer Zigarette, ehe sie sie im Geranienkasten ausdrückt.

Es ist dunkel geworden. Die Nacht ist hereingebrochen. Über dem Waldessaum, den man von Kathys Wohnung aus sieht, ist der Mond aufgegangen, einzelne Sterne funkeln.

„Wie melodramatisch!", sagt Ella spöttisch, schließt die Tür und lässt sich wieder im Besuchersessel nieder.

„'Asche auf mein Haupt', dass ich nicht lache! So ein Schauspieler!" Ella bricht in lautes Gelächter aus und Kathy stimmt nach kurzem Zögern ein. Beide Frauen lachen, aber Kathys Lachen klingt ein wenig hysterisch und schlägt unvermittelt in Schluchzen um. Ella steht auf, setzt sich neben Kathy und zieht die Freundin tröstend an sich.

„Aber er sah dabei so zerknirscht aus, so reumütig", schnieft Kathy. „Du hättest seinen Blick sehen müssen! Der hatte so etwas Flehentliches."

„Mein Gott, Kathy. Das ist doch reinstes Theater! Viktor benimmt sich selbst im normalen Alltag immer so theatralisch, als stünde er auf einer Bühne. Ich finde es gut, dass du ihm den Laufpass gegeben hast." Ella hat den Arm um die zierliche Kathy gelegt und streicht ihr die dunklen Locken aus dem Gesicht. Dann kramt sie in ihrer Umhängetasche nach einem Tempotaschentuch und reicht es Kathy. Deren Schluchzen verebbt allmählich. Sie tupft sich die letzten Tränen ab.

„Er hatte mir hoch und heilig geschworen, dass er mit Chantal Schluss gemacht hat", stößt sie anklagend aus. „Er liebe nur mich, hat er immer wieder versichert. Das mit Chantal sei ein einmaliger Ausrutscher. Mehr so ein Versehen. Das sei einfach so passiert. Und dann sehe ich diesen Schuft doch tatsächlich Arm in Arm mit dieser…, dieser…", Kathy sucht verstört nach einer besonders kränkenden Bezeichnung für ihre Rivalin, aber es fallen ihr nur Schimpfwörter aus dem Tierreich ein „… dieser unbedarften Ziege, diesem dummen Huhn …"

„Schnepfe", bietet Ella an.

„Mit dieser dummen Schnepfe. Ja, die Chantal hat so etwas Schnepfenhaftes. Ach, ich weiß auch nicht, warum ich immer an die falschen Männer gerate!"

„Na ja, das liegt vielleicht auch ein bisschen an deinem Verhalten", wendet Ella behutsam ein. Ella ist Kriminalkommissarin und pflegt – vermutlich berufsbedingt – einen eher ruppigen Umgangston mit ihren Mitmenschen. Ihrer Freundin gegenüber versucht sie aber, ihre Worte abzuwägen. „Du strahlst so etwas Schutzbedürftiges aus, so etwas Hilfloses", fährt sie fort. „Du machst dich irgendwie so klein…"

„Ich **bin** klein!" wirft Kathy trotzig ein.

„Du weißt, dass ich nicht deine körperliche Größe meine. Du sendest – sicher unbewusst – Signale an die Männer aus, die an deren ritterliches Verhalten appellieren. Du weckst ihre Beschützerinstinkte und die kippen dann ins Machohafte. Jeder Mann fühlt sich groß und stark, wenn er so ein kleines hilfloses Frauchen beschützen kann. Das stärkt ihr Selbstbewusstsein. Zeig ihnen mal die kalte Schulter. Das ist eine Sprache, die sie verstehen. Sei mir nicht böse, wenn ich das so offen sage: du klammerst, Schätzchen. Kein Mann wünscht sich eine Klette! Nun komm, lass den Kopf nicht hängen. Vergiss ihn. Andere Mütter haben …"

„auch schöne Söhne! Das predigst du mir immer wieder." Kathy zupft an dem Tempotaschentuch in ihren Händen. „Aber Viktor ist …" sie verstummt seufzend. Ella nimmt den letzten Schluck Tee aus ihrer Tasse.

„Sag mal, hast du nicht etwas Stärkeres zu bieten als diesen Kräutertee? Der hat für mich so etwas Arzneimäßiges. Da komme ich mir immer wie krank vor. Mir steht jetzt der Sinn nach einem Glas Bier oder Wein."

„Im Kühlschrank", murmelt Kathy dumpf. „Bedien‘ dich. Aber du musst allein trinken. Ich habe nicht die Absicht, meinen Kummer in Alkohol zu ersäufen. Davon krieg ich nur einen Kater und dann geht es mir noch viel schlechter. Ich vertrag halt nicht so viel wie du."

Kathy hockt wieder im Schneidersitz auf der Couch. Das Tempotaschentuch hat sie in viele kleine Fetzchen gerupft, die wie havarierte weiße Falter um sie herum liegen und fliegen.

„Männer!‘ stößt sie heftig aus. „Man sollte sie allesamt kastrieren!"

Ella kehrt mit einem Glas Weißwein aus der Küche zurück und nimmt einen großen Schluck.

"Red‘ nicht so, Schätzchen" sagt sie, zündet sich wieder eine Zigarette an und öffnet die Balkontüre.

„Das wäre dann doch ein bisschen zu drastisch", fährt sie fort. Sie inhaliert tief und bläst den Rauch nach draußen „Man kann doch durchaus sein Vergnügen haben mit den Männern. Ich für mein Teil möchte nicht auf sie verzichten."

In diesem Moment ertönt die Wohnungstürklingel. Kathy springt wie elektrisiert auf und eilt zur Sprechanlage im Flur. Die Tempofetzchen segeln zu Boden.

„Ja, hallo, wer ist da? Viktor?" Und schon drückt sie auf den Türöffner.

Ella verdreht die Augen. „Du bist unbelehrbar! Manchmal habe ich das Gefühl, ich rede in den Wind. Zum einen Ohr rein, zum anderen raus."

„Zu spät", murmelt Kathy. Hoffnung, Verzweiflung und Wut spiegeln sich abwechselnd in ihrer Miene.

„Da bin ich!" Mit raumgreifenden Schritten betritt Viktor das Wohnzimmer, lässt einen großen Rucksack und eine Reisetasche achtlos auf den Boden fallen und zieht Kathy an sich.

„Oh, du hast Besuch, mein Kätzchen!" Erst jetzt gewahrt er Ella, die ihn mit frostiger Miene begrüßt.

„Da schau her, die Kommissarin! Mal nicht auf Verbrecherjagd." Unbefangen erwidert Viktor Ellas Gruss.

Kathy stellt ein Weinglas auf den Couchtisch und verschwindet in der Küche, um den Wein für Viktor zu holen.

„Ich denke, ihr habt Schluss gemacht. Und jetzt stehst du da mit Sack und Pack! Willst du dich etwa hier einquartieren?" Ellas Stimme klingt kühl wie ein verregneter Frühlingstag.

„Also das geht dich wohl gar nichts an. Das muss ganz allein Kathy entscheiden." Und schon liefern sich Ella und Viktor ein heftiges Wortscharmützel. Sie werfen sich gegenseitig Grobheiten an den Kopf. Die Sätze fliegen wie Pingpongbälle hin und her. Viktor hat sich neben Kathy auf die Couch gesetzt. Er streckt seine langen Beine von sich. Den rechten Arm hat er besitzergreifend um Kathys Schultern gelegt, in der linken hält er das Glas Wein.

„Du kannst in solchen Dingen, also in Liebesdingen, gar nicht mitreden", sagt Viktor mit Nachdruck. „Du bist doch tagaus, tagein damit beschäftigt, Verbrecher hinter Schloss und Riegel zu bringen!"

Ella hat sich die dritte Zigarette angezündet.

„Ich komme durchaus auf meine Kosten", kontert sie kühl. „Das lass mal meine Sorge sein."

Kathy hat sich aus Viktors Umarmung gelöst und verfolgt den Disput der beiden mit großen Augen.

„Ihr redet über mich und meine Gefühle, als wäre ich gar nicht anwesend!" wirft sie plötzlich mit Nachdruck ein. „Ich will, dass ihr geht, beide. Auf der Stelle. Ich will jetzt einfach allein sein!" Ihre Stimme klingt unerwartet heftig.

„Aber Kätzchen, ich habe doch Schluss gemacht mit Chantal. Das hatte ich dir doch versprochen. Ich…" Viktors Miene verrät Bestürzung und Ungläubigkeit. Ella dagegen erfasst die Situation intuitiv.

„Kathy hat Recht. Zeig deine Krallen. So gefällst du mir besser. Du musst den Widrigkeiten des Lebens die Stirn bieten." Und zu Viktor gewandt: „Ich kann dich mitnehmen in die Stadt. Ich weiß ein günstiges Hotel ganz in der Nähe meiner Wohnung."

Viktor sträubt sich.

„Aber Kathy, mein Kätzchen, ich …"

„Immer nur ich, ich , ich! Versuch doch ein einziges Mal, dich in meine Lage zu versetzen!", faucht Kathy. Sie ist aufgestanden, zur Wohnungstür marschiert und öffnet diese auffordernd. Ella umarmt ihre Freundin.

„Gut gemacht!", sagt sie.

Viktor angelt sich widerstrebend sein Gepäck.

„Ich ruf dich an. Ich meld' mich bei dir, ich …".

Kathy rührt sich nicht von der Stelle. Mit unglücklicher Miene folgt Viktor der Kommissarin, die schon die halbe Treppe hinunter geeilt ist.

Auf der Fahrt in die Stadt schweigen beide, so als ob sie sich genügend Grobheiten an den Kopf geworfen hätten.

„Mir steht der Sinn nach einem Absacker", meint Ella, als sie in der Straße angekommen sind, wo sie wohnt. Sie schaltet den Motor aus und sieht Viktor fragend an.

„Dagegen ist nichts einzuwenden", antwortet dieser überrascht.

„Du kannst auch bei mir pennen", fügt Ella hinzu. „Ich habe ein Gästezimmer."

„Echt? Das wäre ja toll! Ich bin im Moment nämlich ein bisschen klamm." Viktor holt sein Gepäck aus dem Kofferraum und trabt hinter Ella her ins Haus.

„Schön hast du es hier. Eine tolle Wohnung!" Er hat sein Gepäck im Flur deponiert und sieht sich anerkennend um.

„Warum sollte eine Kriminalkommissarin es nicht schön haben", brummt Ella und reicht Viktor ein recht voll eingeschenktes Glas Whisky.

„Zum Wohl" sagen beide gleichzeitig und prosten sich zu.

Viktor nimmt einen großen Schluck.

„Ich…" setzt er zögernd an.

„Halt doch einfach mal deine Klappe!" Ella kramt ihre Zigarettenschachtel aus ihrer Umhängetasche, fischt sich eine Zigarette und schubst die Schachtel in Richtung Viktor.

„Bedien' dich!". Das lässt sich Viktor nicht zweimal sagen. Eine Weile sitzen sie friedlich schweigend und rauchend beieinander. Ella hat ihre Gläser nachgefüllt. Verstohlen mustert sie ihren Gast. Ein durchaus erfreulicher Anblick, findet sie. Zwar ein Taugenichts und Tunichtgut, aber ein verdammt attraktiver. Das muss man Kathy lassen, ihre Männer sehen überdurchschnittlich gut aus. Viktor hat seine langen Haare zu einem Pferdeschwanz im Nacken zusammengebunden, was bei ihm aber nicht so affektiert aussieht wie bei vielen Männern, die ihre oft spärlichen Haare neuerdings zu einem albernen Dutt zwirbeln. Sein Haaransatz ist dicht, die ersten grauen Haare sind zu erkennen. Er hat ein gut geschnittenes Gesicht. Der Dreitagebart wirkt bei ihm nicht ungepflegt, sondern einfach lässig.

Ella drückt ihre Zigarette aus.

„Wie wär's mit einem Quicky?" fragt sie. Ihre Blicke zielen direkt auf seinen Hosenladen.

„Und Kathy?" fragt Viktor verblüfft. „Sie ist doch deine Freundin…" Sein Einwand klingt halbherzig. In seinen Augen schimmert unverhülltes Begehren auf.

„Sie hat dich in die Wüste geschickt, schon vergessen?" Ella ist aufgestanden und zieht Viktor vom Sessel hoch.

„Ich habe ein superbequemes Bett", fährt sie fort. „Wir müssen uns nicht hier wie pubertierende Teenager abmühen."

Widerspruchslos folgt Viktor dieser unverblümten Einladung. Und während der Mond unbeirrt seine Bahn am Himmel durch das funkelnde Geschwader der Sterne zieht, während Kathy sich die Augen aus dem Kopf geheult und schließlich Zuflucht bei einer Schlaftablette gesucht hat und während die taffe

Chantal am anderen Ende der Stadt ihre Wut in Alkohol ertränkt, geben sich Ella und Viktor leidenschaftlich einem ganz unverhofften Schäferstündchen hin.

Als der Mond am Horizont verschwunden ist und der Morgen graut, erwacht Viktor neben der friedlich atmenden, ja man kann fast sagen schnarchenden Ella. Er braucht einen Moment, um sich zu orientieren. Behutsam steht er vom zerwühlten Lager auf und steigt in seine Klamotten.

Ach die Frauen! geht es ihm durch den Kopf. *Wer hätte denn gedacht, dass die barsche Kriminalkommissarin so eine heiße Braut ist! Frauen sind doch wunderbare Wesen!* Ihr widersprüchliches Verhalten ist Viktor ein ewiges Rätsel. Sie sind alle so unterschiedlich. Es gibt sie wie die Blumen in allen Farben und Formen und Düften … Und doch ist eine jede einzigartig und unverwechselbar. Sei es Ella mit ihren üppigen weiblichen Formen, sei es das kapriziöse anschmiegsame Kätzchen Kathy oder die blonde blauäugige Chantal. Und hatte nicht die Bedienung in dem Café, in dem er sich mit Kathy getroffen hatte, die mit dem provozierend engen schwarzen Rock über dem wohlgeformten Hinterteil, hatte die nicht sein Zwinkern erwidert?

Ach, die Frauen! Viktor seufzt tief. Nach kurzem Zögern steckt er sich Ellas noch fast volle Zigarettenschachtel ein, schnappt sich sein Gepäck und springt lautlos pfeifend die Treppen hinunter.

Frauen! Wer hatte denn da wen verführt? Aber es könnte künftig doch ein bisschen eng werden, Kathy, Ella und Chantal unter einen Hut zu bringen. Vielleicht sollte er sich vorübergehend aus der Schusslinie ziehen und wieder im Hotel Mama einquartieren, bis die Fronten hier geklärt wären.

Behutsam zieht Viktor die Haustüre ins Schloss und macht sich auf den Weg zum Bahnhof.

„Im Spiegel der Bäche finde ich mein Bild nicht mehr…"

Verfasst eine Kurzgeschichte, ein Gedicht o.ä., bei der eine Redensart/ein Sprichwort aus dem Bereich „Genuss" am Ende des Textes steht. (2018).

S age mir, was du isst und ich sage dir, wer du bist." Die sonore Stimme des Mannes am Nebentisch dröhnt bis zu Ines herüber, die sich in einem vornehmen Lokal mit ihrer Freundin verabredet hat. Der Vorschlag, sich hier in diesem angesagten Gourmettempel zu treffen, kam von Hilde. Sie verspätet sich wie üblich.

Ines sieht auf ihre Uhr, nippt an ihrem Sprudel und mustert dann das Paar am Nebentisch. Der Mann mit der lauten Stimme ist eine imposante stattliche Erscheinung, eingezwängt in feinsten Zwirn, der sein Übergewicht kaum kaschiert. „Sage mir, **wie** du isst und ich sage dir, wer du bist." Er wiederholt das Zitat leicht abgewandelt und demonstriert seiner wesentlich jüngeren Begleiterin, wie man stilvoll Austern öffnet und verzehrt. Auf dem Ringfinger seiner gepflegten rechten Hand thront ein protziger Siegelring. Immerhin hebt er beim Trinken das Glas Weißwein nicht mit affektiert weggespreiztem kleinem Finger!

Die junge Frau mag im Alter seiner Tochter sein, eine unbedarft wirkende Person mit übertriebenem Make-up, die mit schmachtenden Blicken den Belehrungen lauscht. Ines kann diesen Anblick kaum ertragen. Das naive Anhimmeln nervt sie fast noch mehr als der selbstgefällige Ton des Mannes. Das erneut vorgetragene Zitat weckt allerdings eine längst begrabene Erinnerung.

Benjamin taucht vor ihren Augen auf und gesellt sich als ungebetener Gast an ihren Tisch. Er sieht aus wie damals, als sie ihn kennenlernte, vor vielen, vielen Jahren. Grüne Augen beherrschen ein kindlich weiches Gesicht, das von dunklen Haaren in Beatles-Frisur umrahmt ist.

Während am Nebentisch nun eine Schildkrötensuppe serviert wird und der ältere Herr lautstark verkündet, dass diese Delikatesse ihren zweifelhaften Ruf verloren habe und wieder en vogue sei, und Hilde immer noch nicht erscheint, lässt Ines die Begegnung mit Benjamin Revue passieren.

Es war in der Straßenbahn, die damals noch die Vororte der Stadt mit dem Zentrum verband. Ines hatte ihre erste Stelle in der Stadtbibliothek angetreten. Das Examen lag erst wenige Wochen zurück. Die Bibliotheksleitung hatte ihr einen Platz in einem Mädchenwohnheim organisiert, als Übergangslösung, bis Ines eine geeignete Wohnung gefunden hätte. Jeden Morgen fuhr sie nun mit der Straßenbahn in die Stadt und stieg am Marktplatz aus. Der junge Mann auf dem Sitz gegenüber fiel ihr nur auf, weil er so vertieft war in seine Lektüre, unbeeindruckt von dem Gedränge, das um ihn herum herrschte. Fast reflexartig versuchte Ines, den Titel des Buches zu entziffern. Sie war kurzsichtig und sie war eitel. Ihre Brille setzte sie nur während der Arbeit in der Bibliothek auf. Also musste sie sich sehr weit vorbeugen. Das weckte die Aufmerksamkeit des jungen Lesers. Er blickte auf und starrte Ines aus seinen grünen Augen fragend an. Ines fühlte, wie ihr die Röte ins Gesicht schoss. Erstaunlicherweise hatte sie eine schlagfertige Antwort parat.

„Sage mir, was du liest, und ich sage dir, wer du bist!", kam es wie aus der Pistole geschossen.

Der junge Mann klappte sein Buch zu – es war ein Titel des dänischen Philosophen Kierkegaard, was Ines mächtig beeindruckte.

„Das kenne ich irgendwie anders", sagte er mit sanfter Stimme. „Heißt das nicht ‚Sage mir, was du **isst**, und ich sage dir wer du bist'?"

Ines erklärte, dass sie das Zitat bewusst abgewandelt habe. Vom Essen könne man nicht auf den Charakter eines Menschen schließen, wohl aber von seiner Lektüre. Im Übrigen sei ihre Neugier berufsbedingt. Sie sei Bibliothekarin.

„Da haben wir ja etwas gemeinsam." Der junge Mann strahlte. „Ich bin Buchhändler und arbeite auch mit Büchern. Sie sind gewissermaßen mein ‚täglich Brot'. Wissen Sie jetzt etwas über meinen Charakter?"

Ja, so hatte ihre Beziehung angefangen. Benjamin hielt ihr nun jeden Morgen einen Platz in der Straßenbahn frei.

Sie verliebten sich, sie verlobten sich, sie heirateten, aber die Ehe wurde ein Fiasko und nach wenigen Jahren geschieden.

In einem einzigen Satz lässt sich eine doch sehr bedeutsame Phase in meinem Leben abhaken, denkt Ines stirnrunzelnd. Sie blickt wieder auf ihre Uhr. Von Hilde immer noch keine Spur. Das Paar am Nebentisch ist beim Hauptgang angelangt. Schaudernd erkennt Ines, dass nun eine Art Geflügel in Faustgröße zu Rotwein serviert wird. Der Stattliche doziert weiter und traktiert nun das gebratene Minihühnchen – eine Wachtel? – mit manikürten Fingern. Die Begleiterin hängt nach wie vor anhimmelnd an seinen inzwischen fettig glänzenden Lippen. Ines wendet angewidert ab.

Ines Smartphone vibriert. Hilde ist dran. Wortreich erklärt sie, warum sie verhindert sei. Sie vereinbaren einen neuen Termin an einem anderen Ort. Ines zahlt ihr Stilles Wasser und verlässt den Gourmettempel fluchtartig. Der Anblick des ungleichen Paares beim Dessertverzehr bleibt ihr erspart.

Auf dem Heimweg hat sich Benjamin an ihre Fersen geheftet. Ines wirft einen Blick auf ihren unsichtbaren Begleiter. Wie er wohl heute in Wirklichkeit aussehen würde?

Zuhause kramt sie in den Schubladen ihres Wohnzimmerschrankes. Sie findet das Gesuchte schnell: einen kleinen Karton mit dem Bild einer Redouté-Rose auf dem Deckel, der ursprünglich Briefpapier beherbergt hatte. Jetzt enthält er die Liebesbriefe, die Benjamin ihr während der Verlobungszeit geschrieben hat. Mehr als ein halbes Jahrhundert lang hat Ines die Briefe aufbewahrt. Der kleine Karton hat so manchen Umzug mitgemacht. Ines hat ihn nie geöffnet und die Briefe nie wieder gelesen.

Nach der langen Zeit werden sie mich nicht mehr verletzen, beschließt Ines heute und öffnet den Karton. Zuoberst liegt eine Kunstpostkarte mit einer Lithografie von Marc Chagall, die ein inniges Liebespaar zeigt. Auf die Rückseite hat Benjamin in seiner flüchtigen Handschrift diagonal über die ganze Länge geschrieben „Im Spiegel der Bäche finde ich mein Bild nicht mehr". Diese Zeile aus einem Gedicht der jüdischen Dichterin Else Lasker-Schüler war die letzte Botschaft Benjamins an Ines.

Ines driftet wieder ab in die Vergangenheit. Sie erinnert sich, dass sie und Benjamin in den ersten Monaten ihrer Beziehung lange Spaziergänge unternahmen, in der Pappelallee beim Mädchenheim (in dem Ines drei Jahre bis zu ihrer Heirat wohnte) und auf den Streuobstwiesen im Elsa-Brändström-Grund. Oft suchten sie einen von Weiden und Erlen umstandenen Weiher auf. Sie ließen sich dort auf dem Steg, der ins Wasser führte, nieder und betrachteten die ziehenden Wolken am Himmel oder ihre Spiegelbilder auf der Wasseroberfläche. Meist trug Benjamin ein Gedichtbändchen mit sich herum und rezitierte dann mit seiner sanften Stimme Verse von Brecht, Trakl oder Stefan George. Am meisten aber faszinierten ihn die Gedichte der Else Lasker-Schüler. Als sei es erst gestern gewesen, so deutlich erinnert sich Ines nun an eine Szene. „Siehst du unsere Gesichter auf dem Wasserspiegel, wie sie beben und zittern? Siehst du, wie sie sich fragmentieren, in Stücke zerspringen. Und wie sie sich zu fremden Bildern wieder zusammensetzen. ‚Im Spiegel der Bäche fin-

de ich mein Bild nicht mehr'". Seine melancholische Welt-
schmerzstimmung zog Ines in ihren Bann.

War sie verliebt? Heute aus der Distanz von mehr als
fünfzig Jahren bilanziert sie: Nein! Sie war verliebt in die Vorstellung, verliebt zu sein. Sie wünschte sich, verliebt zu sein, zu
lieben, zu heiraten, Kinder zu kriegen… Sie war gefangen in einem Lebensentwurf, der um eine (spieß)bürgerliche Reihen-
hausidylle kreiste! Ines fand Benjamin physisch nicht anziehend,
er wirkte irgendwie schlaff und unsportlich. Es war sein sensibles
Wesen, was sie betörte. Er überschüttete sie mit Geschenken,
Blumen, Bildern, Gedichten – und er rührte sie während der Verlobungszeit nicht an. Es blieb bei scheuen Küsschen und schüch-
ternem Händchenhalten. Er schrieb ihr während der Verlobungs-
jahre viele Briefe, obwohl sie sich fast täglich sahen.

Benjamin war fünf Jahre jünger als Ines. Der Altersunter-
schied fiel aber nicht ins Gewicht. Er nannte sie 'mein Kind'.
Fatalerweise störte das Ines überhaupt nicht. Sie unterstrich den
‚Kleine Mädchen-Gestus' mit ihrer Kleidung und Frisur. Sie trug
gewagt kurze Röckchen und flocht ihre langen Haare zu mäd-
chenhaften Zöpfen. Die Erwachsenen waren für sie eine Kategorie in der Gesellschaft, der sie sich nicht zurechnete. Mit schie-
fem Lächeln gesteht Ines sich heute ein, dass sie damals wohl
magersüchtig war. Sie nahm nur ‚Vögelchenportionen' zu sich,
wie Benjamin sich ausdrückte, und trug Konfektionsgröße 34/36.

„Wenn der Mond in Blüte steht, gleicht er deinem Leben,
mein Kind", steht auf der nächsten Karte, die Picassos ‚Kind mit
Taube' zeigt, wieder ein Zitat aus einem Lasker-Schüler-Gedicht.

Gott, war ich naiv und töricht! seufzt Ines. Das Erwachen
aus ihrer traumgesponnenen Welt war schmerzhaft. Nach der
Hochzeit wich Benjamins keusches Verhalten einer fordernden
Sexualität, die die unerfahrene Ines verstörte. Es gelang beiden

nicht, auf dieser Ebene zueinanderzufinden. Ines empfand den sexuellen Akt als schmerzhafte Prozedur und war insgeheim erleichtert, als sie immer seltener zusammenschliefen. Sie überhörte geflissentlich die warnenden Stimmen im Hinterkopf, die wisperten und stichelten: ‚Du bist frigid, frigid, frigid…‘ Und sie übersah, sie wollte es übersehen, dass Benjamin jedem Frauenrock nachsah. Er schäkerte und bandelte mit allen Frauen an und holte sich offensichtlich in anderen Betten, was sie ihm verweigerte.

Nach außen galten sie als harmonisches Ehepaar. Sie hatten einen großen Bekanntenkreis und feierten viele Partys. Es waren die wilden Sechziger Jahre. Geburtstage, Julfest, Grillpartys… es gab genug Gelegenheiten zu feiern. Sie nahmen sie alle wahr. Auf jeder Party war Benjamin sofort der Mittelpunkt. Er war witzig, charmant und reihte ein Bonmot an das andere. Er verstand es, die Leute zum Lachen zu bringen. Sie lachten ihn nicht aus, sie lachten über sein amüsantes Gehabe. *Er macht sich zum Clown*, dachte Ines dann verbittert, *er spielt wieder den Hanswurst.* Sie lachte nicht mit. Sie fühlte sich abgehängt. War das der verträumte, junge Mann, den sie in der Straßenbahn kennengelernt hatte?

Ganz im Gegensatz zu seinem oberflächlichen Partygebaren vertiefte sich Benjamin abends in düstere philosophische Lektüre über den Existenzialismus, den Nihilismus und den Sinn und das Ende des Lebens. Hatte ihr das anfangs noch imponiert, irritierte sie das zunehmend. Eines Abends, als wieder ein Buch über den Tod auf seinem Nachttisch lag, schleuderte sie es aufgebracht durch das Schlafzimmer in die Ecke. Benjamin hob es auf, versuchte, den ramponierten Einband zu glätten und schwieg.

Die Reißleine zog Ines erst, nachdem sie Benjamin in flagranti mit einem Lehrmädchen erwischt hatte. Sie bestand auf sofortiger Scheidung.

„Im Namen Gottes erkläre ich die Ehe zwischen Benjamin M. und Ines M., geborene F. für geschieden", verkündete der Familienrichter im Amtsgericht gleichgültig am Ende einer floskelhaften Amtshandlung. So sagte er es natürlich nicht, die Ehe wurde im Namen des Volkes geschieden. Für Ines hatte dieses nüchterne Zeremoniell aber fast eine religiöse Bedeutung.

Ines ringt sich ein gequältes Lächeln ab. Sie spürt die damalige Empörung wieder, weil der Richter nicht mal seinen Talar richtig zugeknöpft, sondern nur nachlässig über die Schultern gelegt hatte. Von der kirchlichen Trauung, sie im weißen Brautkleid mit Schleier und Schleppe, Benjamin im ungewohnten, steif wirkenden schwarzen Anzug mit Myrtensträusslein am Revers, ist dagegen nur ein verschwommenes Bild haftengeblieben.

Tief seufzend zieht Ines den ersten Brief aus dem Umschlag, auf dem eine Zwanzig-Pfennig-Briefmarke mit einem Porträt von Johann Sebastian Bach klebt, und beginnt zu lesen. Sie kann es nicht fassen, dass diese schwärmerischen, überschwänglichen Liebesbekenntnisse von dem Mann geschrieben wurden, der sie später so oft betrogen hat. Irgendwie scheint es sich um zwei ganz verschiedene Menschen zu handeln. In ihrem Bewusstsein hat das Bild des charmanten Schürzenjägers das des empfindsamen Mannes verdrängt, der Rilke und Nietzsche zitierte und ihr die Schönheit und Verlorenheit der Gedichte von Else Lasker-Schüler nahebrachte.

Ines steckt den Brief wieder in den Umschlag. Aus dem nächsten Brief fällt ein abgeblasstes, getrocknetes Veilchen. „Du mein geliebtes Kind, meine kleine Ines…", liest sie und – faltet den Brief wieder zusammen.

Es hat nicht funktioniert! Entschlossen versorgt Ines den Karton mit den Briefen wieder im Schrank, ohne die restlichen Briefe anzurühren. *Es hat nicht funktioniert. Unsere kurze Ehe nicht und das Sprichwort auch nicht.*

„Sage mir, was du liest und ich sage dir, wer du bist!" Sie hat nie herausgefunden, wer Benjamin wirklich war.

Das Tor in der Mauer

Stellt euch vor, dass der erste Satz eines Textes wie durch eine Tür in eine Geschichte führt. Der letzte Satz schließt die Türe wieder und führt den Leser zurück an den Anfang. (2018).

Ines entdeckt das schwere hölzerne Tor, das in die Gartenmauer eingelassen ist, erst bei genauerem Hinsehen. Das Holz ist ausgebleicht und verwittert und hat die graue Farbe der Steine in der Mauer angenommen. Unzählige Mal hat Ines den Garten des Heimatmuseums schon aufgesucht, eine von hohen Mauern umgebene Oase des Friedens inmitten des lebhaften Stadtzentrums. Über das Schild am Eingang, das darauf hinweist, dass dieser Garten vornehmlich den ‚betagten Mitbürgern' der Ruhe und Erholung dienen soll, hat sie sich stets amüsiert, wird doch der Garten hauptsächlich von jungen Leuten, Mitarbeitern des nahen Rathauses und der Stadtbibliothek aufgesucht, die hier ihre Mittagspause verbringen.

Auch heute, an diesem ungetrübten Frühlingstag, sind alle Bänke von meist jungen Menschen besetzt. Die Tulpen und Hyazinthen in den gepflegten Blumenrabatten leuchten und lodern in bunten Ostereierfarben. Im noch kahlen Gezweig der großen Linde jubiliert eine Grasmücke.

Ines nähert sich dem Tor in der Mauer. *Dass mir das noch nie aufgefallen ist!* wundert sie sich. Neugierig drückt sie auf die eiserne Klinke, die von Efeuranken fast verdeckt ist. Zu ihrer Überraschung lässt sie sich niederdrücken, das Tor öffnet sich ein Spalt breit, protestiert dabei aber kreischend in den Angeln. Erschrocken wirft Ines einen Blick zurück. Offensichtlich fühlt sich aber keiner der anderen Besucher gestört. Niemand blickt zu ihr herüber. Die Grasmücke wiederholt ihre jubelnde Strophe unermüdlich.

Ines zwängt sich durch den Spalt und findet sich in einem Garten wieder, der dem Heimatmuseumsgarten gleicht wie ein spiegelverkehrtes Ebenbild. Unter den hohen, mit einem schmalen First überdachten Mauern sind auch hier steinerne Zeugen der Stadtgeschichte aufgereiht, Fragmente der Marienkirche, historische Grabmäler aus dem Mittelalter und verschiedene Skulpturen. Und wie im vertrauten Teil des Gartens befindet sich hier ebenfalls eine kleine gotische Kapelle, beliebt bei jungen Hochzeitspaaren als romantische Kulisse für ihre Trauung. Der Kapelle gegenüber steht das über fünfhundert Jahre alte Fachwerkhaus, in dem das Heimatmuseum untergebracht ist.

Ines ist irritiert. Gibt es das Haus und den Garten mit der Kapelle zweimal?

Die Tür der Kapelle ist geschlossen. Dennoch hört Ines Musik, einen Choral. Nein, eher Gregorianische Gesänge. Es scheint eine Art Gottesdienst stattzufinden. Ines stellt sich auf die Zehenspitzen und lugt durch die Buntglasfenster ins Innere der Kapelle, kann aber nichts erkennen. Der Gesang der Mönche hat etwas Beruhigendes. Er strahlt einen unglaublichen Frieden aus.

Ines lässt ihre Blicke durch den Garten schweifen. Anders als im bekannten Teil des Gartens laden hier keine Bänke zum Verweilen ein. Es gibt auch keine gepflegten Blumenbeete. Die Tulpen und Narzissen blühen hier wild und verstreut im Gras, was Ines sehr viel besser gefällt. Sie kramt in ihrer Umhängetasche nach ihrem Smartphone und macht ein paar Aufnahmen. Noch immer grübelt sie darüber nach, wie es sein kann, dass sie diesen Teil des Gartens noch nie entdeckt hat, obwohl sie doch viele Jahrzehnte in der Stadt gelebt und gearbeitet hat. Irgendwie stimmt die Topografie nicht. Müsste hier nicht das Raumausstattungsgeschäft Engel stehen? Von außen wirkt der Heimatmuseumsgarten viel kleiner. Nun, Ines' Orientierungssinn war noch nie stark ausgeprägt. „Ohne mich hättest du nie von unseren Wanderungen und Bergtouren heimgefunden!", pflegt Jeremy zu sagen. Für Ines steht die Sonne hier in R. um die Mittagszeit auch stets im Norden. Sie hat ihr ganzes Berufsleben lang quasi mit verkehrten Himmelsrichtungen gelebt.

Ines lehnt sich an die Kapellenwand, lauscht dem tröstlichen Gesang und schickt in Gedanken liebevolle Grüße an Jeremy, der sie sehnlichst von ihrem Ausflug in die alte Heimat zurückerwartet.

Plötzlich zerreißt ein Schrei die friedliche Stimmung, der hohe und spitze Hilferuf einer Frau. Der Gesang der Mönche ist verstummt. Ines hat sich immer ein bisschen über das Bild des gefrierenden Blutes in den Adern mokiert. Aber genau dieses Gefühl wird bei ihr durch die anhaltenden Hilferufe ausgelöst. Das eiskalte Blut in ihren Adern macht ihre Glieder steif und bewegungsunfähig. Ihr Herz dagegen jagt los und überschlägt sich schier. Wer ruft da so flehentlich um Hilfe? Ines' Augen scannen den Garten ab. Sie entdecken einen Mönch in einer braunen Kutte, der sich über eine Frau beugt. Der Gestalt nach eher ein junges Mädchen in einem weißen Kleid oder Nachthemd, das kann Ines nicht so genau erkennen. Sie geht davon aus, dass der Mönch der jungen Person aufhelfen will, ihr beistehen, sie retten will, aus welchen Nöten auch immer. Es braucht ein paar Sekunden, bis ihr Hirn erfasst, was ihre Augen tatsächlich sehen: der Mönch hilft dem Mädchen ganz und gar nicht auf. Im Gegenteil: er würgt sie! Er hat beide Hände um ihren dünnen Hals gelegt und drückt zu.

Erstaunlicherweise kann Ines trotz ihrer Kurzsichtigkeit deutlich erkennen, dass sich blaue Adern auf dem roten schuppigen Handrücken des Mönches schlängeln und dass die Fingerknöchel weiß hervortreten. Das Gesicht der jungen Frau wird durch seinen vorgebeugten Kopf verdeckt. Die Schreie kippen ins Röcheln, sie werden erstickt, sie verstummen. Die Gestalt der Frau erschlafft und fällt wie eine große Stoffpuppe ins Gras zwischen die Tulpen.

„Oh Gott!" entfährt es Ines. Mit weit aufgerissenen Augen starrt sie auf die unglaubliche Szenerie. Der Mönch hat sich inzwischen aufgerichtet, dabei rutscht ihm die Kapuze vom Kopf und entblößt einen kahlen Schädel. Er dreht sich um, entdeckt Ines und humpelt in großen Sätzen auf sie zu.

Ines erwacht aus ihrer Erstarrung. Ihre Glieder gehorchen ihr wieder. Die Angst verleiht ihr ungeahnte Kräfte. Im Nu hat sie die Holztür in der Mauer erreicht und zwängt sich wieder durch den Spalt. Aufatmend zieht sie die Tür hinter sich zu. Als sie hört, wie das Schloss mit schnappendem Geräusch einrastet, sinkt sie erschöpft zu Boden und lehnt sich an Mauer. Sie lässt die schauerliche Szene, die sie soeben erlebt hat, Revue passieren, kann sie nicht einordnen. *Ich sehe zu viele Krimis im TV*, geht es ihr durch den Kopf. *Ich lese zu viele Psychothriller!*

Ines wartet, bis sich ihr galoppierendes Herz wieder beruhigt hat und das Atemholen nicht mehr so in der Kehle brennt. Auf den Bänken sitzt niemand mehr. Die Glocke der Marienkirche schlägt zweimal. Die Mittagspause ist beendet. Ines steht auf und wagt einen Blick zurück. Da ist gar kein hölzernes Tor mit einer eisernen Klinke in der Mauer! Ein leichter Wind lässt die Efeuranken wie eine zerfranste grüne Gardine über schlichtes graues Mauerwerk wehen.

Zeitfracht Medien GmbH
Ferdinand-Jühlke-Straße 7
99095 Erfurt, Deutschland
produktsicherheit@kolibri360.de